커피집

커피집

珈琲屋

모리미츠 무네오·다이보 가쓰지 지음

고사카 아키코 편집

윤선해 옮김

황소자리

컬러사진에 대하여

맨 앞 사진은, '비미'의 창가에 매일 아침 놓이는 커피색 샘플이다. 좋은 커피는 맑고 투명하다는 것을 전달하기 위해 유리를 사용한다. 커피색은 누가 어디에서 어떠한 각도로 보는가, 혹은 어떤 콩을 사용해 어떻게 내리는가, 어떤 잔에 담는가…, 하는 복잡한 요소를 통해 프리즘처럼 변해간다. 여기에서는 빛에 통과시킨 호박색 은은함을 표현하기 위해 한 장의 사진을 선택했다.

2쪽부터는 지금은 없는 '다이보 커피점'의 그리운 모습이다. 4쪽 상단부터 시계 반대 방향으로 오모테산도 교차로에서 바라본 풍경, 아래는 마스다카 씨의 자기로 맛보는 스트레이트 데미타스이다. 5쪽 채반 위 막 배전한 콩은 빛을 두른 보석처럼 빛난다. 그리고 가느다란 실처럼 물을 떨어뜨리는 추출. 가게 안쪽에서는 (책에서도 소개되는) 히라노 료의 작품을 전시하는 '한 점만 전시하는 전시회'가 개최되어 그림 앞에 조용히 웅크리고 앉은 사람도 있었다고 한다. 배전의 절정에 이르면, 다이보 씨는 콩의 속삭임에 귀 기울인다. 다음 쪽은 아침의 창가. 벽걸이에 점주의 코트가 걸려 있는데, 사람이 있는 듯한 느낌을 준다. 배전 스푼을 로스터에 넣는 움직임은 부드럽고 주저함이 없다. 연기가 유유히 흘러다니는 공간에서 배전에 임하는 모습은 한 장의 그림이기도 했다.

8쪽부터는 '커피 비미'의 모습이다. 배전 전 생두에 한 번 더 손을 가하는 것이 '비미풍'이다. 향이 좋은 품격 있는 데미타스 한 잔, 그리고 구마가이 모리카즈의 그림과 함께 커피를 맛보는 황홀경을 느끼게 한다. 10~11쪽. 한 번 씻어서 하룻밤 재워둔 콩과 손으로 대화한다. 느티나무 가로수가 내다보이는 배전실. 스승으로부터 이어받은 배전기에 점화하는 것으로 이른 아침이 시작된다. 12~13쪽은 계절을 오롯이 감상할 수 있는 카운터 자리. 구석구석 점주의 감성이 닿아 있다. 14쪽의 융에서 떨어지는 처음 한 방울은 호박색으로 빛나고, 커피라는 대지는 무지갯빛으로 빛난다. 선생님은 돌아가시기 전까지 감청색 작업복을 즐겨 입었다. 칼라 끝은 호박색 돌로 여미고. 마지막 16쪽은 하루의 영업을 마친 '비미', 마을에서 사라져서는 안되는 풍경이 되었다. 모든 사진에 대해 유족의 승낙을 받았다. 감사드린다.

모리미츠 씨, 제 말이 들리나요?

다이보 가쓰지

모리미츠 씨.

시간은 많이 걸렸지만 우리 둘의 대화를 담은 책이 드디어 세상에 나왔습니다. 함께 기뻐해야지요.

그런데 왜, 당신은 지금 여기에 없는 것입니까? 저는 아직 듣고 싶은 이야기가 있단 말입니다. 저뿐만 아니라 많은 커피인들이 당신에게 묻고 싶은 이야기를 그대로 묻어둔 채 그리워만 하고 있습니다.

거대한 영혼과도 같은 존재가 갑자기 사라져버린 황망한 마음을 그 무엇으로 메울까요. 당신을 잃은 허탈함을 말로 표현할 도리가 없습니다. 아마도 이 공허함은 앞으로 더욱 커져만 가겠지요.

모리미츠 씨! 당신은 늘 후배들에게 전해주는 것이 우리의 사명이라고 하지 않았습니까? 앞으로 해야 할 일을 찾았다고, 제게 말씀하시지 않았습니까? 나는 정말 부끄럽습니다. 나 자신 이외에는 생각하지 않았기 때문입니다. 두 번째 가게를 내지 않겠다고 고집부린 이유는, 가게가 두 곳이 되면 두 번째 가게에는 내가 있지 못하기 때문이었어요. 제자를 키우지 않았던 것도 그런 이유에서였습니다. 맛에 대해서도 '나 스스로 맛있다고 생각하면 그것으로 족하다'는 수준의 생각만 해왔습니다.

모리미츠 씨에게는 세계가 있었습니다. 그 위에 커피의 신이 있었습니다. 나아가 그 세계를 추구한다는 비전이 있었습니다. 그 세계를 위한 명확한 이론도 가지고 계셨지요. 어쩌면 조금이라도 모리미츠 이론을 펼쳐 보임으로써, 그 세계의 모습을 전달하는 것이 이 책의 존재 이유인지도 모르겠습니다. 내 사명은 아직 끝나지 않았습니다. 에티오피아와 예멘에도 따라갔더라면 좋았을 텐데…, 더 맛있는 커피를 찾아 함께 세상을 둘러봤더라면 좋았을 것을…. 모리미츠 씨는 세상으로 나아갔고, 나는 안에 남아 있었죠.

아마도 서로 다른 천성 탓인지도 모르겠습니다. 천성이라는 면에서 생각해보자면, 나는 한평생 수동로스터를 돌리는 게 좋은 사람이지요. 더 작아지고 싶다는 의지를 가진 천성 말입니다.

작아져서 가만히 있고 싶은, 세상에 부는 바람은 때가 되면 모두 지나가고, 결국엔 나 혼자 남겨지리니….

돌아보면 결국 그런 천성이 지금의 나를 만들었던 것 같습니다.

이야기를 하나 하겠습니다. 수동로스터로 로스팅하는 사람을 만나면 나는 '우와, 동지가 생겼다.' 하며 속으로 좋아합니다. 그러다 다음번에 찾아가면 그새 모터로 돌아가도록 개조해 둔 로스터를 발견합니다. 그럴 때마다 "맞아. 저게 당연한 거야."라고 혼자 중얼거

립니다. 그러면서도 나 자신은 모터를 달아서 사용할 생각을 하지 않습니다. 모터로 돌리면 간단해지겠지만, "그냥 손으로 돌려도 되는 것을, 또는 오히려 손으로 돌리는 것이 덜 까다롭지 않을까?" 하고 스스로 묻습니다. 서너 시간, 많을 때는 다섯 시간을 계속 돌리는 바람에 힘들 때도 있지만, 모터를 달 생각은 하지 않습니다. 오히려 이 시간을 즐겁게 보낼 수 있는 방법을 고민합니다. 한 손으로 돌리며 다른 한 손으로는 책을 보기도 합니다. 한 손으로 들고 보기에 힘든 책도 참 많이 읽었습니다. 나의 책장에 꽂힌 책들은, 로스팅을 하는 시간에 읽은 것들이 대부분입니다.

로스팅은 손님이 적은 시간대에 합니다. 그럼에도 손님이 한 명이라도 있을 때 책을 읽는 것은 사리분별 없는 행동입니다. 손님이 들어오면 나는 읽던 책을 조용히 덮습니다. 앞만 보고 로스터를 돌리며 콩을 볶지요. 제 앞에 앉은 손님도 조용히 그런 저를 바라봅니다. 손을 뻗으면 닿을 거리에서 둘은 묵묵히 앉아 있는 겁니다.

"……."

처음 온 사람일까요. 어쩌면 한두 번 온 적 있을지 모르지만, 한 번도 이야기를 나눈 적이 없는 사람입니다.

"……."

손님의 어깨 너머로 창문이 보입니다. 오전의 맑고 투명한 햇살이 내려듭니다. 콩을 볶을 때 나온 연기가 떠다니고 있습니다. 살짝 열어둔 창문 틈새로 새어드는 바람으로 인해, 그 연기가 밀려서 다시 부유하듯 공간을 흘러다닙니다.

"……."

"슬슬 때가 됐나….”

"네?"

"불을 줄여야겠네.”

"…….”

"쓰지요?"

"아니요, 그렇게는….”

"빨리… 줄이면… 약해지거든요…, 쓴맛이….”

"…아, 그런….”

"어떻게 하죠?"

"네?"

연기가 점점 심해지면, 집중해서 콩의 색상 변화를 봐야 하기 때문에 손님의 얼굴을 바라볼 여유가 없습니다. 마침내 절정에 이른 콩이 세상 밖으로 나옵니다. 사건 종료. 그때 손님 쪽을 쳐다보면 손님과 눈이 딱 마주칩니다. 저절로 미소를 짓게 됩니다. 마치 공동 작업을 한 것 같은 기분이 들지요. 나만의 색다른 즐거움입니다.

갑자기 질문을 받은 손님은 놀랐을 것입니다. 그가 어떤 기분으로 앉아 있었는지도 나는 알 수가 없습니다. 그가 즐거웠는지 아닌지도 모릅니다. 그렇게 콩을 볶는 시간은 순식간에 지나갑니다. 그 사이 나도 모르게 뜬금없는 말을 손님에게 건네서 그를 당혹스럽게 만드는 해프닝도 벌어지지요. 그런 일들도 있었다는 이야기를 하고 싶었습니다. 손으로 돌려서 콩을 볶는 작업이 힘들고 고된 일만은 아니라는 사실 말입니다.

만약 로스팅실에서 혼자 했다면 이런 일들은 일어나지 않았겠지요. 연기가 나는 작업을 손님 앞에서, 그것도 영업시간 중에 하는 것은 결코 칭찬받을 일도 자랑할 일도 아닙니다만….

불을 서둘러서 줄이면, 쓴맛은 줄어듭니다. 불을 줄이면서 산미가 사라져가는 포인트까지 진행시키고 거기서부터 한 발짝만 더 나아가면, 떫은맛도 사라집니다. 수동로스터는 그런 포인트를 전부 감각으로 찾아낼 수 있습니다. 맞습니다. 항상 제 몸에 의지하며 촉각을 곤두세운 상태로 로스팅을 하기 때문에 그런 즐거움도 생겨나는 것입니다.

아까 그 손님이 어떤 이유로 우리 커피집에 와서 앉게 되었는지, 나는 알지 못합니다. 그 손님이 떠나고 나서, 또는 2~3일 지나, 혹은 폐점한 후에(바로 지금) 생각해보곤 합니다.

두 사람이 손 내밀면 닿을 듯한 거리에서 아무 말도 하지 않은 상태로 마주보고 있었기 때문에, 혼잣말하듯 자연스레 말을 내뱉은 것뿐입니다. 손님 입장에서는 '말도 안 되는 말'로 공격받은 셈이지만요. 로스터를 돌릴 때는 설령 말을 걸고 싶어도 제대로 대화를 할 수 없는 상태입니다. 다시 말해 '지금 나한테 말 걸면 안 됩니다'라는 순간이 찾아오지요. 단, 로스팅을 하는 사람은 맛있는 커피를 볶기 위해 '이 상태로 화력을 유지할까, 불을 줄일까, 어느 쪽을 선택해야 단맛이 더 우러날까?' 홀로 질문하는 몰입의 상태로 빠져듭니다. 그런 순간 갑자기 누군가가 말을 걸어오면, 집중했던 마음은 스르륵 풀어지고 콩은 어느새 볶아져서 연기와 함께 채반으로 쏟아져 나옵니다. '그 마음'이 딱 맞춤한 시간에 콩으로 옮겨질 경우, 공동 작업을 한 기쁨도 한결 커지지요. 제 망상일까요. 손님에게도 그 마음이 전달된다면(손님이 속상한 마음으로 가게에 들어왔는지 아닌지 알 수는 없지만) 그는 기분 좋게 가게 밖으로 나갈 수 있을 겁니다.

저는 이런 생각을 하는 게 즐겁답니다.

'작업도 맛도, 내가 좋으면 되는 것 아닌가?'라는 마음, 이런 건 후배에게 알려줄 이론이 될 턱이 없지요.

모리미츠 씨와 대담을 마쳤을 때, '또 하고 싶다'는 생각이 들었습니다. 더 많이 모리미츠 커피이론을 듣고 싶어졌습니다. 나의 경험을 조금씩 내려놓고 만약 가능하다면 세 명이든 네 명이든, 그러니까 '타이무 커피점'의 이마이 씨, '커피 종이학'의 후지와라 씨 등 커피하는 사람들을 만나 함께 이야기하고 싶어졌습니다.

사람은 바쁜 일상을 보내다 어느 날 문득 멈춰서는 순간이 있습니다. 그때, 지금까지 내가 걸어온 길을 생각하게 되지요. 그리고 앞으로의 일을 궁리합니다. 멈춰서는 장소는 여럿이겠지만 커피집의 의자가 그런 곳 중 하나가 된다면, 더없는 기쁨일 것입니다.

번역에 임하는 마음

윤선해

2016년 12월 6일, 이틀에 걸친 융드립세미나(서울)를 성황리에 마치고, 모리미츠 선생님이 드시고 싶어하셨던 삼계탕을 먹으러 갔다. 마침 속속 들어오는 세미나에 대한 참가자들의 감사 문자를 선생님께 읽어드리니 눈물까지 글썽이며 흐뭇해하셨다. 선생님은 "다음에는 어떤 내용을 더하면 좋을지 생각해봐야겠네." 웃으시면서 "삼계탕 또 먹으러 와야겠어."라고 덧붙이셨다. 그리고 다음날. 선생님이 인천공항에서 쓰러지셨다는 연락을 받았다. 놀란 나는 부랴부랴 인하대병원으로 달려갔지만 선생님은 이미 세상을 떠나신 후였다.

다이보 가쓰지大坊勝次 선생님과 대화를 하게 된 것은 모리미츠 무네오森光宗男 선생님의 장례식에서였다. 그 전까지 나는 손님으로서만 다이보 커피점을 다녔다. 때문에 대화를 하기는커녕 조용히 커피만 마시고 나왔던 터라 나라는 사람을 잘 모르셨을 것이라고 생각된다. 더구나 다이보 커피점이 폐점한 후에는 뵐 일조차 거의 없었다. 사흘간의 장례식을 치르는 동안, 매일 저녁 모리미츠 선생님의 오랜 지인들이 저녁을 먹으며 생전 일화들을 회상하는 걸 곁에서 들었다. 바로 그 자리에서 다이보 선생님을 만나 이런 저런 이야기를 나눈 것이다.

그 세미나를 준비하던 무렵, 모리미츠 선생님과 이야기를 나누다가 어딘가 기대고 싶은 마음이 들었던 것 같다. 그래서 나도 모르게 개인적인 고민상담 같은 질문을 선생님께 던졌다. "저는 커피를 업으로 하는 사람도 아니면서 커피가 좋아서 이렇게 살고 있는데, 가끔 이게 맞나 하는 의문이 듭니다." 그러자 선생님께서는 "사명이지."라고 짧게 말씀하시고는 미소를 지으셨다. 그리고 한 마디 덧붙이시길 "네가 할 일이 거기에 있는 거야."라고 하셨다. 내가 할 수 있는 일이라…. 그때 나는 처음으로 '하고 싶은 일'이 아닌 '해야 하는 일'에 대해 숙고하게 되었다.

그런 선생님을 보내는 장례식장에서 선생님 덕에(?) 많은 커피인들을 만나 새로운 이야기를 듣고, 그들로부터 배우고, 또 다른 사람들과 커피 이야기를 공유하면서 바로 이런 게 '나라서 할 수 있는 일들' 혹은 '내가 해야 할 일'이 아닐까, 선생님이 말씀하신 사명이란 게 바로 이런 것이 아닐까 하는 생각이 들었다. 대담집 번역 또한 책 속에서 모리미츠 선생님이 다이보 선생님께 말씀하시던 '사명을 지닌 사람'의 일처럼 여겨졌다면 지나칠까?

이 대담집 안에서는 두 분 선생님이 이야기를 주고받지만, 글을 통해 내용을 접하는 사람들에게는 마치 자신들에게 들려주는 이야기처럼 느껴지기도 할 것이다. 짧은 문장이지만 평생을 가져갈 중요한 팁이 될 만한 전언도 적잖을 것이다. 어쩌면 고작 커피를 가지고 저렇게까지 이야기를 할까 싶은 사람도 있을지 모르겠다. 그러나 역사가 증명하듯 커피는 단순한 음료가 아니다. 어떤 나라의 경우, 그 나라를 지탱하는 기반인 동시에 커피를 위해 목숨까지 건 사람들이 있었고, 문화·예술·경제를 좌지우지하며 전쟁과 혁명을 유발한 요물(!)이기도 했다. 더러 커피 그 자체가 문화로 자리한 나라도 있다.

특히 일본에는 미국의 성공한 커피인들이 앞다퉈 배움을 청할 정도로 탐하고 싶은 커피문화가 존재한다. 우리의 커피 역사와 출발점은 비슷하지만, 도중에 맥이 끊기고 말았던 우리와 달리 오랫동안 탐구하고 연마해 축적된 일본의 커피기술은 세계적으로도 유례를 찾기 힘들 만큼 독특한 문화를 낳았다. 지금이야 우리나라 커피인들이 더 잘하는 분야도 있겠지만 그럼에도 여전히 부족한 부분은 무엇인지, 이 책을 읽다보면 자연스레 드러난다.

또한 40년 넘게 한 길을 걸어온 두 분의 커피인생 속에는 더 맛있는 커피를 내리기 위해 끊임없이 고민하고 시행착오를 반복하는 과정에서 다져진 그들만의 커피이론, 각자의 블랜딩과 로스팅 방법에 관한 다양한 이야기들이 쉼 없이 펼쳐진다. 덕분에 커피를 업으로 하는 사람들에게는 그야말로 여기저기에 숨긴 보물을 찾아내듯 반가운 마음으로 배워갈 수 있는 노하우들이 가득하다.

모리미츠 선생님 생전에 이 책을 준비하고 계신다는 이야기를 들은 적 있다. 기획자이기도 한 고사카 씨와도 잘 알고 있던 터라 책 진행상황에 대한 이야기를 몇 차례 전해 들었다. 대담은 이미 끝났지만 두 분이 조금 더 수정보완하고 가다듬어서 책을 내고자 하시기 때문에 늦어지고 있다는 소식이었다.

그러나 모리미츠 선생님이 갑작스레 돌아가신 후, 고사카 씨가 편집후기에 썼듯이, 다듬지 않은 채 있는 그대로 두 분의 대화를 남기는 편이 좋겠다는 쪽으로 방향을 틀었다고 한다. 따라서 책을 손에 들고 읽다 보면 더러 문맥이 이어지지 않아 뭔가 빠진 듯한 느낌이 들거나 두 분이 다른 이야기를 하는 것 같은 느낌이 들기로 한다. 그러다가도 결국 서로의 마음을 헤아리며 대화가 이어지는 대목을 종종 만날 수 있을 것이다.

처음 이 책을 받아들고 노란색 표지에 담긴 두 분의 모습을 보았을 때, 가슴에서 뜨거운 무언가가 올라오며 눈물을 쏟고 말았다. 한 분은 세상에 계시지 않고 다른 한 분이 계셔야 할 가게도 지금은 사라졌다. 그러나 두 분이 걸어온 40년 커피 인생사는 이 책에 고스란히 담겼다. 물론 더 많은 이야기를 듣고 싶고, 남겨진 이야기도 여전히 많겠지만 이렇게나마 커피 선배의 진솔한 이야기를 들을 수 있는 것이 얼마나 다행인지 모르겠다.

인천공항에서 쓰러져 발견되셨던 때, 선생님은 여권과 핸드폰 그리고 세미나에 대한 감사의 마음으로 선물한 앤티크 로스터를 안고 계셨다고 한다. 그 날 이후로 나의 마음은 황망함을 넘어 말로 설명하기 어려운 무거움으로 가득했다. 그리고 2년이 지나 이 책을 한국에 소개하고 직접 번역하면서, 지금까지의 슬픔과 상실감이 치유되고 있었다는 것을 깨달았다.

간절히 바라건대, 두 대가의 소중한 대화가 많은 커피인들, 특히 홀로 외롭게 길을 걷는 로스터들에게 행복한 위안과 영감을 선물하기를…. 그리하여 언젠가 이 분들처럼 서로 만나 대화를 하시게 될 미래의 대가들에게 이 책을 바친다.

이 책이 만들어지기까지

고사카 아키코

한 잔의 커피에 자기 인생을 바친 두 명의 장인이 있다. 이와테현 모리오카 출신인 다이보 가쓰지 씨와 후쿠오카현 구루메시 출신인 모리미츠 씨이다. 두 사람 모두 40여 년간 자가배전과 융드립이라는 두 축으로 커피를 탐구하고 깊이를 더해온 커피집 주인들이다.

'다이보 커피점'과 '커피 비미'.

그들의 손에서 만들어지는 커피 한 잔에는 품격과 인간미가 응축된 그들만의 '개성'이 담겨 있으며, 세월이 쌓이면서 그 누구도 흉내낼 수 없는 향기가 더해졌다. 업계의 많은 사람들이 "동쪽의 다이보, 서쪽의 모리미츠."라고 부르는 게 바로 그 증거일 것이다.

지금, 세계의 커피업계는 전에 없던 발전을 보이고 있다. 일본 역시 1970년대의 킷사텐 붐을 일컫는 퍼스트 웨이브, 1996년 긴자에 1호점을 개점한 스타벅스 커피를 대표로 하는 세컨드 웨이브 시대를 거쳐 2003년에는 커피의 맛있음을 수치로 평가하는 스페셜티커피가 등장했다. 희소성 있는 생육환경에서 자란 생두를 계몽하는 움직임은 커피계에 공통언어와 기술을 정착시키며 업계 전체를 활성화시켰다. 그리고 2010년대에는 커피콩의 산지와 브랜드뿐만 아니라 재배한 농원까지 명확하게 구분하는 서드 웨이브 시대로 돌입했다. 그 대표 격이 미국 오클랜드에 본사를 둔 블루보틀 커피이다. 창업자 제임스 프리먼 씨는 일본의 킷사텐 문화에서 영감을 얻어 매장을 기획하는 데 활용했다고 한다. 그 중에서도 다이보 커피점에서 체험한 '한 잔 드립'의 융드립 커피에 감명을 받았다. 그의 커피 사랑을 담은 다큐멘터리영화 〈A film about coffee〉에도 다이보 씨의 추출 장면이 오랫동안 등장한다. 말하자면 일본의 킷사텐 문화는 세계의 시선으로 보아도 독특함이 있는 듯하다. 핸드드립은 효율성과는 거리가 멀다. 계승하겠다는 강한 의지가 없다면 언제 사라져도 이상하지 않은, 손이 많이 가는 작업 방법이다.

그러나 아무리 기계화가 진행되고 도구가 편리해지더라도 손을 사용해, 손으로 생각하고 그 손으로 무언가를 만들어내는 과정을 중시하는 게 일본인이다. 커피도 예외가 아니다. 그렇기 때문에 두 사람의 말이 강한 설득력을 지니는 게 아닐까.

한 방울, 그리고 한 방울. 커피콩이라는 대지에 한 방울씩 끓인 물을 떨어뜨리는 융드립의 역사는, 세계 최초의 커피 기록서에 따르면 1763년 프랑스로 거슬러 올라간다. 융이란 플란넬, 즉 면포(무명)를 말한다. 한 면이 융기된 면포를 여과기의 틀에 걸고 끓인 물을 부어 엑기스를 모으는 추출법은, 끓여내는 문화에서 걸러내는 문화로 변화를 이끌었다. 그 후 선구자들에 의해, 융드리퍼와 드립포트를 왼손과 오른손에 각각 들고 핸드드립을 하는 방법으로 개량되었다. 추출 중에는 손을 놀릴 수가 없다. 다른 일은 할 수 없는 것이다. 그렇기 때문에 '한 방울'씩 혼을 담아 내린다. 콩의 상태를 보면서, 미묘한 손놀림으로 섬세한 맛을 만들기가 가능하다는 점에서 실로 뛰어난 수작업이라고 할 수 있다.

또 하나, 커피하는 사람에게는 빼놓을 수 없는 것이 자가배전이다. 모리미츠 씨는 5킬로용 배전기, 다이보 씨는 동력에 기대지 않는 1킬로용 수동배전기를 사용해 자신의 혀가 허용하는 커피를 만들어왔다.

그런 두 사람은 우연히도 같은 1947년생이다. 도쿄 기치죠지의 '자가배전 모카'에서 모리미츠 씨는 막 입문해 허드렛일을 하는 종업원, 다이보 씨는 커피집을 꿈꾸는 손님으로 서로 만났다. 서로의 얼굴과 이름을 일치시켜 확인한 것은 그 후 한참 뒤의 일이라고 한다. 도쿄와 후쿠오카에서 각각 일하던 두 사람의 커피집을 동시에 왕래한 손님들 덕에, 서로에 대한 소문은 듣고 있었다고 한다. 대화다운 대화를 나눈 적은 없지만 같은 길을 간다는 '동지'로서 서로를 인정하고 존중하는 사이였다는 이야기도 신기하지만, 사람이 서로 끌리는 데는 모종의 운명이 작용한다고 나는 믿는다.

내 인생의 보물은, 다이보 씨와 모리미츠 씨는 물론이거니와 개성 넘치는 일본 커피인들과의 만남이다. 후쿠오카에서 글 쓰는 사람으로 산 지 몇 년쯤 지난 2007년, 《후쿠오카 킷사 산책》이라는 책을 위해 취재를 할 때였다. 오픈카페 대두로 인해 점점 사라지는 킷사텐(커피전문점)을 엮어내는 것이 그 책의 취지였는데, 취재를 통해 모리미츠 씨와 교류가 시작되었고, 이 만남을 계기로 '다이보 커피점'을 비롯해 전국 커피인들을 소개받았다.

도쿄 출장 때에는 즐겁고 신나는 마음으로 다이보 커피점의 좁은 계단을 올랐다. 카운터에 미끄러지듯 앉아 농후한 커피 한 모금을 머금으면, 둥지에 돌아온 듯 안도감을 느꼈다.

그렇게 '커피 비미'와 '다이보 커피점' 사이를 오가는 사이, 두 사람이 서로의 커피와 삶에 대해 매우 친근함을 느낀다는 사실을 눈치챘다. 나아가 커피숍의 지향 및 손님과의 관계 등 서로 닮은 부분이 많아서, 눈에 띄는 스타일은 다르지만 뿌리는 같다는 느낌을 받았다. 그리하여 한 잔의 커피로 완결되는 만든 이의 품성과 성실함, 그 아름다움이 어디로부터 와서 어떻게 형상화되어 가는지, 두 사람의 이야기를 좀 더 듣고 싶었던 게 이 기획의 취지였다.

총 3회에 걸쳐 이루어진 두 사람의 대담에는 도호쿠인과 규슈인의 기질 차이, 즉 두 사람의 특징이 잘 드러난다. 생각을 펼칠 때 충분히 '사이'를 두고 이야기하는 다이보 씨에 비해, 모리미츠 씨는 별똥별처럼 언제 어디서 이야기가 떨어질지 가늠하기 힘든 유형이었다. 다이보 씨가 심사숙고하며 침묵의 파도 사이를 혼자서 헤맨 끝에 실마리를 풀어내고 말을 하는 순간, 모리미츠 씨가 먼저 입을 열기도 했다. "음, 내 경우에는 말이죠…." 타이밍이 좋은 건지 나쁜 건지, 선수를 놓친 다이보 씨는 점점 말이 없어졌다. 그럼에도 모리미츠 씨가 술술 자신의 지론을 펼치는 중간중간, 다이보 씨도 끌려와서 "맞아요, 저도 그래요."라고 아이처럼 웃으며 맞장구치고 있었다. 커피숍에서 일을 할 때는 좀체 드러나지 않았던 둘만의 울퉁불퉁 인간미가 넘치는 대화 속으로 함께 걸어가고 있었다.

첫 번째 대담은 2013년 10월 후쿠오카에서, 두 번째는 같은 해 11월 도쿄에서, 그리고 세 번째는 2014년 1월 다시 한 번 후쿠오카에서 진행되었다. 그러나 그 후 작업은 멈춘 채 세월이 흘렀다.

그 사이에 여러 일들이 생겼다. 우선 건물이 노후해지는 바람에 다이보 커피가 2013년 문을 닫았다. 3년 뒤에는 모리미츠 씨가 융드립 세미나가 열린 한국에서 돌아오는 길에 쓰러져 운명을 달리했다. 대담집 완성을 손꼽아 기다리던 모리미츠 씨의 모습을 생각하면 죄송스러운 마음뿐이지만, 두 분이 함께 엮어낸 이야기를 하루라도 빨리 세상에 내놓아야겠다고 마음을 다졌다.

이번에는 다이보 씨의 강한 의지에 따라 다소 난해하거나 매끄럽지 않은 부분이 많은 채로, 두 사람의 관계성과 평소 성격이 잘 전달될 수 있는 다큐멘터리풍 구성을 통해 있는 그대로의 모습을 남기기로 했다. 여기에 편집부의 요청에 따라 커피를 잘 모르는 사람도 알기 쉽도록 해설을 달아 이야기를 이어가는 경우도 있었다. 두 사람의 각별한 버팀목, 다이보 게이코 씨와 모리미츠 미츠코 씨에 대해서도 별도의 칼럼으로 소개하기로 했다.

책 제목 《커피집》은 생두 배전부터 추출, 나아가 한 잔의 커피를 오감으로 느끼게 하는 커피숍 운영까지, 원류에서 하류까지 자신의 책임을 다하며 커피를 업으로 하는 사람 자체와 그가 운영하는 장소를 두루 일컫는다. 손에 쥔 커피를 매일매일 바라보는 그들처럼, 집중해서 한 길을 걸어가는 인생이라면 누구에게든 통용되는 본질과 만나게 된다. 그 가능성을 한 잔의 커피로 보여준 것이 바로 '커피집'의 일이었다고 나는 생각한다.

다이보 커피점이 폐점했을 때 왜 그렇게 많은 사람들이 아쉬워하고 그리워했을까? 신념을 가지고 자신의 길을 올곧게 걸었던 한 명의 위대한 커피장인을 잃게 되었을 때 왜 그렇게도 많은 사람들이 애도를 넘어 자신의 삶을 잃은 것처럼 아파했을까?

'커피집'이란 대체 무엇일까? 모든 조건을 빼버린다면, 최종적으로 인간 그 자체로 귀결된다는 생각이 든다. 커피는 어느 시대든 사람이 만들고, 사람이 느끼는 것이기 때문이다.

두 명의 '커피집'은 무엇을 생각하고, 어떠한 길을 걸어왔는가? 이 대담집을 통해 우리가 사랑했던 두 커피집의 말과 생각, 태도, 가게에 흐르는 공기에 이르기까지 아름다운 세계를 많은 분들이 체험하실 수 있다면 더없이 기쁠 것 같다.

커피하는 두 사람

다이보 가쓰지

　　　　　1947년 이와테현 모리오카시 출생. 1972년 '다이로 커피점' 입점. 그곳에서 커피의 기초를 배운 후 1975년 7월 도쿄도 미나토쿠 아오야마의 건물 2층에서 손으로 돌리는 배전기를 사용한 자가배전과 융드립 커피전문점인 '다이보 커피점'을 개업했다. 이후 연중무휴로 운영하며 전 세계 커피애호가들에게 융드립 강배전 커피를 제공했다. 2013년 12월에 노후화된 건물 재건축으로 인해 아쉽게도 폐점했다. 이를 기해 1,000권 한정으로 출판된 《다이보 커피점》에는 인연이 깊은 35명의 기고문과 점주 자신이 쓴 커피에 대한 이야기를 실었다. 2014년 대만에서 자가배전 커피점을 운영하는 사람들을 대상으로 한 배전·추출 세미나를 개최했다. 2015년 12월, 일본에서 개봉된 다큐멘터리 영화 〈A film about coffee〉에 출연해 일본의 독자적인 문화인 핸드드립을 세계에 널리 알렸다. 2017년에는 다이보 씨 감수로 후지로얄 사에서 50대 한정 수동로스터를 발매하고, 지금은 전국 각지에서 수동로스팅과 추출을 강의하며 본인의 커피를 전수하고 있다.

커피하는 두 사람

모리미츠 무네오

　　　　1947년 후쿠오카현 구루메시에서 태어났다. 1966년 구루메고등학교를 졸업하고 구와사와디자인연구소(전문학교)에 입학하기 위해 도쿄로 이주했다. 하와이 오아후 섬에서 반년간 체류한 후 1972년 도쿄 기치죠지의 '자가배전 모카'에 입점했다. 마스터인 시메기 씨에게 5년 동안 사사한 후 후쿠오카로 귀향, 1977년 12월 후쿠오카시 주오쿠 이마이즈미에 자가배전점 '커피 비미'를 개업했다. 1987년 커피 산지 시찰을 위해 예멘 바니마타르, 알하자라, 마나카를 방문한 이후 모카커피의 스파이시한 향에 매료되어 예맨을 5회, 에티오피아를 7회 방문하고 케냐, 인도네시아, 필리핀 등을 찾아 커피의 루트를 직접 확인하고자 했다. 2009년 5월 후쿠오카시 주오쿠 아카사카 느티나무길로 커피점을 이전했다. 2012년 저서 《모카에서 비롯되어》를 출판했다. 2016년에는 자신이 제안하고 감수한 융드립 추출기구 '네루코NELCCO'를 후지로얄에서 제작 판매하기 시작했다. 일반 가정에서도 전문가의 맛에 뒤지지 않는 맛있는 한 잔의 융드립을 실현하기 위해 계몽활동을 펼쳐왔다. 2016년 12월, 융드립 보급을 위한 한국 세미나를 마치고 귀국하던 길에 인천공항에서 쓰러져 서거했다. 향년 69세. 현재 가게는 부인 미츠코 씨가 이어가고 있다.

차 례

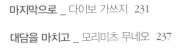

2013년 10월 15일

'커피 비미'에서

다이보가 모리미츠를 방문했다

다이 모리미츠 씨 안경하고 같은 것을 맞췄답니다.

모리 로산진 안경이네요.

다이 이전에 선물해주신 모자도 가져왔습니다. 모자는 좀 더 익숙해져야 할 것 같습니다.

모리 잘 펼쳐서, 그렇지 그렇지요. 오, 에리타테 선생님 같은 느낌이네(구라시키의 '고히칸' 마스터 에리타테 히로후미 씨. *이후 괄호는 모두 편집자의 부연설명이다).

다이 에리타테 선생님께 실렙니다. 그런 말씀 마세요. 이 모자는 어디 겁니까?

모리 제가 디자인해서 만든 특별주문품이에요. 에리타테 선생님 거는 연결부분이 없는 것인데. 이슬람 문화권에서는 머리에 '카피야'라는 것을 두른답니다. 우선 '타키야'라고 부르는 둥근 모자를 쓰고 그 위에 터번을 두르고. 카피야 하면 '고히야(커피집)'라고 들리기도 하고. 어쨌든 인터넷을 보니까 그렇게 소개돼 있었어요.

다이 이 모자를 주셔서, 저도 가져온 것이 있습니다. (데미타스 컵을 전하며) 모자를 억지로 **뺏은** 것이나 다름없으니까.

모리 와아, 이것은 사양 않고 받을게요.

다이 근데, 그게 관입(도자기 겉면에 생기는 얇은 금)이 생겨요.

모리 괜찮아요. 생겨도 문제없어요.

다이 모양이 별로 예쁘지 않거든요. 울퉁불퉁 생기더라고요.

모리 저는요, 경질도기를 어떤 사람에게 부탁해서 커피잔으로 쓰려고 구입했는데, 그것도 관입의 모양새가 좀 그렇더라고요. 그래도 정말 고마워요.

다이 당신이 쓰거나, 뭐 좋을 대로 사용해주세요.

모리 이 그림도 좋네요. 이 작가가 누구였죠?

다이 마스다카 씨.

모리 마스 씨구나. 예전에 '오오쿠라 도원'(1919년 창업한 요코하마 양식기 제조사. 오스 그림 등은 관상 가치가 높다)의 커피잔을 취재한 글을 읽었는데, 커피잔은 통형이 기본이라고 쓰여 있었어요(식후 소량을 진하게 마시는 데미타스 커피가 주류였던 역사적 경위가 있다). 나는 통형은 사용하지 않아요. 컵은 바닥이 포물선형인 것만 사용합니다. 안쪽에서부터 반사되는 빛을 모아 커피도 밝게 보이니까.

다이 마시면 마실수록 커피색이 예쁘게 보이겠지요. '비미'에서는 입 주위가 넓은 커피잔만 사용는데, 입술에 닿는 부분에 맞게 굴곡진 잔만 선택하는가요?

모리 맞아요. (다이보 씨가) 지금 들고 있는 잔은 'KPM'(베를린왕립자기제작소. 1763년부터 이어지는 독일 도자기가마)으로, 외관은 평범하지만 실제로 잡아보면 정말 편하게 쥘 수 있는 잔이에요.

다이 정말 그렇네요.

모리 입부분이 벌어져 있으면, 대개 밸런스가 손잡이의 반대쪽으로 치우치기 때문에 잡는 게 불편하거든요. 그런데 이 잔은 정말로 고민을 많이 해서 만든 공예품이라고 생각해요. 훌륭한 잔입니다.

다이 오오쿠라 도원은 모양이 두껍고, 손가락이 손잡이에 잘 안 들어가는 모양이라서 손가락 끝으로 잡게 됩니다. 그때 커피가 앞쪽으로 모아지게 되지요.

모리 맞아, 맞아요.

다이 그것이 저도 마음에 들어요. 그리고 이 하얀색, 정말 예쁘지 않습니까?

모리 다른 외국 회사들보다 뛰어난 최고의 흰색이에요. 분명히 좋은 가오린(백자토)을 사용했을 거예요.

다이 역시 무게중심이 앞쪽으로 모이면서, 잡았을 때 손에 무게가 느껴집니다. (대접받은 커피를 한 모금 마시고는) 오늘 이브라힘 모카, 정말 맛있습니다.

모리 아니 아니에요. 하하하하하! 고맙습니다.

　지난번, 다이보 씨와 오오야 미노루 씨의 대담집 《맛있는 커피란 뭘까》 중에서 맛에 관해 나눈 이야기를 읽었습니다.

다이 읽었어요? 어땠는지 모리미츠 씨의 소견을 들어보고 싶네요.

모리 그 '7.0'이라는 기준 말입니다.

다이 네. 강배전의 배전 정도를 나타낼 때, 기준점을 저는 숫자 7.0

으로 표현합니다. 산미가 사라져 거의 제로에 가까운 부분, 단맛이 얼굴을 내미는 부근의 배전 정도지요. 거기에 선을 그어두면, 그 기준에 맞춰 미묘한 강배전의 이야기를 할 수 있을 것 같아서 제 마음대로 정한 것입니다. 8이어도 좋고 9여도 좋은데, 일단 7로 했지요.

모리 나는 말이죠. 서드 웨이브가 붐을 이루며 향을 중시하고 산미를 중시한다고 하지만, 커피는 과일의 종자이니까 이미지로는 너트라고 생각합니다. 다이보 씨가 대담에서 은행을 예로 들었는데 나는 호두나 카카오, 시나몬, 마카다미아, 드라이푸르츠 풍미에서 커피의 향미를 찾아왔습니다.

다이 …….

모리 어때요?

다이 지금까지 '어떤 맛 같은'이라는 식으로 생각한 적이 없습니다. 다만 단맛이 어떤 형태인지, 산미가 어떤 형태로 남아 있는지, 쓴맛이 어떤 식으로 드러나는지. 저는 그런 표현을 해왔습니다.

모리 그래요. 커피는 쓴맛이죠. 여러 가지 맛을 이야기하지만, 커피에는 카페인의 쓴맛이 존재하고, 이는 누구도 부정할 수 없죠.

저의 스승인 '모카'의 마스터 시메기 씨가 자주 이야기했지요. 품격과 품위가 느껴지는 쓴맛이 있다고 말이죠. 커피의 쓴맛을, 만드는 사람이 어떤 감각으로 어떻게 표현할지가 관건이라고.

다이 저는 그것을 표현할 때, 서로의 말을 이해하기 위해서 숫자를 가지고 이야기하는 것이죠. 가령 7보다 조금 강하게 볶고 싶을 때 쓴맛이 어떤 형태로 존재하는지. 또 단맛이 쓴맛을 감싸고 있는, 단맛에 잘 싸인 쓴맛이라는 것이 가능하지요. 그런 거 있죠, 조금 약하게 볶아서 나오는 산미가 단맛에 잘 싸여 존재할 때, 그게 좋은 산미라고 생각합니다.

모리 오래 전부터 녹차는 떫은맛이라고들 하지요. 녹차의 떫은맛처럼 대표적인 표현을 커피에서 찾는다면 무엇일까, 오래 전부터 생각했습니다. 저는 바디감이라고 생각합니다. 바디감이라는 말은, 누구나 잘 알고 이해할 수 있지요. 누구나 한 번쯤 체험해본 적 있으니까요.

다이 녹차의 떫은맛이란, 예를 들면 밤껍질의 떫은맛과는 다른 것이지요. 커피의 떫은맛 역시 밤껍질의 떫은맛이라 말하지 않고요. '떫은' 걸 표현할 때에도, 호의적으로 말할 때는 '떫은맛'보다 '바디감'이라는 단어를 사용한다는 걸 지금 모리미츠 씨의 이야기로 충분히 알 듯합니다. 그런데 커피의 경우 약배전을 해서 떫은맛이나 산미가 강하게 느껴질 때, 액체에서 밤의 속껍질 같은 떫은맛이 퍼지는 듯한 경험을 한 적 없습니까?

모리 음…, 산미가 맛있는 커피를 오기쿠보 '히카리珈琲里'(남쪽 출구 앞길에 조그만 공간이 있었다)에서 마셔본 적이 있는데, 정말 맛있었어요. 나의 취향은 차치하고, 맛있는 산미라는 것이 존재한다는 것을 그때 느꼈습니다.

다이 그렇죠. 그 말씀에 공감합니다.

모리 산미를 표현하는 데 있어서 '시다'와 '산미'라고 구분해서 사용하지 못하는 부분도 있기는 하지만…. 산미를 추구한다고 해도 누군가 한 사람의 의견이 되어버리기 쉬운 것도 사실입니다.

다이 제가 지금 약배전을 했을 때 혹시 떫은맛을 느끼지 않는지 여쭤본 이유는, 약배전이라고 모두 그렇게 되는 것은 아니기 때문입니다. 약배전을 해도 떫은맛이 나지 않는 커피도 있으니까요. 그런데 실제로 밤껍질 같은 맛이 느껴지고, 그것이 입 안에 기분 좋게 맴도는 경우도 있잖습니까?

모리 어떤 차이를 말하는 건지 명확히 이해가 안 되지만, 가령 과테말라 같은 콩은 비교적 좋은 떫은맛을 가지고 있지요.

다이 아, 그것입니다. 여러 가지 콩을 테이스팅하던 중 독특한 떫은맛을 느껴서 '이 콩은 이 떫은맛을 남겨야지.' 생각하고 블랜딩용으로 구입한 적이 있는데, 그게 바로 과테말라였습니다.

모리 그래요, 그래요.

다이 과테말라에 대해 최근 제가 궁금해하는 건, 그 떫은맛이 사라지는 부근이 어디인지예요. 순전히 제 취향입니다만, 저는 그 맛을 가능한 드러나게 해주고 싶습니다.

모리 그러니까요. 맞아요.

다이 천으로 말하면 삼베 같은, 조금 거칠고 성긴 듯한 느낌의 맛이 만들어진다는 것을 발견했거든요. 저는 그 떫은맛을 살리기 위해 과테말라를 선택했는데, 다른 사람들은 그것을 없애는 포인트를 목표로 하는 것 같습니다.

모리 과테말라가 가진 특징이기도 하지요. 이를 살리기 위해서 어떻게 해야 할지가 중요하다고 생각합니다.

다이 메뉴에 과테말라가 있습니까?

모리 물론, 있고말고요.

다이 저는 없거든요. 추구하는 면은 있지만, 이를 블랜딩에 사용할 뿐입니다.

모리 우리집은, 만델린 베이스의 E취향 블랜드(비미에는 A옅은맛, B중간맛, C농후한맛, D음미, E취향이라는 5종의 블랜드가 있음. 38쪽 그림에 메뉴 일부 있음)에 과테말라를 추가하거나 아이스커피와 데미타스에도, 베리에이션 커피 메뉴에 사용하기도 합니다. 아마도 아까 이야기했던 과테말라의 떫은맛이 사라지기 직전 부근이 맛있기 때문일 거예요. 아이스커피로 만들면 정말 맛있죠. 다이보 씨가 그것을 수동로스터로 만들고 있다는 게 정말 신비로울 따름입니다.

다이 많은 분들이 수동으로 맛을 찾아가는 게 어려울 거라고 말하는데, 기계를 사용하면 훨씬 쉽게 잡을 수 있나요?

모리 훨씬 수월하죠.

다이 아닐걸요. 같을 거예요.

모리 아니, 더 간단해요. 내가 제일 처음 사용한 것이 수망이었고, 다음이 프라이팬 그리고 수동로스터, 지금은 전동로스터. 처음엔 3킬로였다가 지금은 5킬로를 사용하고 있는데, 점점 컨트롤하기 쉬운 단계를 밟아간 것이죠. 양손으로 다 해결할 수 있는 범위가 수작업이라고 생각하고 있습니다. 다이보 씨의 수동로스터도 그런 거죠. 전동기계로는 딱 5킬로까지가 그렇다고 생각합니다.

다이 자신의 혀가 이 포인트로 맛을 내고 싶다고 분명히 정해두었으니, 어떤 기구를 사용하더라도 그 지점을 목표로 나아간다는 의미에서는 같다고 봅니다.

모리 그리고 온도가 있지요. 열역학 제2법칙까지는 아니어도…, 현재 '진리'라고 불리는 것 중 분명한 요소는 바로 열입니다. 엎어진 물을 주워담을 수 없듯, 수정 불가한 요소이긴 하지만. 온도라는 것은 참으로 신기하죠. 그 열이 어떻게 작용하는지도 매우 큰 의미를 가집니다.

다이 기계의 경우 온도계가 붙어 있지 않습니까? 수동에는 없어요.

모리 그래서 감이 중요하지요.

다이 테이스팅을 한 후 맛의 이 부분을 깎아내고 싶다 혹은 늘리고 싶다는 식으로, 다음날 또는 같은 콩을 다시 배전할 때 어떻게 하면 실현할 수 있을지를 모색합니다. 화력을 일찍 낮추거나 낮춘 상태를 오래 유지하는 식으로요. 손으로 돌리는 작업의 조정은 가스밸브 하나로 하는 것이니까 100으로 시작해 12~15분 사이에 50으로 줄이거나, 10분 정도일 때에 50으로 줄여서 그 시간을 길게 끌고 가거나…. 시행착오를 반복하는 셈이지요. '그래, 이거구나.' 혹은 '이렇게 되네.' 하는 경험으로요. 저는 노트를 사용하기는 합니다만, 테이스팅할 때의 감각을 몸으로 기억하는 편입니다. '이렇게 했기 때문에 맛이 이렇게 되었다'라는 식으로 구체적인 내용을 노트에 기록하지는 않습니다.

모리 나도 10년 정도 기록을 했지만 최근에는 전혀 하지 않아요. 매번 콩을 보면서 조금씩 조작을 달리할 수밖에 없기 때문에, 써봐

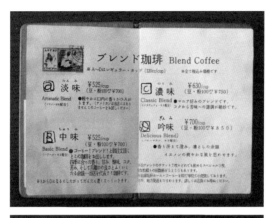

야 의미가 없거든요. 그것보다는 스스로가 체험한 것을 바탕으로
판단해나가는 방식이라….

다이 맞아요, 오로지 그것이죠. 특정한 데이터를 기본으로 삼는다
든가 하는 건 없습니다. "수동으로 어떻게 그렇게 하십니까?"라는
질문을 많이 듣는데, 저는 그것밖에 한 적이 없잖아요. 기계나 다른
방법으로 하면 어떻게 되는지 아예 모릅니다. 수동으로 고민할 수

밖에 없으니까, 그냥 그렇게 하는 것이고요.

모리   그것이 중요하지요.

다이   단, 조금 더 바빠진다면 기계가 필요해질 테니까, '그럼 어디에 둬야 하지?' 고민한 적은 있습니다. 수동이 제일 좋다거나, 수동이 아니면 안 된다는 생각은 해본 적 없어요. 그저 이대로 어떻게든 가고 있으니까, 손으로 돌리면서 오늘까지 온 거죠.

모리   맞아요, 그것이 중요해요. 다이보 씨의 경우, 배전기를 미리 예열하고 온도를 세팅해두는 것이 불가능하기 때문에, 자신의 감으로 조정할 수밖에 없지요. 그 일을 수십 년에 걸쳐 해오고 있다는 것, 그것만으로 훌륭하다고 생각합니다.

다이   그 수동배전기는 연기를 억지로 빼내지 못하기 때문에 연기와 함께 볶게 되니까 스모키하지 않느냐고, 많은 사람들로부터 같은 소리를 들었습니다.

모리   '모카'의 마스터도 로스팅 시작 부분에 먼지를 날릴 때만 배기 댐퍼(로스터의 배기를 조정하는 부위)를 열고, 이후에는 자연배기에 가까운 상태를 만들어주면서 로스팅을 했습니다. 그리고 마지막 한순간에 빼내더군요. 이것을 배기댐퍼로 조작하는 거지요. 수망배전을 할 때처럼 배전을 하면 자연배기가 되기 때문에, 콩에 부담을 주지 않습니다. 그러나 기계의 경우 모터가 해주니까 거기에서 무언가 부자연스러움이 만들어져 버리죠.

다이   아. 수망으로 볶는 듯한 이미지로 기계배전기를 조작한다는 말이군요. 댐퍼를 조작한다는 것은….

모리 화력 조정입니다. 댐퍼를 열어서 공기의 양을 늘리고 화력을 더하면 그만큼 열량도 높아져요. 이런 작업을 기계로 하는 겁니다.

다이 아, 그런 말이군요. 여러 사람들과 배전에 대해 이야기를 나누기 시작한 것은 최근입니다. 공부가 많이 부족해서 죄송합니다.

모리 아니 아니에요. 그것보다 아까도 이야기했지만, 다이보 씨가 배기구멍도 없는 수동로스터로 로스팅을 하는데도 탄내 같은 것이 전혀 나지 않는다는 사실이 더 대단하다고 생각합니다.

다이 아이고 아닙니다.

모리 저만 모르는 것인지도 모릅니다. 하하하. 저의 경우 처음 일한 '모카'에서 에리타테 선생님이 처음 개발해 특허를 받은 적외선부착 배전기를 사용해왔어요. 앞뒤로 버너가 있어서, 앞쪽은 직화 방식으로 타공이 된 상태인 반면 뒤쪽은 구멍이 없는 반열풍 로스터를 사용했습니다('모카'의 배전기를 개량한 '반직화 반열풍' 방식의 '비미' 스타일은 여기에서 시작되었다). 그것만 봐왔으니까, 저도 그것밖엔 몰랐습니다. 물론 사사를 하던 기간 중에 제가 볶기도 했지요. 프라이팬과 수망으로 로스팅한 것을 마스터에게 보이면 "아직 충분히 부풀지도 않았어, 안 돼."라고 단번에 호통을 치시는 날들의 반복이었죠.

처음부터 모카의 그 배전기를 능숙하게 사용할 줄 아는 게 목표였습니다. 자가배전이 아닌 커피는 '그냥 커피'라고 생각했었고, 선배들께는 죄송한 말이지만 당시 저는 '모카'를 뛰어넘는 커피를 할 것이라고 공언했었답니다. 물론 선배들은 "그럴 일 없을 거야."라며 애당초 상대도 해주지 않았지만. 그럼에도 목표를 높이 잡고는 거기에 도달하기 위해 열심히 공부를 했습니다.

다이 '모카'에는 자주 갔었습니다.

모리 처음 '모카'에 온 것이 언젠가요?

다이 1970년일 거예요. 제가 '모카'에 자주 다닐 때 신입이 들어왔었지요. 어쩌면 모리미츠 씨였을지도 몰라요. 신인이 들어왔구나, 생각했던 기억이 있어요. '모카'에서 일한 시기가 언제죠?

모리 음, 글쎄…. 숫자에 약해서. 하하하. (실은 5년 동안 일한 후, 반년 후인 1977년 12월 8일 자신의 가게를 오픈했다).

다이 그 무렵은 정말 자주 '모카'에 다녔습니다.

모리 아, 맞아요. 항상 아내분과 둘이서. 이제 기억이 나네요.

다이 근데 더 자주 갔던 시기는, 내가 혼자였을 때. 아내는 일하고, 나는 일을 하지 않았던 시기가 있었습니다. 그때 매일매일, 이노가시라공원에 들러서 '모카' 커피를 마시고, 기치죠지에서 식재료를 사서 저녁식사를 준비해두고 '일하러 간 사람'을 기다렸었죠.

모리 에? 일을 안 하고 있었다고요?

다이 가게를 오픈한 것이 1975년 7월이니까요. 그 직전 1년 동안은 일을 하지 않았고, 자금도 없어서 다시 한 번 취직할까도 생각했습니다. 그러나 내 힘으로 할 수 있는 무언가를 하자고, 돈도 없는데 그렇게 시작한 것이죠.

모리 들은 바로는 다이보 씨가 은행원이었다던데.

다이 맞아요, 4년 정도.

모리 은행원은 대우가 좋은 거 아닌가요?

다이 그 당시 급여는 많이 낮았어요.

모리 아내분도 은행원이었나요?

다이 아니에요. "킷사텐을 하다니, 뭔 생각을 하는 거야."라는 소리를 듣던 시대였죠.

모리 킷사텐은 물장사라고, 사회적으로 인정받지 못하던 시대였기 때문이죠. 지금이야 커피숍 하면, 샐러리맨들이 회사 그만두고 나서 꼭 해보고 싶어하는 이미지가 강한데요, 아마 그 무렵부터 조금씩 바람을 타기 시작한 듯해요.

다이 아내의 부모님에게 인사를 하러 간 후, 바로 은행을 그만뒀죠. 1년 넘게 아내의 부모님께 비밀로 했고요.

모리 하하하하하. 그 다음은?

다이 '다이로 커피점'이라는 가게를 하던 사람이 있었습니다. 함께 일하던 나가바타케라는 사람에게 가게 오픈 계획을 들었을 때, 나와 함께 일하지 않겠냐고 제안을 했지요. 개점 준비를 도왔고, 그것이 저의 커피수업이 되었습니다.

모리 아, 거기, 가봤어요. 지금 다이보 씨 가게와 가깝지요?

다이 네. 그런데 저는 1년 반만 일했습니다. '다이로 커피점'은 처음엔 수동로스터, 이후에 기계로 바꾸어서 자가배전을 했어요. 그때 저도 500그램짜리 샘플로스터를 구해서 아파트에서 배전을 시작했습니다. 지금은 1킬로 수동로스터를 사용하고 있지만요. 제 가게의 노트를 펼쳐보니, 1992년에 '후쿠오카의 커피 비미, 기치죠지 '모카' 출신 사람의 가게'라고 써놓은 게 있더군요. 아마도 처음 '비미'

를 알게 된 시기가 그때였던 것 같습니다. 1994년에는 가게 손님이 '비미'의 콩을 선물해주었습니다. 그리고 1997년에 모리미츠 씨로부터 이브라힘 모카 산지에 가자는 제안이 왔습니다. 산지 방문은 그때가 처음이셨습니까?

모리 아뇨. 1987년이 처음이에요.

다이 그렇게 이른 시기에…. 처음 썼던 노트에는 '미미 커피'라고 적혀 있더라고요.

모리 귀가 아플 정도로 들었던 이야기네요. 하하하하.

다이 그래도 그때는 '비미'가 '모카'의 신입직원 출신인지는 몰랐어요. 그 둘이 동일인임을 안 것은, 후쿠오카에 커피를 마시러 갔을 때죠. 모리미츠 씨는 준비를 완전히 마친 후에 독립한 것인가요?

모리 아니요. 그럴 리가 있나요. 생두와 배전기를 어떻게 할지만 정했었습니다. 가게를 오픈하려고 할 때 '모카' 때부터 인연이자 우리와 동갑내기인, '와타루'의 영업담당이면서 이후 오사카지점장이 된 분을 소개받았습니다. 그가 말하기를, "커피집을 하면서 돈을 많이 벌어야 한다는 게 우리의 거래 조건입니다." 했었는데, 그것은 지키지 못한 듯하네요.

다이 아니죠. 곧바로는 아니더라도 점점 잘되지 않았나요.

모리 오오야 씨와 대담에서, 커피숍을 그만 하고 싶어진 적이 있었다고 했지요?

다이 아 네. 손으로 계속 돌려야 해서 힘든 점을 말했던 겁니다. 두세 시간만 돌리면 시간도 금방 지나가고 매일 돌려도 괜찮은데, 너댓 시간 정도가 되면 질리기도 하거든요. 그런 의미로 말했던 것입니다. 커피를 하는 게 싫었던 적은 한 번도 없습니다.

모리 역시. 수망이나 프라이팬을 손으로 돌려서 하는 작업은 납득이 가능합니다. 그러나 기계로 하면, 처음에는 납득이 안 되는 맛이 나옵니다. 배전기를 제대로 활용하는 방법도 모르고, 배전기 안에서 어떤 일이 일어나는지 모르니까요. 댐퍼 하나만 해도 어떤 역할을 얼마나 하는지, 얼마만큼의 열량과 관계가 있는지 잘 몰라서 매일 내는 커피가 없었던 날도 있었답니다. 그럴 때는 스스로가 너무 싫어졌죠. 끊임없이 노력하는데도 실패만 하고, 기계를 사용하기 때문에 매일매일 실패작이 엄청나게 쌓여갔습니다.

다이 그 맘, 이해해요. 자신이 납득할 수 없는 맛을 내야 할 때만큼 고통스러운 일도 없죠.

모리 응. 그럴 때는 다 그만두고 싶어지죠.

다이 그렇죠. 손님에게 변명할 수 있는 일도 아니니까요.

모리 저는 그럴 때마다 손님과 지인들의 응원에서 많은 도움을 받았습니다. 그럴 때, 다 느끼잖아요. 신기하게도 말이죠. '저 인간이라면 언젠가 꼭 맛있는 커피를 만들어 낼 거야.' 손님들이 그렇게 생각해준다고 느낀 것이죠. 물론 '모카'에 들어가서 커피를 하겠다고 맘먹었을 때부터 시작된 일이에요. 나는 그런 단계를 '커피의 신'라고 부르는데, 그 신이 언젠가는 나에게도 와줄 거라는 신념이 있었기에 지금까지 오게 된 것입니다.

다이 모리미츠 씨가 그렇게 생각하고 있으니, 그렇게 된 것이에요.

예를 들어 A라는 사람이 와요. 아, A가 날 살렸구나. 또 B라는 사람이 와도 똑같이 생각하고. 그렇게 생각할 수 있는 사람들이 많은 것이지요. 힘들 때 찾아와준 이들을 보면서, 그 사람으로 인해 자신이 힘을 얻었다고 생각하는 거지요. 적당한 마음으로 커피를 바라보지 않는 모리미츠 씨 자신의 마음이 그렇게 만들고 있었던 겁니다. 저는 모리미츠 씨가 말한 것들에 공감하고 의미를 존중합니다. 커피의 신이 힘을 준다는 것도 존중합니다. …순수하네요.

모리 하하하하하. 커피집을 한다는 것은 인생을 걸 만큼 가치가 있다고 생각합니다. 더러는 '기다려도 기다려도 손님이 안 오는' 시기를 지나지 않으면 안 됩니다. 그것은 정말로 괴로운 일이에요. 스스로 생각하는 커피를 내지 못하는 것. 손님이 오지 않는 것. 그런 터널 같은 시기를 잘 통과하고 나서 비로소 진실한 기쁨을 느낄 수 있었다고 생각합니다. 다이보 씨는 어떻게 생각해요?

다이 우리 부부가 이야기한 적이 있는데요. 하나의 원점은 리어카에 손으로 돌리는 로스터를 싣고, 주택단지를 돌면서 커피를 파는 것입니다. 리어카에서 배전을 하면 연기가 막 날릴 것이고, 커피라는 것을 알아차린 사람들이 몇 명쯤 사러 오면 좋을 것이라고. 우리 부부의 원점은 그것입니다. 그 원점을 생각하면 어떤 일이 생겨도 견뎌낼 수 있는 마음이 됩니다.

모리 나의 경우, 커피집이 되겠다고 마음먹은 것은 하와이 이민자인 모친의 숙모를 만난 것이 계기였습니다. 당시 후쿠오카현과 구마모토현, 야마구치현 등지에서 하와이로 이주해 커피 재배를 시작한 사람들이 많았습니다. 사진만 보고 외국에서 돈벌이를 하겠다고 바다를 건넌 이주였어요. 숙모도 오아후 섬이 있는 바라하라팜에서 고생 끝에 성공하셨답니다. 크리스마스가 되면 초콜릿과 커피를 일본으로 보내주셨기 때문에, 나는 어릴 적부터 커피를 마셨습니다. 20대 초에 하와이 숙모의 커피농원을 방문했을 때, '아, 이민을 간 사람들이 키우고 있는 빨간 열매가 어릴 적 마셨던 커피였구나.' 하고 알게 되었습니다. 숙모는 해질녘이면 일본이 있는 쪽을 바라보며 열심히 기도를 했는데, 그 뒷모습을 보고 나는 감동을 받았답니다. 그때까지 학생운동에 좌절하고, 희망조차 잃고 있던 내게 그런 분이 나타난 것이지요.

나도 커피집을 해야겠다고 그때 결심했어요. 일상 속에서 커피를 마시는 하와이 생활을 경험한 후, 도쿄의 기치죠지에서 '모카'를 운영하던 전설적인 커피 마스터 시메기 씨와 운명적으로 조우했습니다. 당시 '모카'는 목판화가 오쿠야마 기하치로 선생, 커피연구가 이노우에 마코토 선생, 에리타테 선생 등 쟁쟁한 분들이 다니던 커피집이었습니다. 그것이 제 마음속의 근본이 되었다고 생각해요. 저는 하와이에 갈 때까지는 어두운 인간이었습니다. 우리 집은 구루메(후쿠오카현)에서 양품점을 운영하고 있었고, 부친은 기타를 잘 치는 사람이었어요. 그 덕에 어릴 때부터 음악은 친숙했습니다. 그러나 부친은 '세상은 만사가 돈이다'라는 신념으로 산 세대이기 때문에, 제가 디자인학교를 간다고 했을 때 이해를 못 하셨습니다. 고등학생 때는 미술부에서 즐겁게 보내던 시절도 있지만, 친구들과 뭉쳐 다녀도 어딘가 허전함은 있었어요.

커피를 만나기 전까지는 나의 생각을 구체화해주는 어떤 것도 없었기 때문에 그랬던 것 같습니다. 젊었을 때는 그걸 열심히 찾아다니기도 했었죠. 좋아하는 작가 이나가키 다루호를 알게 된 것은 디자인 전문학교에 다니던 시절이에요. 머리가 엄청 길고, 보통 사람들은 도저히 읽을 수 없는 불교경전을 세 번이나 읽었을 정도로 특이한 친구가 이 작가에 대해 알려주었습니다. 이나가키 다루호의 세계는 지금까지 읽어보지 못했던 문장이었어요. 처음 접한 순간부터 빠져들었습니다. 이나가키는 저 위에서 인간을 내려다보는 듯한 시점을 가지고 있었습니다.

다이 저의 부친은 신사복 재단사였습니다. 주문을 받고, 원단을 고르고, 제봉까지 혼자서 하는 대담한 사람이었지요. 모친은 기모노바느질로 생계를 돕고 있었는데, 세 살 무렵에 관동대지진이 일어났습니다. 부모와 떨어져 이와테현의 친척집에 맡겨졌지요. 형과 여동생, 이렇게 3남매 중 가운데입니다.

모리 어떤 아이였어요?

다이 잊어버렸다고 하고 싶은데…, 공부는 비교적 잘하는 편이었어요. 중학교 2학년에 반장이었고, 3학년 때는 학생회 부회장도 했습니다. 그러나 수업 중에 장난이 심해서 학급 여학생 전체가 들고 일어나 반장의 자격이 없다며 항의한 적이 있었어요. 우등생그룹과 불량그룹, 두 그룹과 다 어울렸던 희한한 아이였습니다. 우등생들과 다니다가도 불량그룹을 보면 뭘 하는지 흥미가 생기니까 그랬어요.

부모님한테는 이렇게 해라, 저렇게 해라는 잔소리를 들어본 적이 없습니다. 그냥 어렸을 때부터 주욱 제 갈 길을 걸어온 것 같네요.

모리　가게 이름에도 붙어 있는 다이보大坊라는 성은, 이와테현에 많은 성인가요?

다이　많지도 않지만, 흔하지도 않은 성이에요.

모리　유래는 들어본 적 있어요?

다이　다이보라는 지명이 여기저기 있습니다. 누군가한테 들었는데, '슈쿠보宿坊'(사찰 등에 있는 숙박시설)가 아닐까 말하더군요.

모리　아아!

다이 다이보大坊, 츄우보中坊, 쇼오보小坊라는 슈쿠보가 있었는데, 다이보는 큰 방으로, 신분이 낮은 스님들이 한꺼번에 묵는 방이 아닐까 한다는 이야기를 하더군요. 지명으로도 여기저기에서 쓰이는 듯해요. 하쿠슈白州(야마나시현)에 있는 산토리 증류소 부근에도 '다이보'라는 마을이 있습니다. 나가노와 이시가와 스즈야키 인근 작은 지역의 이름도 다이보라고 하는데…. 커피와 아무 연관성도 없어서, 죄송하네요.

모리 간판의 글씨는?

다이 내장공사를 할 때 도면을 그린 분이 디자이너였습니다. 그분이 가게 이름 로고를 몇 가지 만들어주셨는데, 그 후보 중 하나를 수정해서 지금의 그 형태가 되었습니다. 아주 오래 전 이야기네요. 독특한 서체지요, 저 '다이보 커피점'의 '가배(커피)'라는 글씨. 이후에 간판집의 샘플서체로 사용되고 있더라고요. 언젠가 가마쿠라 역에 내렸는데, 한눈에 들어온 간판이 있었답니다. "어? 저거 우리 글씨인데." 했지요. 제가 아는 커피집도 이 글씨를 사용하고 있기에 물어보니, 간판집에 있었다는 것입니다.

모리 뭐라고요?

다이 그런 것은 아마도 권리를 주장해도 통하지 않을 거예요.

모리 통하지 않는다고요? 아무리 그래도 그렇지….

다이 오픈 직후에는 손님이 별로 없었어요. 정말 힘든 시기였죠.

모리 저는 부모님께 원조를 받은 적도 있어요. 월말이 되면 항상 돈이 없으니까. 그런데 또 그럴 때마다 희한하게 대량주문이 들어오거나 커피회수권을 사주는 손님들이 있어서 고비를 넘기고…. 그런 상황에서도 내 커피를 마시기 위해 와주는 한 사람만 있어도 그날은 커피집 하길 참 잘했다는 생각이 들었어요. 그 점은 그때나 지금이나 변함이 없네요.

다이 커피만 하지 말고, 점심 영업도 하면 어떻겠냐는 말도 많이 들었어요. 그래서 특별한 빵을 만들어볼까 생각한 적이 있습니다. 오랜 시간이 걸린 후, 결국 포기했습니다. 아마도 매출은 분명 늘었을 것입니다. 커피만으로 충분한 매출이 나오지는 않았지만, 무언가 느낌은 있었습니다. 그 느낌을 믿었던 것 같아요. 작더라도 손님의 반응에서 보람을 느끼며 일을 한다는 마음은 정말 중요한 것 같습니다. 비록 내일 지불해야 할 비용은 벌지 못하더라도, 그 작은 보람들이 다른 고민하지 않고 오직 커피에 집중할 수 있는 원동력이었습니다. 그래서 아까 모리미츠 씨가 말씀하신, 오직 한 명의 손님인데도 열 명이 있는 듯한 착각을 했었는지도 몰라요. 그것이 기쁨이었던 것 같네요. 손님의 마음을 구체적으로 느낄 수 있었던 것은 눈입니다. 당시 저는 젊었기 때문에, 저보다 나이 많은 분들이 오셔서 격려를 아끼지 않았지요. "이 커피는 뭐죠?" 묻는 사람도 있었고요.

모리 어떤 손님이 왔는지 눈에는 보이지 않는데도, 설령 보이지 않더라도 그 사람이 왔다고 느껴지는 때가 있지요. 그 당시에는 저도 그런 느낌이 있었던 것 같아요. 하하하하.

다이 저의 경우는 이래요. '그나저나 그 손님 요즘 안 보이네.'라고 생각하는 순간, 그가 딱 나타나기도 하죠.

모리 배고플 때는 어떤 손님이 와도 좋았는데, 야쿠자가 오는 것만은 쫌…. 그때는 많았으니까. 커피를 흐리게 해라, 뜨거운 물만 부어주면 되지 않냐, 등등 요구를 해오는 통에 나는 그런 짓은 하지 않는다며 싸움도 많이 했어요. 그래도 또 오더라고요.

다이 그런 일도 있지요, 안 올 것 같았는데 웬일인지 또 나타나고. 무언가 있는 것인지 몰라요, 그런 사람. 우리가 지금보다 훨씬 젊었던 때는 택시 운전기사를 하던 손님이 커피를 묽게 해달라고 해서 언성을 높인 적도 있어요.

오픈 당일은 정말 바빴어요. 7월 1일, 더운 날이었습니다. 그날은 음식물을 삼킬 수가 없었어요. 옆에 소바집이 있었는데, 그조차 먹을 수가 없었습니다. 초대 같은 건 하지 않았어요. 그냥 가게의 안내카드를 한 장씩 한 장씩, 가게에서 반경 1킬로미터 우편함에 넣었습니다. 큰 길에 면한 곳이어서, 공사를 할 때는 여기 뭐가 생기나 궁금했을 것입니다. 그때는 멀리서부터 일부러 찾아와주는 커피집은 생각하지 말고, 이웃들이 찾아와주는 가게를 만들자고 여러 번 다짐했습니다. 방금 생각났는데, 왜 그랬을까요? 멀리서 사람이 찾아와주는 것은 정말 기쁜 일인데 말이죠. 그만큼 감사한 일도 없는데. 하지만 그때는 근처에 사는 이웃들이 와주는 것을 목표로 했습니다. 처음 와준 손님은 정말 근처에 사는 사람이었지요.

모리 그런데 오픈하고 3일쯤 지나면, 손님이 없어지죠? 첫날은 아는 사람도 와주고 하니 대체로 바쁘지만 3일쯤 지나면 분위기도 차분해지고 1주일쯤 지나면 발길이 딱 끊기고.

그것보다도 나는 로스팅이 잘 안 되어서 정말 힘들었어요. 엄청 버렸죠. 당시는 아메리칸커피 전성기였거든요. 강배전 커피를 마시는 사람은 도쿄에도 별로 없었죠. 진한 커피를 마시는 곳은 '모카' 정도였지 싶어. 후쿠오카에는 아예 없었지요, 아마.

다이 오픈 당시는, 강배전 커피가 지금보다 친숙하지 않았지요?

모리 꼭 그렇지 않을 수도 있어요. 건축가 시라이 세이치라는 사람이 있는데, 그가 조용히 우리집 커피를 마셨나봐요. 그런데 도중에 안 마시게 되었다고 해요. 그분 아들한테 들은 이야기로는, 우리집 커피가 옛날만큼 쓴맛이 안 나서였다더군요. 무작정 쓴맛만을 추구하는 것이 커피집의 할 일은 아니지만, 그런 쓴맛을 원하는 사람들도 분명히 있지요.

다이 그렇군요. 제 경우도 너무 볶아서 맛이 잘 부풀지 않았던, 그래서 매우 쓴 커피가 오픈 당시에는 있었습니다. 그걸 좋아하는 손님도 있었고요.

모리 그래요, 그래요. 짠 듯한 그 맛. 저도 경험한 적 있는데 무엇이 이런 맛을 내는지 모르던 시기가 있었죠. 마시는 사람의 미각, 마시는 사람의 마음 상태에 따라 달라지기도 하고. 또 각각이 요구하는 맛 또한 다르니까요.

다이 그렇습니다. 커피를 만드는 사람이 100명 있으면 100가지 추구하는 방법이 있을 것이고, 마시는 사람 100명이 있다면 100가지 취향이 있다는 것을 이 무렵에 실감했답니다.

모리 오래 전, 이마이즈미(후쿠오카시)에서 가게를 운영할 때는 동굴창고 같은 느낌에다 '다이보 커피점'과 비슷한 내부구조였습니다. '모카'의 마스터가 2007년 12월에 돌아가셨는데, 비품을 인수받을 사람이 없어서 결국 제가 인수받게 되었죠. 그때 가게가 너무 좁아서 놓아둘 데가 마땅치 않아 고민하던 차에 지금 이 가게 자리가 나온 것입니다(2009년 5월 1일 이마이즈미에서 시내의 아카사카로 이전했다. 1977년 개점 이래 이사는 한 번뿐이었다). 5~6년 전부터 봐둔 장소였기에, 아까도 말했다시피 커피의 신이 있어서 이쪽으로 옮기라고 하는 것 같은 기분이 들었지요. 스승의 비품을 옮겨둘 수도 있었으니, 망설임 없이 새로운 가게를 만들었습니다.

역시 가게라고 하는 것은, 장소와 주변환경에 따라서도 변한다는 생각이 듭니다. 이토록 녹지가 풍부하고 매력적인 장소였기 때문에 동굴 같던 이전 공간과는 달리, 밝고 개방적인 분위기로 가게를 만들고 싶고. 당연히 배전도 이전과는 다른 방식으로 하고 싶어졌습니다. 이전에는 배전기의 배기를 컨트롤하는 댐퍼도 닫는 쪽으로 사용했어요. 그런데 이쪽으로 옮기고 난 후 5킬로짜리로 배전기를 바꾸고 쓴맛이 베이스이기는 하되 좀 더 밝은 커피를 만들게 되었습니다. 다이보 씨도 이번에 폐점을 하는 상황이 되었다고 하는데, 나는 내년에라도 다이보 씨가 새로운 가게를 열기를 바라는데, 어떠세요? 그 전에는 '미정'이라고 말을 돌리시는 듯했는데….

다이 음…. 솔직히 아직도, 정말로 '미정'입니다. 지금과 같은 장소에서 똑같은 형태로 하거나 좀 더 소규모로, 작게….

모리 규모를 더 작게 하다니. 지금도 충분히 작잖아요!

다이 폐점 시기인 2013년 12월까지는 바쁠 테니까, 그 후 기분에 맞춰서 해야 할 것 같습니다. 아까 모리미츠 씨가 들려준 이야기요, 이전 가게에서 준비하다가 우연히 지금의 장소를 발견한 이야기를 듣는데 저로서는 어떤 울림이 일었습니다. 이마이즈미에 있던 모리미츠 씨의 이전 가게는 마을의 혼잡함과 혼돈 속에 존재했습니다. 마을 안에 속한다는 게 그런 것이겠지요. 저 역시 그런 장소를 선택한 것입니다. 반면 마을과 떨어진 장소에 가게를 내는 이도 있어요. 왜 저렇게 가기 힘든 곳에 가게를 낼까, 생각이 드는 커피숍 말이에요. 아마도 혼돈과 복잡함을 피하고 싶기 때문이라고 생각합니다. 저의 경우 혼돈 속에서 커피집을 하고 싶은 마음이 있었던 겁니다. 원래 현대는 혼돈 그 자체라고 생각하기 때문에요. 나는 가게를 하더라도 북적이는 사람들에게 스스로를 솔직하게 드러내고, 그것이 얼마나 받아들여지는가를 항상 생각해왔습니다. 그렇다고 커피통들에게만 먹히는 가게를 하고 싶지도 않았고, 이 거리는 이런 분위기이니까 거리의 색에 맞는 커피를 만들어야지 하는 생각도 없었습니다. 커피를 그리 좋아하지 않는 사람도 오고, 더러는 나와 전혀 다른 감각을 가진 사람도 와서 마시게 되고…. 이런 상황에서 내가 얼마나 받아들여질 수 있을까, 그런 생각을 해왔습니다.

모리 그건 저도 똑같아요. 고향인 구루메시가 아닌 후쿠오카에 가게 터를 잡았던 이유는, 커피가 아닌 이야기를 하러 오는 지인들이 많은 환경을 피하고 싶었기 때문이에요. 그나저나 나는 운명적으로

이 장소로 왔지만, 다이보 씨는 앞으로 선택하게 되겠네요. 시골에 낼 수도 있고, 도시의 복잡함 속에서 이어갈 수도 있고.

다이 지금은 '미정'이라고밖에….

모리 '바다 위의 피아니스트'라는 이탈리아 영화 본 적이 있나요?

다이 아니요

모리 유럽과 미국을 왕복하는 호화여객선이 있어요. 그 배에는 부자들도 타고 이민자들도 타죠. 아마도 이민자의 자식이었던 것 같은데, 배 안에서 사생아로 태어난 아이에게 '데니 부드맨 TD_thanks Danny 레몬 1900'이라는 기다란 이름이 붙여졌어요. 어떤 흑인 손에 키워진 그 아이는 천재 피아니스트로 성장해요. 어느 곡이라도 즉석에서 칠 수 가 있었죠. 옛날에 바흐도 그랬다고 하죠. 음악이라는 능력은 타고나는 것인지. 그는 배에서 한 발자국도 밖으로 나가지 않고 결국은 배 안에서 죽지요. 정말 재미있게 본 영화예요. 부모가 사고를 친 것이니까 호적에도 올리지 못했던 거고. 성장한 그 피아니스트는 재즈를 발명했다는 사람으로부터 도전을 받기도 하고, 어느 여성에게 사랑을 느껴 미국 대륙에 내리려고 했어요. 그런데 도시의 높게 솟은 빌딩들을 보고는 나는 저 세계에서 살 수 없겠다면서 다시 배로 돌아가지요. 수십 년을 배 안에서 살던 어느 날, 배가 노후해 다이너마이트로 폭파해야 할 때가 와요. '1900'은 그 배와 함께 죽겠다고 고집을 부리죠. 콘이라는 이름의 트럼펫을 부는 친구가 열심히 그를 찾으러 다니지만 결국 배와 운명을 함께합니다. 정말 잘 만들어진 영화라고 생각하는데, 뭐가 재미있냐면 스토리 구성이 클래식 음악의 가장 기본적인 코드법칙과 같다는 점이에요. 도의 화음으로 시작해서 도의 화음으로 끝나는 피아니스트의 생애가, 어딘가 나와 다이보 씨를 생각하게 만듭니다. 왜냐하면 우리들은 커피에서 일종의 재능을 펼치고 있다고 생각하거든요. 커피를 하는 사람에게 주어지는 모종의 사명도 가지고 있고요. 나아가 그것은 스스로에 대해 아는 사람이고 싶은 바람, 희망 같은 것이기도 하고요.

다이 도로 시작해서 도로 끝난다는 것은 무슨 의미입니까?

모리 음악의 세계는 과학적으로 이론화되어 있어서 예를 들어 다장조의 경우, 도미솔 주화음이 가장 경쾌해요. 도미솔, 솔시레, 파라도라는 3화음을 학생시절 배웠는데, 그 3화음 안에 도레미파솔라시 전부가 들어 있습니다. 순정율(각 음의 높이를 결정할 때 수학적으로 정확한 계산을 하는 음률체계 중 하나. 피타고라스가 사용한 방법으로 5도를 5번 중복해서 3도를 얻는 방법 등으로 음계를 구성함)의 장점은, 배음의 진동을 동반하지 않기 때문에 경쾌하죠. 그런데 전조(조바꿈) 이조(조옮김)가 어려운 게 단점이에요. 거기에 평균율로 연주하기도 하고, 카덴차의 법칙(토닉, 도미넌트, 서브도미넌트)과 같은 기승전결이 생기기도 하죠. 또 인력의 형식이 만들어져서 토닉이 시작되어, 토닉으로 끝나기도 합니다. 도중에 서브도미넌트와 도미넌트를 거치기도 하지만, 마지막에는 가장 안정감 있는 토닉으로 끝나는 겁니다. 무리하지 않으면서 자연의 섭리에 거스르지 않는 것이라고나 할까. 그게 도로 시작하여 도에서 끝난다는 뜻입니다. 인력이라는 말은, 운명이나 그 사람의 사명이라고 바꿔 말할 수도 있겠네요. 저는 그것을 믿는 편이에요. 아무리 돌아간다고 하더라도 우리 삶에는 인력이 작용한다고 생각합니다. 다이보 씨는 커피에 그런 사명 같은 재능을 가지고 있으니까 역시 끝까지 완주해야 한다고 생각합니다.

다이 그런가요…. 감사합니다…. 이전에 규슈에서 커피 이벤트가 열렸는데, 에티오피아의 커피상사 담당자가 왔었어요. 맛을 설명하면서 그가 처음 배음이라는 단어를 사용했습니다. 배음이 무엇인지 선뜻 이해를 못 하던 상황에서 그가 '하모니'라고 표현을 해준 덕에 대충 감을 잡기는 했죠. 나중에 배음에 대해 공부를 했지만 어렵더라고요.

모리 아니에요. 어려운 것은 전문가에게 맡기면 되고요. 커피에서 아름다운 것, 중요한 것은 역시 여운이라고 생각합니다. 여운이 풍부한지 아닌지로 판단해도 문제가 없다고 생각해요. 그 여운을 가진다는 것. 음악으로 말하면 배음이 되고, 회화에서는 조화라 하고, 미각에서는 마시고 났을 때의 그 여운이 되는 셈이지요.

다이 그 여운이 맛 자체에 의한 것임에는 분명하지만, 마신 사람이 지닌 감각에 의지하는 경우도 많잖아요. 커피 맛의 경험에 의한 요소가 커피를 느끼는 감각이 되고, 회화나 음악도 마찬가지로 그 감각을 갖췄을 때 특히 더 잘 파악할 수 있다고 생각하는데요.

모리 꼭 그렇지만은 않다고 봐요. 음악이라는 건 1소절과 2소절의 테마 전개라고 할 수 있어요. 한때는 저도 어떻게 음악가들은 그 방대한 양의 악보를 쓸 수가 있을까 신기하게 생각했습니다. 알고 보니 그것은 테마 전개능력, 즉 그 사람이 테마를 가지고 있는지 아닌지에 따라 달라지더군요. 그것도 당사자가 찾으려 하지 않으면 보이지 않겠죠. 이미지를 담지 않으면 보이지 않는 세계이지요. 저는 이게 커피 블랜드를 만들 때의 이미지와 같다고 생각합니다. 단품으로 배전한 것을 세 가지 화음의 조합으로 블랜드를 하면 비로소 깊은 여운이 만들어집니다. 내 마음속에 있는 어떤 바람에 좀 더 가까워지도록 하는 과정이지요.

저는 지금까지 감동을 받은 세 가지 커피가 있습니다. 맛있는 커피를 마시고 싶다는 바람으로, 그 가게에 가면서부터 기대를 했지요. 물론 예상과 전혀 다른 맛과 느낌이었지만, 내 마음속에 아직도 남아 있습니다. 그렇게 남아 있는 것이 조화와 배음의 세계라고 생각합니다. 리듬, 멜로디, 하모니라는 것이 있죠. 리듬과 멜로디는 다른 동물도 느낄 수 있는 세계이지만, 하모니라는 것은 인간만이 감지할 수 있는, 말로 형용하기 어려운 세계죠. 인간에게는 그런 무언가가 있습니다.

다이 저도 커피집을 계속하면서 흥미로운 사람이나 사물을 만났을 때, 평생 함께하고 싶다고 마음속으로 결심하곤 합니다. 미술과 음악, 소설, 그릇이든 뭐든, 싫든 좋든 우선 열심히 바라봅니다. 계속해서 바라보면 무언가 생겨나거든요. 그런 것들을 가게 안에 직접 반영하지 않아도, 그 감각을 지닌 사람이 커피집의 점주가 되면 무리하지 않아도 자연스럽게 반영되어 드러나는 것이 아닐까 합니다.

모리 지금까지 살아오면서 많은 감동을 체험했습니다. 밥을 먹을 때도 그래요. 전기밥솥보다는 어릴 때 가마솥에 처음 불을 지펴서 지어먹은 것이 훨씬 맛있었어요. 지금은 전기밥솥에 밥을 해먹지만, 내 마음속의 밥은 역시 장작으로 불을 지펴 지은 밥입니다. 커피도 같아요. 지금까지 감동받은 것은 융드립 한 잔뿐입니다.

다이 옛날이야기인데요. 후쿠이현의 중학생들이 수학여행으로 도쿄를 오게 되는데, '다이보 커피점'에 가고 싶어하는 학생이 세 명 있다는 편지가 왔습니다. 당연히 좋다는 답장을 썼고, 학생들이니까 묽은 커피를 좋아할 거라 생각해서 흐린 커피를 내줬습니다. 그러다 좀 다른 생각이 떠올라서 마지막에 4번 데미타스라는 진한 커피 메뉴를 내주었습니다. 학생들이 떠나기 전에 어떤 커피가 제일 맛있었냐고 물으니 데미타스가 자기들 취향이었다고 하더군요. 처음 경험하는 맛이었을 텐데 말이죠. 그 학생들이 그렇게 쓴 데미타스를 선택한 이유가 뭔지 모르지만, 기뻐했던 것 같아요.

모리 아마도 미각을 넘어서는 어떤 느낌이 있었을 거예요. 인간은 귀로는 음악, 눈으로는 그림의 세계를 아름답다고 느끼는데, 그게 미각으로도 통한다고 생각합니다. 과학적으로 아직 분명하게 규명되지 않았기 때문에 〈예술신조〉 기획자가 커피의 맛을 '미美'라는 관점에서 특집기획으로 엮고 싶다고 했을 때, 아직 좀 이른 것 같다고 전했지요. 감각만으로는 어려운 것이라서, 어느 정도 이론화할 수 있는 세계와 맛이 있어야만 이해할 수 있게 되니까요. 아까 화음의 조합으로 블랜드를 추구한다고 했는데, 색채론으로 봐도 보다 대비

되는 색채, 즉 성격이 다른 콩을 조합하는 편이 맛 면에서 밸런스가
좋아지는 것 같습니다. 화가인 히라노 료(1927~1992, 독학으로 그림을
배웠다. 무소속으로 규슈 오쿠라를 거점으로 개인전을 열며 제작발표회를 가
졌다. 자코메티에 자극을 받아 갈색과 회백색을 기조로, 초지일관 인간을 모
티프로 삼았다)가 "빛은 어둠에서 온다."는 말을 남겼는데, 괴테(독일
의 시인, 극작가, 소설가. 자연과학자이면서 정치가, 법률가이기도 했다. 그
의 색채론은 일본어로도 번역되었다)도 어둠속에 색채가 있다고 말했었
지요. 저기, 이 도구 알아요?

다이 아니요. 뭐지요?

모리 삼각 프리즘이에요. 이 어두운 선을 향해 프리즘을 점점 멀리
떨어뜨리면 청, 자, 적, 주, 황 등의 색채가 나타나고, 더 멀리 떨어
뜨리면 어느 지점에 청, 적, 황 삼색이 돼요. 괴테가 제창한 색의 삼
원색입니다. 봤어요?

다이 네. 보여요, 보여요.

모리 청, 적, 황색이 보였지요? 이 어두운 선(어둠)이 삼원색이 되
었다고 괴테는 주장한 것입니다. 자신의 색감이라고 할까? 괴테가
1810년에 발표한 '색채환'은 보는 사람에 따라 느낌이 다르겠죠, 각
자의 시각에 따른 것이니까. 나는 그게 아름답다고 생각합니다. 색
채환은 음계라고 해도 괜찮을 듯해요. 오늘 아침 〈아사히신문〉에
터너(1775~1851. 영국 낭만주의 화가)가 특집으로 다뤄졌는데, 그도 괴
테의 색채론 영향을 받은 사람입니다.

다이 히라노 료의 그림을 보고, 터너 작품이 아니냐고 묻는 사람

이 있습니다. 물론 그림을 그리는 사람이라면 그 이론을 잘 알 테고, 음악을 좋아하는 사람이라면 음악적 이론을 잘 알겠죠. 그러나 내가 히라노 료나 다른 작가의 작품을 좋아하는 것은, 마음속의 '핵' 그 핵이 여러 경험에 의해서 키워지고 만들어진 '감각'의 결정체이기 때문입니다. 그러니까 저는 그림을 회화론으로 분석하고 싶다고 생각한 적은 한 번도 없습니다.

모리 그것 또한 정말 중요하지요. 한데 가령 하나의 이미지가 있으면 이를 구체화하는 작업이 따르잖아요. 눈, 귀, 코, 입을 포함해서 구체화하는 손이 있지요.

다이 감각으로 '아! 좋은데.'라고 생각한 것이 있다고 합시다. 그것은 어떤 의미에서 감각적으로 직감한 것입니다. 그 다음에 이 그림의 어디가 맘에 들었고 어디가 좋은지, 말로 표현하는 작업을 합니다. 아마도 그것 역시 구체화일지 모릅니다. 왜냐하면 사람들에게 전달할 때 말로 하기 때문이죠. 늘 그렇게 생각했습니다. 하나로 적확하게 짚는 것이 아니라, 여러 가지 어휘의 조합으로 표현되어 전달되는 것이라고요. 간단하지는 않지만요.

모리 그런데, 시인 중에는 그걸 가능케 하는 사람도 있죠.

다이 그것 또한 말을 통해 여러 상상을 하는 것으로 받아들여지는 게 아닐까요. 과학적으로 증명할 수도 없는 것들로 말이에요.

모리 아니요. 그런 세계가 있어요. 절반은 과학적으로 이론화되어 있지요. 그러나 나머지 절반은 대부분이 이미지나 테마의 멜로디라는 것으로, 작가 자신이 가지고 있습니다. 그 사람이 이미지를 지니고 있기 때문에 비로소 이론을 이용해 하나의 장대한 곡을 만들 수가 있습니다. 마찬가지로 커피에서도 이미지가 있어야 이론화가 가능하고, 비로소 맛을 만들어낼 수 있는 것이지요.

다이 맞아요. 분명히 자신에게는 최초의 이미지가 있고, 경험에 의지해 이미지에 가깝도록 해나가는 것….

모리 맞아요.

다이 저는 '7'을 사용해서 어느 정도 그 포인트를 생각하는 것입니다. 생각들을 모아 하나의 블랜드로 만들기 위해 이론화하는 부분도 있지요. 맞아요. 이미지가 있고, 그것을 경험에 의지해 전개해나가고, 이야기를 할 때도 그것을 말로 바꾸어 표현하기 위해서는 어떻게 하는 게 좋을지 생각합니다.

모리 그래서 스스로 체험하는 게 참으로 중요합니다. 스스로의 시선으로 사물을 바라보는 것이 체험이 되어 각자의 이론이 되고, 구체화하는 작업이 되는 셈이지요. 그런 고생스런 체험 없이 책만을 뒤적거린다는 건…. 스페셜티 커피를 깎아내릴 생각은 없지만, 누군가 정해놓은 것을 그대로 믿고 받아들이는 건 참 재미없는 일이에요. 그보다는 스스로 체험하면서 좋은 방법을 선택하고, 납득할 만한 방법을 쌓아가는 것. 그런 작업을 하면 좋겠다고 생각합니다.

다이 맛에 있어서 정말 그래야 한다고 생각합니다. 저는 세상에 넘쳐나는 상식이나 순위, '예' 아니면 '아니오' 두 가지 선택지만 있는 것에 저항합니다. 가령 여기서부터 저기까지를 '예'라고 간주하면, '아니오'에 가까운 '예'나 거의 절대적인 '예' 사이의 거리가 있을 텐

데…. 그 모든 걸 다 같은 '예'라고 뭉뚱그리는 태도를 이해할 수가 없습니다. 말이라는 것 역시 말하는 사람에 따라 많이 다르게 들립니다. 예를 들어 '츠키나미月並み'라는 말은 일반적으로 평범하고 지루한, 재미가 없는 경우에 쓰입니다. 하지만 그런 선입견을 버리고 단어에 대해 다시 생각하면 좋은 뜻을 찾을 수 있습니다. 산책할 때 매화꽃이 한 송이 피었다고 합시다. 지극히 평범한 풍경이지만 그것을 보며 '츠키나미'라는 것이 얼마나 훌륭한 일인지 생각합니다. 커피 역시 만드는 사람에 따라 각자의 해석과 제공하는 맛이 있고, 서로 다른 게 자연스럽다고 여겨집니다.

뭐든 숫자나 데이터로 확인하려는 자세보다는 한 발 더 나아가 스스로 어떻게 생각하는지를 자문자답하는 곳에서 즐거움이 생겨납니다. 음악도 그림도, 너무나 많은 지식을 중시하는 경향이 있습니다. 아무런 증거는 없지만 스스로가 좋다고 느끼는 것들이 축적되면, 그것이 언젠가 이론으로 이어지는 것이겠지요. 특히 미각은 아무런 축적이 없어도 인간이 본래 가지고 있는 감각이잖습니까. 자신의 감각을 믿고 그 맛에 흥미를 가지면 경험이 쌓여 생각도 성장하고, 다른 감각도 생겨난다고 생각합니다.

모리 후쿠이현의 중학생들이 진한 데미타스를 맛있게 마신 것은 정말 좋은 경험이었을 거예요. 그 경험이 장래에 큰 도움이 될 거라고 생각해요. 그런 사람이 한 명이라도 있다면, 커피집 하길 정말 다행이라고 생각하게 되죠. 다만 나는 사람의 얼굴을 잘 기억하지 못해요. 모두가 커피를 마시러 찾아오는 것이기 때문에, 커피만 좋으면 괜찮다고 생각하는 편이거든요. 그런데 손님은 그렇지 않더라고요. 여러 부류의 사람이 찾아오고요. 가령 아내는 저 사람이 배우 누구누구라고 말을 하는데, 저는 사람 기억하는 능력은 전혀 없다는 걸 알았어요. 어때요?

다이 커피를 만들고 테이스팅할 때는 커피 맛에 골몰하지만, 가게에 있을 때 저는 사람 쪽을 중시합니다. 사람이 중요하죠. 그래서 맛이 납득이 안 되는 커피를 냈을 때도 괴롭지만, 대화를 하다가 기분이 나빠진 채 돌아가는 사람이 있으면 정말 우울해집니다. 차라리 대화를 하지 말걸, 하는 생각이 드는 거죠.

모리 나의 경우는 오히려 말이 없는 손님이 감사해요. 순전히 커피를 마시러 온 사람이 어쩌면 더 무섭기도 하고요. 사실 말이 많은 손님은 어렵지 않죠. 그래서 혼자 조용히 마시고 돌아가는 사람을 소중히 여기지요.

다이 그런 사람이 압도적으로 많지 않나요? 외부에서 손님과 마주쳤을 때 내가 먼저 인사를 하면 그 사람이 "저는 벌써 몇 년 동안 그 커피집에 다녔는데, 처음 말을 걸어주셨네요." 할 때가 있었어요. 커피를 내릴 때는 거의 말을 하지 않으니까요. 커피를 내리고 나면 다른 손님들은 다 마시고 이미 돌아간 후이거나. 최근 우리 가게가 폐점한다는 소식을 들은 젊은 남성으로부터 편지를 받았는데, '성대를 사용하지는 않았지만, 카운터를 사이에 두고 꽤나 많은 이야기를 나눴습니다.'라고 쓰여 있었습니다. 편지를 읽으며 '아아, 나와 같은 생각을 하는 손님이 있었구나.' 하며 정말 기뻤습니다. 지난 38

년을 회상하면, 백만 개의 단어를 사용해 말을 하는 것보다 조용히 커피를 만드는 동안 훨씬 많은 교감을 하지 않았나 생각합니다. 나의 경우에는 그렇습니다. 동전 하나 들고 오면 누구라도 들어갈 수 있는 곳인 커피집. 그래서 한 명 한 명, 한 잔 한 잔에 대해 같은 마음으로 만드는 것이라고. 오픈할 때부터 지금까지 죽, 그렇게 생각했습니다. 손님은 고작 커피에 무슨 그런 개똥철학을 많이 담느냐고 하겠지만요.

모리 아무데나 있는 그 흔한 커피숍과 다이보 커피집의 차이가 거기서 생기는 거죠.

다이 우리는 "어서 오세요."와 "감사합니다."라고 할 때만 소리 내서 손님과 대화를 합니다. 그때는 반드시 상대의 눈을 봅니다. 나가실 때도 똑같이 하지요. 그것이 그 사람에게 '전하는 마음'이라고 생각합니다. 개중에는 인사 같은 거 절대 안 하겠다는 듯한 손님도 있습니다. 얼굴을 숙이고 모르는 척하면서 말이죠. 그런데 또 가게를 찾아올 때는 그쪽도 똑같이 저를 보고 인사를 하게 됩니다. "어서 오세요."라고 인사를 할 때에 눈과 눈이 마주치는 순간 집중해서 보게 되지요. 자리에 앉으면, 그 사람을 위해 최선을 다해 한 잔을 만들어 스윽 내밀죠. 한 잔 한 잔, 커피에 집중해서 만듭니다. 눈앞에 6~7잔의 컵이 기다리고 있어도, 어떤 컵이 누구의 커피인지 의식하면서 말입니다. 이런 말은 어디서도 한 적 없는데, 저 사람의 경우 조금 미지근한 온도로 추출해야지, 이 사람 커피는 정말로 천천히 물을 내려서 추출해야지 등 손님에 맞게 조금씩 커피에 '간섭을 해서' 만든다고 하면 이상하게 들릴까요. 그러나 나에게는 그런 순간 이야말로, 손님과 나 사이에 실 같은 것이 있어서 그것이 팽팽해지기도 하고 느슨해지기도 하는 재미있는 순간입니다. 아무 의미 없는 잡담을 하다가도 한순간 그 사람의 좋은 점이 보이면, '아, 이 녀석 좋은 사람일지도 몰라.' 생각하면서 흐뭇해지잖아요? 그런 식으로 눈에 들기도 하고, 마음에 들기도 하는 것이 사람 관계의 본질이 아닐까 생각합니다. 인간은 그런 부분에 민감하지요. 절대 둔하지 않아요. 나에게 어떤 감각이 생겨나면 상대방에게도 무언가가 싹이 틀 가능성이 높죠. 그런 맥락에서 아까 혼돈 속에서 커피를 하고 싶다고 이야기했습니다. 아무것도 바라지 않고 자리에 앉아 시간을 보낼 생각으로 가게에 들어왔던 사람이 다시 한 번 더 찾아온다면, 분명 그 사람은 바뀐 거지요. 그것이 마을의 가장 번잡한 곳에서, 여러 사람들이 오는 곳에서 커피집을 하는 하나의 보람일지도 모르겠습니다.

모리　흡연에 대해서도 물어보고 싶었어요.

다이　아예 안 피우는 사람도 오니까 두 대 피울 것을 한 대만 피우고 참거나, 안 피우는 사람들 역시 커피 한 잔에 휴식하러 온 마음을 모르지 않으니 담배 냄새를 조금 맡아도 괜찮아, 그렇게 서로 배려해주면 좋겠다는 생각만 하고 있습니다.

모리　나는 말이죠. '모카'에 들어갔을 때 담배를 끊었습니다. 이전의 가게에서도 몇 년 전에 금연으로 정했고요. 담배를 피우지 않는 사람에게는 피우는 사람들의 연기만큼 싫은 것도 없으니까요. 개인

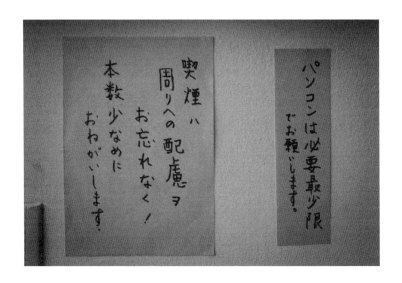

적으로 시가의 향은 정말 기분 좋은데, 시가만 허용하면 시가 냄새가 너무 강하다며 싫어하는 사람도 있을 테고. 여러 가지를 고려해서 아예 안 피우는 방향으로 정한 것입니다. 금연으로 정한 후 손님은 절반으로 줄었어요. 그도 그럴 것이 흡연자들에게 금연을 표방하는 가게는 오지 말라는 뜻이니까요.

다이 가게에 주의사항을 붙여놓긴 했습니다.

모리 사실 나에게는 커피를 마시고 싶어서 가게에 오는 사람이 제일 중요합니다. 이전 가게에서는 금연으로 인해 '들어가기 힘들다'는 이야기를 종종 들었습니다만. 커피집인데 커피를 내세울수록 커피 마시러 들어가기 어렵다니, 역시 혼탁한 물에서 물고기가 살기 쉬운가 봅니다.

개업 당시에는 '먹고 살기 위해서는 뭐든 하겠다'는 마음이 있었습니다. 토스트에 녹차, 아이스크림과 여러 가지 메뉴가 있었죠. 조금 매출이 올랐다고 생각될 때마다 메뉴를 하나씩 줄였더니, 결국 커피만 남았습니다. 지금은 다시 과일케이크를 함께 내고 있지만, 메뉴는 심사숙고해서 최소화하고 있죠. 혼돈 속에서 커피를 내고자 하는 마음이 이해되고 그걸 존중하며 중요한 부분이라고 생각하지만, 제가 추구하는 커피는 조금 다를지도 모릅니다.

다이 정말 많이 에티오피아와 예멘에 함께 가자고 불러주셨는데, 미안합니다. 커피생산국에 한 번도 가보지 못한 것은 가게를 절대로 쉬지 않겠다는 방침을 처음부터 세웠기 때문입니다. 어떻게 쉬는 날을 만들어볼까 고민한 적이 있기는 합니다.

　메뉴를 바꾸지 않는 것은 일종의 태만인지도 모릅니다. 한 종업원이 과자장인이 되고 싶다면서 다이보 커피에 어울리는 치즈케이크를 개발해보고 싶다고 해서 시행착오를 거듭한 후 메뉴에 추가했습니다. 오픈 당시 메뉴에 추가했던 것은 이 치즈케이크와 보드카에 커피리큐르를 넣은 블랙러시안이라는 칵테일뿐이에요. 시중에서 파는 리큐르로는 너무 달기만 한 칵테일이 되기 때문에 제가 커피엑기스를 내서 달면서도 쓴 칵테일을 만들었죠. 그 외에도 여러 가지 시도를 했지만 메뉴를 늘리지는 않았습니다. 알코올도 그대로, 홍차도 그대로.

모리 내 작업은 점점 줄여가는 방향이었어요. 본질은 바뀌지 않으며 내 안에서도 시간이 흘러도 변치 않을 것들만 남게 되리라는 점은, 생산지에 가면 잘 알게 됩니다. 시대가 바뀌는 것과 마찬가지로 주변부는 변해도 괜찮다, 그게 오히려 자연스럽다는 것을 이해하게 되었습니다. 본질은 같아도 이를 둘러싼 세계는 바뀌어가고, 그런 의미에서 커피집도 변해야 한다는 것도. 일본은 아주 최근까지도 녹차 위주의 나라였지요. 하지만 지금 젊은 사람들은 페트병으로 녹차를 마실 뿐, 집에 찻주전자조차 없는 경우가 많다고 합니다. 이제 그런 시대가 된 거죠.

우리들, 다이보 씨와 나 둘만의 문제가 아니라 자가배전과 핸드드립을 열심히 하는 다른 사람들이 있죠. 지금 우리가 하는 일들을 체계화하는 작업은 정말 중요하다고 생각해요. 지켜야 할 것을 지켜내고 주장해야 할 것들은 주장하면서, 배전부터 추출까지 일관해내는 작업을 책임을 가지고 체계화하는 것이야말로 우리 커피집들의 사명이라고 생각합니다. 그러니까 캔커피나 페트병에 담긴 커피 시대가 왔다고 하더라도, 여기 우리가 있다고 주장하고 싶은 거지요. 가령 미국에 융드립을 하는 곳이 일부 있다고 들었지만, 전 세계적으로 봐도 융드립을 이렇게 발전시킨 곳은 일본 외에 없는 것 같아요. 융필터에 사용하는 천은 1800년경 프랑스에서 본격적으로 확산되었어요. 원래 천은 플란넬 즉 양모를 가리키는 것이었는데, 면이라는 소재가 보급되기 시작했죠. 그리고 프랑스에서는 천을 기구에 씌워 사용했는데, 일본의 핸드드립 방식은 우리 선배들이 만들어낸 문화입니다. 나는 이것이 큰 차이라고 생각해요. 페이퍼드립 역시 양손을 사용해서 하는 방식이 더 맛있고요. 손을 잘 사용하는 것이 얼마나 중요한지 일본인은 잘 알고 있다고 생각합니다. 커피

는 여러 가지 추출방법이 있는데, 일본 커피업계에도 시대별로 뛰어
난 사람들이 참 많죠. 이는 하나씩 하나씩 필터를 사용하여 여과시
키면서 방법을 찾아온 것이라고 생각합니다.

다이　이 길로 들어서기 전, '카페 드 람부르'에서 커피를 마신 적이
있습니다. 그때 마신 융드립 추출은, 커피포트에서 가느다란 실처
럼 물을 흘리듯 떨어뜨리는 방식이었는데, 그것이 얼마나 아름다웠
는지 모릅니다. 그때 결심했습니다. 이 길밖에 없다고, 융필터로 한
잔씩 한 잔씩 커피를 내리겠다고 말입니다. 이후 융필터 외에는 사
용한 적이 없습니다. 이미 그때부터 '손안의 작은 일'에 대해 흥미를
갖고 있었던 것인지도 모릅니다. '람부르'에서 받은 감동 중 또 하나
는 커피를 추출하는 속도였습니다. 천천히, 천천히, 시간을 들이는
것. 나는 그 모습을 보며 융드립밖에 없다고 결심하게 된 것이니,

겉으로 드러나는 것이 맘에 들었다고도 할 수 있지요. 그러나 커피를 시작하고 나서 배전을 하고, 블렌딩을 만들고, 커피를 내리는 횟수를 거듭할수록 '왜 융드립이 아니면 안 되는지' 더욱 명확해졌습니다. 그것은 '시간이 흐르는 모양'이라고 할 수 있습니다. 약간 낮은 온도로, 한 방울 한 방울 내립니다. 우리집 커피는 강배전 커피를 주로 냈기 때문에 어쩔 수 없이 쓴맛이 납니다. 쓴맛이 나는데 왜 그렇게 강배전 커피를 고집하느냐 하면, 거기까지 강하게 볶지 않으면 만들어낼 수 없는 단맛이 있기 때문입니다. 제가 추구하는 것은 단맛이 쓴맛을 이기는, '쓰지만 단 커피'입니다. 때문에 추출이 끝났을 때의 온도는 입 안 피부에 닿았을 때 저항이 거의 없으면서 살짝 느껴지기만 하는 정도가 이상적입니다. 쓴맛을 조금이라도 부드럽고 기분 좋게 느끼도록 물의 온도를 낮추고, 굵게 갈아서 한 방울 한 방울 시간을 들여 천천히 추출합니다. 그렇게 해서 단맛이 많이 느껴지도록 하는 커피를 만들어왔습니다.

그리고 또 하나, 실은 이것이 가장 큰 이유인지도 모르겠습니다. 천천히 만든다는 것은 손님이 그 시간을 기다리지 않으면 안 된다는 의미이기도 하지요. 우리는 작은 가게니까 지금 내 커피를 만들고 있구나, 손님은 앉아서 지켜볼 수 있습니다. 한 잔의 커피를 만드는 시간은 길다면 길 수 있어요. 손님은 가만히 앉아 기다려야만 합니다. 지금 되돌아 생각해보면, 그 순간만큼은 바쁜 현대인이 '갑옷을 벗어두고' 잠깐이라도 쉴 수 있는 시간을 보내지 않았을까 생각합니다.

모리 왜 페이퍼드립이 아니라 융드립을 고집하느냐 하면, 커피의 아로마는 오일에만 녹아내리기 때문이지요. 페이퍼드립의 경우, 커피의 생명이라 할 수 있는 향(오일)을 페이퍼가 흡수해버려서 액체 안에 맛있는 성분을 남기기가 어렵죠. 최근 커피업계는 편리하고 간단한 페이퍼를 선호하지만, 맛의 측면에서 본다면 선택이 달라질 수밖에 없습니다. 물론 시간과 번거로움을 감수하고 정성을 담았을 때 맛있는 커피가 만들어지는 것이지만요. 결국 핸드 융드립이지요.

다이 우리 가게의 융은 더 천천히 내리기 위해 두꺼운 면을 사용하고 있습니다.

모리 최근 흥미를 가지고 있달까, 실현시키려 하는 게 있는데 면과 대마(삼) 혼방으로 만든 필터입니다. 드리퍼를 나타내는 '거르다'라는 단어를 세계에서 가장 오래된 커피 기록서 《ALL ABOUT COFFEE》에서 찾아보면, 오래 전 사람들이 이미 여러 가지 방식으로 시도를 했더군요. 그 중에 대마(삼)를 사용한 사람도 있습니다.

다이 대마라고 하면, 지난번 모리미츠 씨가 입고 계셨던 셔츠, 혹시 그게 대마인가요?

모리 맞아요 맞아요. 너무 좋아하다 보니 대마 셔츠를 주문제작 했습니다. 아까 이야기로 돌아가면, 이상적인 추출은 뜸 들이는 것과 떨어뜨리는 물, 용해되어 떨어지는 액체가 모여 완성되는 것입니다. 기존의 면에 섬유의 촘촘한 구멍이 무수히 많은 다공질성 대마가 어우러지면, 최고의 우마미와 오일 성분이 추출되어 추출효과를 극대화할 수 있다고 생각하고 있어요. 뜸 들일 때에는 기모가 있는 섬유가 팽창해 천에 붙어 있다가 용해되어 떨어질 때는 융이 길을 터주는 역할을 하게 됩니다. 즉 수문 역할을 해서 추출을 돕는 것이죠. 그런 면마 혼방 천으로 필터를 만들려 하고 있습니다.

양손을 사용하는 추출법은, 일본 식문화와 깊은 관계가 있다고 생각합니다. 일본인은 앉아서 밥을 먹으며, 밥그릇과 젓가락을 양손으로 동시에 들고 먹지요. 말차를 만들 때도 역시 두 손을 동시에 사용합니다. 그것이 외국과 가장 큰 차이라고 할 수 있어요. 페이퍼드립도 양손을 사용해 내려야 맛있어집니다. 손을 사용하는 것이 얼마나 중요한지 일본인은 전통 속에서 이미 알고 있는 민족이라고 생각하는데, 어떤가요?

다이 저의 경우 추출할 때는 그저 골고루 온수를 떨어뜨리기 위해 이쪽으로 저쪽으로 기울이면서 자연스럽게 하는 것 외에 다른 생각은 없습니다. 단지 그렇게 하는 게 손의 움직임이 자연스럽다고 느껴져서요. 다만 천천히 하나의 선을 그리듯 물을 내리려고 특별히 의식하고 있습니다. 추출할 때 저는 항상 '천천히 천천히'를 강조하지요. 그러고 보니 모리미츠 씨는 융드립 추출 이벤트에서 강의하시면서 '어설픈 편'이 더 좋다고 종종 말씀하시던데요. "나 역시 잘하지 않으니까요."라고 하시면서요.

모리 '어설픈'이라는 말은 구마가이 모리카즈(1880~1977, 모리미츠씨가 존경하는 화가. 밝은 색채와 단순화된 형상의 작품으로 유명하다. 에세이 작가이기도 하며《어설픔도 그림이다》라는 롱셀러가 있다)에게 영향을 받은 거예요. "어떻게 하면 커피를 잘 내릴 수 있을까요."라고 손님

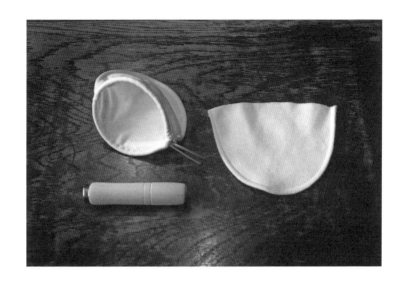

에게 질문을 받으면 "키워드는 천천히 천천히입니다."라고 답해요.
시작할 때 처음 온수를 방울방울 떨어뜨리는 순간은, 어설프더라도
열심히 랜덤으로 여기저기 떨어뜨리며 만든 커피가 맛있습니다. 불
규칙한 랜덤의 여지가 있는 편이 더 깊은 맛을 내게 된다고나 할까.
그러나 뜸을 들인 이후에는 다릅니다. 자연계에 작용하는 열과 중
력에 맡기고, 물은 한 점으로 집중시켜 떨어뜨리는 편이 좋습니다.
융필터 전체로 물을 돌리며 움직이는 것보다 커피 자신이 만든 가
루의 층 속에서 가능한 한 자연의 힘으로 떨어지게 하는 편이, 솔직
한 맛이 되는 것입니다. 커피 엑기스는 진한 쪽에서 묽은 쪽으로 옮
겨가게 되어 있기 때문에 인간이 요리조리 움직이는 것보다 열과 중
력의 관계성과 천의 역할에 맡기는 편이 자연스럽다고 생각합니다.
다이 저도 사알짝, 한 줄기 물을 내려놓는 방식을 오랫동안 해왔

습니다. 저는 특별히 뛰어난 체형을 가진 편이 아니기 때문에, 카운터에 서 있는 모습에 신경을 썼습니다. 적어도 커피를 만드는 순간만큼은, 그러한 '형태'를 갖추고 있다고 생각합니다. 저의 경우, 카운터에서 약간 비스듬하게 섭니다. 앞뒤로 가볍게 발을 벌리고, 오른쪽 발을 앞으로 냅니다. 앞뒤로 발을 벌리는 건, 중심을 앞으로도 뒤로도 바꿀 수 있기 때문입니다. 또 몸을 똑바로 세워 곧추선 자세로 인해 포트에서 물을 일직선으로 떨어뜨릴 수가 있습니다. 추출 때 몸의 중심을 의식함으로써 자세가 좋아집니다. 대단한 것은 아니지만, 오랫동안 지속해온 방법이라 몸에 밴 것 같습니다.

인간의 손은 두개밖에 없으니까, 오른손과 왼손이 쉼 없이 따로따로 일을 하지 않으면 안 됩니다. 예를 들면 스펀지에 세제를 뿌려서 컵을 씻지요. 다 씻은 것을 왼손으로 정리하는 사이, 스폰지를 들고 있던 오른손으로 다음 컵을 집으면, 두 손이 쉬지 않고 움직이게 되지요. 속도도 중요하지만 손의 움직임이 자연스레 빨라지게 되는데, 저는 그런 것들에 신경을 씁니다. 왜냐하면 추출시간이 길기 때문에, 다른 일에 사용하는 시간을 최소화해야 합니다.

이런 일도 있었습니다. 어느 날, 제가 쉬는 날 가게에 갔습니다. 직원들이 움직이는 모습을 보니 역시나 아름답게 보이더라구요. 그럴 때 아아 좋구나, 하고 흐뭇해집니다. 그리고 불필요한 물건을 일하는 곳에 두지 않는 것. 아, 이게 가장 중요합니다. 좁은 카운터에서 편하게 움직일 수 있는 건, 불필요한 물건을 두지 않기 때문일지도 모릅니다.

모리 우리도 비슷한 것 같아요. 일하는 '공간'이 알려준다고나 할까. 머리로 생각하는 것이 아니라 그 장소에서 체감하는 쪽이 뭔가를 습득하기 위해 가장 중요하다고 생각합니다.

다이 핸드드립으로 추출하고 있으면 집중하게 되잖아요. 일종의 습관인지는 모르겠지만 양손 다 필요하다고 생각해요. 양손을 사용하기 때문에 집중하게 되는 것이 아닐지요. 집중한다는 것은, 정말 중요한 덕목 같습니다. 또 하나, 카운터 테이블의 존재입니다. 여러 가지 일들이 일어나서 마음이 들썩이고 안정을 찾지 못할 때에도, 그곳에 서면 집중하는 것이 기본적인 자세입니다. 이 자리에서 이렇게 하면 마음이 가라앉으며 원점으로 돌아올 수 있다는, 그런 마음을 갖게 하는 곳이지요.

모리 에리타테 선생님께서 하신 말씀이 있어요. 드립포트를 들면 갑자기 기분이 좋아진다고. 여러 가지 싫은 일들이 있더라도 스스로의 페이스로 돌아오게 된다고. 오랫동안 하고 있으면 그런 기분이 들게 되지요.

다이 맞아요. 자신의 기본자세로 돌아온다는 말씀이 바로 그런 것이죠. 그런데 저는 '포트를 들면' 그런 마음이 든다고 표현할 수는 없을 것 같아요. 맛을 만든다는 것 역시 매일 같은 일의 반복이기는 하지만, '오늘의 커피맛에는 이런 점이 있으니, 이렇게 내려야겠다.'고 매일, 매주 생각할 뿐입니다. '예전에는 이랬었지.' 등의 생각은 거의 하지 않습니다. 지금의 커피가 전보다 더 나은지는 저 자신조차 모릅니다. 오픈 당시의 쓴맛이 좋았다고 하는 사람들도 있을지 모릅니다. 그러나 저로서는 '오늘 맛이 이랬으니 내일은 이렇게 배전을 해야지.' 하는 생각만 매일매일 신기할 정도로, 질리지도 않고 반복해왔을 뿐입니다.

모리 반복한다는 것은 정말 중요하죠. '반복하고 반복하기'라는 글을 저의 책《모카에서 비롯되어》에도 썼습니다.

그러나 융드립은 손이 많이 가니까 보급이 확산되지는 않아요. 그나저나 내가 이해되지 않는 것은, 융드립이 제일 맛있다고 하는 커피집들이 왜 융드립을 제공하지 않을까 하는 점이에요. 자신이 맛있다고 생각하고 감동받은 커피가 있다면, 왜 그게 아닌 것을 만들어낼까? 저는 믿을 수가 없어요. 그래서 제가 지금 맛있는 커피를 가정에서도 마실 수 있게 융드립 전용 추출기구를 후지로얄 사에 의뢰해 만들고 있답니다(이 기구는 많은 협력과 시험을 거쳐 '모리미츠 무네오 감수'로 2017년 상품화해 'NELCCO네루코' 라는 이름으로 판매되고 있다).《ALL ABOUT COFFEE》에도 등장하는 드 벨로와(1800년경 등장한 드리퍼)라는 추출기구의 현대판을 목표로 하고 있습니다.

핸드 융드립은 일본 커피문화의 집대성이에요. 제가 특별한 무언가를 하고 있다고는 생각하지 않습니다. 지금까지 선배들이 만들어온 일본만의 융드립 문화를 지금 시대에 맞는 형태로 소개하려는 것뿐이죠. 그 기구가 있으면 점드립 기술이 없어도 손쉽게 융드립 커피를 내릴 수 있습니다. 그러면 아이를 키우는 육아 맘도 집에서 맛있는 커피를 마실 수 있게 됩니다.

제 머릿속에 지니고 있는 '물이 떨어지는 이미지'를 구체화하여,

니가타의 츠바메산죠 장인들에게 부탁하여 만들고 있습니다. 당초 드 벨로와 포트 같은 것을 생각했는데, 시제품을 만들어보니 그렇게 간단하지 않았습니다. 시행착오를 거듭하는 중입니다.

다이 요약하자면 핸드드립으로 내리는 커피의 장점은, 융의 기공에서 방울방울 빠져나오는 것에 기인하는 독특한 '순간'에 있다는 것이겠지요.

모리 그렇죠. 융을 통과하여 물이 떨어지는 '순간'과 그것을 기다리는 '순간'….

다이 맞아요. 커피를 내리는 '순간'을 기다리는 시간, 이것이 매우 중요하지요.

모리 페이퍼와 융은 역시 큰 차이가 있어요. 오일 성분을 조화시키는 것으로 커피의 생명인 향을 충분히 끌어내는 일이 가능해진다는 점, '증류방식'은 장미 향수를 만들 때 이용되는 방법과 같은 원리입니다. 교반시킨 꽃과 물에 열을 가하면, 수증기와 오일 성분을 머금은 향료가 만들어지는데 장미향은 예외적으로 물에도 녹습니다.

다이 커피와 같군요.

모리 그래요. 양질의 오일 성분을 어떻게 추출할지, 그것이 커피 맛을 결정하게 됩니다. 이를 거칠게 다뤄서는 안 된다고 생각해요. 융필터로 한 잔, 한 잔, 천천히 부풀리면서 엑기스를 추출하면 비로소 커피의 생명이라 할 수 있는 향미 성분이 나오게 됩니다. 왜 페이퍼가 아니라 융인가? 커피 향미는 에센셜오일에만 녹아내리기 때문이라는 점을 잊으면 안 되죠. 페이퍼를 사용하면 중요한 향을 종이가 흡수해버리기 때문에 충분한 '맛있음'을 뽑아내기가 어렵습니다. 아무리 개량된 것이라 해도 페이퍼 냄새도 있고요. 페이퍼는 한 번만 사용하고 버리기 때문에 환경적인 면에서도 시대에 부합되지 않아요. 지금부터는 일회용이 아니라 얼마나 많이 쓰이는가 하는 시각으로 접근해야 합니다. 이런 것들을 모르는지, 알면서도 그러는지 건지, 커피의 프로라고 하는 사람들이 페이퍼가 가정에서 쓰기 편리하고 맛있게 내릴 수도 있다며 권하는 모습을 보면, 저는 화가 납니다.

다이 모리미츠 씨, 화낼 필요는 없다고 생각해요. 저는 어디까지가 맛이고 어디까지가 향인지 잘 구별하지 못하는 듯합니다만, 어느 수준까지는 페이퍼로든 융으로든 유사한 맛이 가능하다고 봅니다. 그러나 최후의 한 방울, 모리미츠 씨가 말씀하시는 한 방울 한 방울 떨어지는 엑기스가 한 잔의 커피에 미치는 좋은 맛은 역시 융드립이라고 생각합니다. 그 마지막 한 방울을 '생명'이라고 생각하는 사람은 융드립이 아니면 안 될 테고요.

모리 책임을 가지고 배전에서 추출까지 한다는 사명, 그것이 커피집으로서 우리들의 역할이라고 생각합니다. 그래서 캔커피와 편의점 커피의 시대가 와도, 제대로 지켜가는 장인의 세계가 있다는 것을 주장하고 싶습니다. 그리고 왜 융드립이 맛있는지 다시 한 번 생각해보면, 오일 성분과의 조화는 물론이거니와 가장 중요한 부분은 커피가 스스로 커피층을 만들어, 커피로 커피를 거르는 점이라고 생각합니다.

저도 다이보 씨도 이제 67세가 되었습니다만, 나이를 먹어가면서 묵묵히 체험하게 된 것으로 나날이 생겨난 일들을 여과해 판단하면서 살아가고 있지 않습니까. 융드립은 그것과 다르지 않다고 생각합니다. 커피가 스스로 층을 만들어 여과시키면서 단련과 수련을 해간다는 의미에서는 우리 인간과 같다고 느껴집니다.

다이 신중하게 무언가에 집중하다 보면, 반드시 어떤 발견 비슷한 경험을 하게 되지요.

모리 여러 번 이야기하게 되는데, '반복하고 반복하기'는 우리처럼 무언가 '만들어내는' 사람들에게는 중요한 부분입니다. 커피집으서 자신의 커피를 추구해나가는 데 있어서 원점은, 호기심과 탐구심이 아닐까요. 타인이 어떤 것을 하는지 궁금해하는 게 아니라 어디까지나 자신의 체험으로 사물을 판단했으면 좋겠습니다. 젊은 사람들도 커피를 그런 식으로 체험해보면 좋겠다고 생각합니다.

다이 맛에 관해서는, 콩은 한없이 변하는 것이므로 과거와 현재의 맛은 같다고 할 수 없고 설령 같다고 해도 상관없습니다. 그러나 저 자신의 방향성으로 생각하는 것은, 산미를 싫어하거나 쓴 것을 싫어하는 사람도 모두 납득할 수 있는 커피를 만들고 싶습니다. 물론 그것은 정말 운이 좋아야 가능하겠지만요. 어느 날, 볶는 콩을 포인트를 바꾸어서 상대적으로 조금 약배전 쪽으로 해보았습니다. 물론 우리집에서 계속해서 내던 강배전의 맛이 아닌 것을 고객에게 내는 것, 그걸 '다이보 커피'라고 부를 수 있을까 하는 점에 대해서는 약간 망설여집니다.

다만 그런 작업을 하고 나면, 테이스팅할 때 제가 그 맛을 찾게 됩니다. '아, 조금 약하게 됐구나.' '살짝 강하게 하면 좋겠구나.' 하며 맛을 찾아가는 겁니다. 재즈를 연주할 때 몇 명이 연주를 하지만, 드럼만 찾아 들으려고 노력하면 들리게 되잖아요. 원하는 맛이라면 오케이입니다. 그러다 보면, 어느 샌가 생각보다 더 약배전의 커피가 되어버리기도 해서 원래대로 돌아오려고 노력하기도 합니다. 물론 원래 맛보다 아주 살짝 이른 포인트로 할 때에도, 간단히 되는 것은 아니에요. 배전 포인트를 바꾸는 것과 같은 일수가 걸립니다. 과정이 결코 간단하지 않으니까요. 조금씩 모든 것의 포인트를 바꿔줘야 하는 과정의 어딘가에 적정 지점이 있다고 생각합니다. 그럴 때 가끔 부족한 부분을 말해주는 사람이 있으면, 귀 기울이기도 하고요. 100명이 있다면, 100개의 만드는 방식과 100가지 마시는 방법이 있어요. 누군가가 어떤 커피를 좋아하든 이상하지 않다고 생각합니다. 저는 제가 좋아하는 작업을 반복하는 것뿐이고요.

한데 어느 문헌에선가 읽은 내용을 절대적인 이론이라 여기면서, 자신의 경험을 버리고 그 이론을 추구하는 것은 어떨까요. 그것도 100개 중의 하나로 볼 수 있을까요? 저는 아니라고 생각합니다. 커피를 하는 그가 추구하는 커피, 그걸 만들고자 노력하는 과정이 하나의 방법이고, 바로 그것이 재미있는 부분이라고 생각합니다.

스페셜티 커피로 열심히 향의 좋은 부분을 추구하는 사람도 있습니다. 우리집에 와서 커피를 마시고 "우와, 맛있습니다."라고 감탄하면서도 "제가 추구하는 커피와는 다릅니다."라고 분명히 말하는 사람들이 있습니다. 그런 태도야말로 제대로 향과 맛을 보면서 자신의 커피를 추구한다는 증거라고 생각합니다.

모리 스페셜티 커피 등의 옥션 생두를 찾는 것이 아니라 오래 전부터 구할 수 있었던 기존의 콩을 얼마나 잘 조리해내는가가 중요하지요. 저는 생산지를 방문해 커피콩을 찾기도 하지만, 대부분 종합상사처럼 큰 회사가 매입하는 생두 중에서 선택을 합니다. 가령 과테말라 여러 지역에서 생산된 생두를 가져와 시음해본 뒤 저에게 필요한 것을 선택하는 식입니다. 예멘과 에티오피아는 실제로 제가 산지에 가서 어떤 토양에서 어떤 커피가 생산되는지 확인을 했으니까 확신을 가지고 어떤 커피인지 말할 수 있고요.

다이 스페셜티 커피에 관한 이야기가 될지 어떨지 잘 모르지만, 에티오피아와 예멘 콩에 관해서는 저도 모리미츠 씨에게 많은 은혜를 입은 사람이에요. 예를 들면 이브라힘 모카 등은 다른 곳에서 대신할 콩을 찾을 수 없을 정도로 독보적인 커피입니다. 그리고 전에 젤젤츠 아비시니카라는 콩이 있었죠. 그것도 다른 데서는 찾을 수 없는 특별한 개성을 가진 생두였죠. 정말 좋았어요. 콜롬비아산 중에 에메랄드마운틴이라는 이름의 커피가 있었는데, 가격이 세배 정도 비싼 스페셜티 커피였습니다. 그걸 저도 테이스팅을 하게 되었습니다. 콜롬비아 콩은 전보다 품질이 떨어지고 있다는 이야기를 여러 번 들었는데, 지금까지 사용해온 콜롬비아와 에메랄드마운틴의 맛에는 근본적으로 다른 점이 있었습니다. 아무리 볶는 방법을 바꿔가며 고민을 해봐도 원래 사용하던 콩으로는 도달할 수 없는 것을 에메랄드마운틴에서 느꼈습니다. 말로 표현하자면 정말 어렵지만, 아까 모리미츠 씨가 말한 어떤 기품이랄까 충실함 같은 것이 들어 있었지요. 다만 언제까지 그와 같은 맛을 제공할 수 있을지 보장할 수 없기 때문에, 기존 콩을 사용하게 되었습니다. 기존 콩으로는 고민하고, 고민하고, 아무리 고민해도 도달할 수 없는 부분은 있지만 가능한 한 가깝게 한다는 생각으로 말이죠. 그러니 우리집에서 사용하는 콩으로는 도달할 수 없는 맛을 지닌 다른 스페셜티 커피도 많을 것이라 생각합니다.

모리 스페셜티 커피 중에는 용도에 맞추어 만들어내는 것도 있지요. 토양의 미네랄이 풍부할 때에는 정말 좋은 품질의 커피가 만들어지는데, 미네랄이 흡수되어 약해지면 그저 보통의 품질로 떨어지지요. 수명이 짧아요, 예멘과 에티오피아 콩에 비교하면. 그렇게 허무하고 아름답게 끝나버리는 커피도 종종 있지요.

다이 그런 종류의 콩을 찾아헤매거나 추구하고 싶다는 생각은 전혀 해본 적 없습니다.

모리 응, 저도 없어요.

다이 다만 에티오피아의 여러 가지 콩을 테이스팅할 때면 '이것보다 이게 더 좋을까?' 고민하면서 마음에 드는 콩을 골라 사용합니다. 그러다 농약 문제 등으로 그 콩 수입이 막히면 선택에서 밀렸던 콩을 구매하고, 다시 열심히 볶다 보면 그 콩이 점점 좋아지는 경험을 여러 번 했습니다. 저는 어쩌면 후자를 좋아하는 것일지도 모르겠어요. 가공법을 찾아 고민하다 보면, 언젠가는….

모리 그 콩이 그만한 소질을 지니고 있는 것이지요.

다이 네. 그것은 커피가 만들어지는 토양을 계속 유지해가는 작업과도 관계가 있겠지요. 물론 아무래도 이상하다고 느껴지는 해도 있어요. 그러나 어떤 콩이 올해 조금 이상하다고 해서 바로 결론을 내는 대신, 어떻게든 계속 사용하다 보면 좋아질 거라는 기다림으로 임하는 게 저의 마음이기도 합니다. 전 세계 모든 콩을 만난 것은 아니기 때문에 모든 콩을 그렇게 대할 수 있는 건 아니지만, 제가 경험한 콩에 대해서는 그런 마음으로 임하려 노력하고 있습니다.

모리 커피 맛 만들기의 결정적인 요인에 대해서는 생두가 7, 배전이 2, 추출이 1이라는 표현을 많이 합니다. 하지만 그게 절대적인 비율은 아닐 텐데….

다이 비율에 대해서는 저도 판단하기 어렵습니다만, 역시 중요한 것은 생두라고 생각합니다. 아무리 애를 써도 그 콩이 지닌 것 이상을 끌어낼 수는 없으니까요. 제 일은 그 콩이 지닌 것을 얼마나 잘 이끌어낼지에 대해 고민하는 것이고요. 그러다 보면 대체로 좋은 얼굴을 보여주게 되고, 제가 콩에게 인정받는 게 아닌가 하는 생각도 들고요. 그런 의미에서 볼 때 배전도 중요하지만, 생두와 배전 각각의 역할을 비율로 어떻게 따질지는 정말 어렵습니다. 로스터의 고민은 생두, 배전, 선별, 추출까지 모두가 해당됩니다. 배전이 잘되었다고 해도 추출을 대충 해서는 안 되고, 어느 공정이라도 제대로 되지 않으면 결국 음료로서의 '상품'이 되지 못하는 것입니다. 매일매일 그 순간 만들 수 있는 최선의 것을 만들려고 할 때에만 가능한 일이지요. 그게 전부입니다, 저의 일이라는 것은. 그 다음은 음악을 들을 때와 같이, 그림을 볼 때와 같이, 마시는 사람이 편하게 즐겨 준다면 좋겠다는 생각뿐이지요. 물론 '이렇게 마셔주면 좋겠다'는 마음이 제 마음 어느 한켠에 항상 있지만….

모리 하하하. 손님이 커피콩을 사면 집까지 따라가서 어떻게 내리라고 말하고 싶어지죠. 거기까지 알려주면 좋을 텐데, 생각하지 않나요? 안 그래요? 단지 콩을 파는 것으로 끝이 아니라는 생각을 하지 않나요? 손님은 "집에서 내리면, 이 가게에서 마시는 커피 맛이 안 나요."라고 자주 이야기합니다. 본인들도 그리 어려운 작업이 아니라고 생각했는데, 가정에서는 무언가 조건이 달라지는 것 같습니다. 그래서 어떤 식으로든 원인을 찾아 짚어주면, 다른 가게의 커피를 사서 내리더라도 확실히 달라진다고 하더군요.

다이 "설탕과 크림을 넣어서 마시는 것이 진짜 커피지."라고 말하는 손님이 아까 말한 배전 포인트의 차이를 지적하기도 하는 걸 보면, 정말 손님은 여러 종류라는 걸 실감합니다. 그래서 자신이 맘에 드는 방법으로 마시는 것이 제일….

모리 하하하하하. 너무 잘 알지요. 스페셜티 커피의 종이 정보에 의존하지 않는다고 할까, 스스로가 체험하면 그 세계의 폭이 넓어진다는 의미겠지요. 10인 10색의 세계가 더욱 넓어진다고나 할까. 맛에 관해 중요한 것 역시 여운이지요. 음악적으로도 저는 도미솔 화음이 가장 강하다고 생각해요. 그래서 그것에 충실한 블랜드를 만들 때 3개의 화음을 찾아내는 작업을 합니다. 그것이 완성되었을 때 비로소 여운이 강한 블랜드가 만들어지는 것 같아요. 제 마음속에 바람이 있어서, 거기에 접근하는 작업이라고나 할까요. 여기에 고객의 컨디션에 따라 느끼는 맛은 미묘하게 달라지기도 하니, 내 바람 이상으로 마시는 사람이 여운을 느낄 수 있는지가 중요한 것 같습니다.

다이 여운과 같은 내용일지는 모르겠는데, 엄밀히 말하면 커피의 맛은 매일 달라진다고 생각합니다. 대부분의 사람들은 그 차이를 즐기는 것처럼 보이고, 실제로 그렇다고 말하는 사람도 있습니다.

정말 다행스러운 일입니다.

우리 블랜드는 부끄러워서 말하기 좀 그렇지만, 많이 혼합하고 있습니다. 매일 서로 다른 콩을 테이스팅을 위해 넣어보기도 하고요. 매일이라고 하면 지나칠지는 모르지만 끊임없이, 에티오피아도 서로 다른 지역의 콩을 넣기도 하는 등 블랜딩 작업을 하고 있습니다. 그럼에도 불구하고 블랜드 자체는 거의 같은 맛입니다. 아마도 종류가 많아서 그런지도 모르겠습니다. 간혹 의도적으로 배전 포인트를 달리한 적이 있는데, 그 차이를 알아차리는 분도 꽤 있었습니다.

눈짐작으로 하는 작업 탓에 차이가 드러날 때도 있습니다. 같은 흐름으로 볶는다고 해도 다른 진폭이 되는 경우도 있고요. '아, 너무 강하게 볶는 것 같으니까 약배전을 하자.'라고 마음먹다가도 '아, 안 돼. 너무 약하게 볶였다.' 자책하고. 수없이 그걸 반복해온 것 같습니다. 배전의 기준으로 삼는 것은 콩의 색감이지요. 가만히, 이렇게 콩 색만 보다가 '여기'라고 생각할 때 불에서 빼내줍니다. 대략 '여기'라고 생각하는 포인트가 있지만, 그렇다고 (손을 좌우로 움직이면서) '여기'도 '여기'도 '여기'도 좋다는 뜻은 아닙니다.

모리미츠 씨는 배전기 버저로 드럼의 뚜껑 여는 순간을 미리 정해두셨다고 하는데, 저는 색으로 그 순간을 판단합니다. 그래서 매일 제로에서부터 시작하는 느낌이에요. 각각의 콩의 포인트를 찾는 것은, 제 취향의 맛을 만들기 위함입니다. 단 기본 축으로 삼고 있는 것은, 한 배치에 30분간 시간을 들이도록 늘 의식하고 있습니다. 서둘러서 화력을 줄이면 팝핑은 거의 일어나지 않습니다. 그렇게 불에서 내려놓는 것을 강하게 의식하고 있습니다. 그렇게 해야 저에게 는 가시 돋친 맛이 사라져 부드럽고 복합적인 풍미를 갖게 되는 것 같아서. 또는 1차 팝핑을 한순간 격렬하게 일으키고, 이후를 스윽 낮춰가는 방식의 배전은 맛에 강약이 생기죠. 어느 쪽을 선택할지 자주 시행착오를 겪지만, 역시 천천히 천천히, 하는 쪽으로 가게 되 더군요.

마지막 포인트는, 수동배전기는 1초라도 다르면 맛에 큰 차이가 생깁니다. 온도계가 있는 것이 아니기 때문에 콩을 봐야 하죠. 마지 막 순간에는 차이가 보입니다. 그러면 그때 어떤 속삭임 같은 것이 있습니다. '잠깐, 요즘은 약배전이네.'라고. 그리고 조금 더 가야지 생각합니다. 그러다 포인트를 넘길 때도 있습니다. 그 속삭임이란, 순간순간 제가 생각하는 일종의 방향성이라고 생각합니다.

모리 그런 점에서는 기계의 도움을 받으면 달라져요. 나의 경우, 배출 포인트의 온도는 모든 커피가 동일해요. 단지 거기에 이르기 까지의 과정이 전부 다르지요. 가령 만델린은 뜸 들이는 시간이 길 고, 서서히 그 온도까지 끌어올립니다. 그래서 배전을 마치는 포인 트가 정해져 있다고나 할까. 이는 자신이 체험한, 커피의 종류가 아 니라 커피라는 음료 전반에 걸쳐 해당되는 도달점 같은 온도를 가 리킵니다. 시작점이 있으면 거기에서 끝난다. 아까도 반복해서 말했 지만, 도에서 시작해서 도에서 끝난다는 뜻입니다.

다이 도달점이 되는 온도가 가장 높은가요?

모리 높다기보다는, 그 커피에게 있어서는 '조금 부족하지 않을까,

부족하지만 그 온도로 괜찮을 것 같아.' 하는 정도를 말해요.

다이 그 온도가 모두 같다고 하셨지요?

모리 응, 같아요.

다이 잘 모르겠어요. 저는 가스 화력을 100으로 볶기 시작해서, 도중에 50으로 줄이고, 다시 30이라는 식으로 해요. 마지막은 전체 진행을 보고 판단하지만 불을 조금 줄이기도 하는데, 이때 온도는 어떻게 하고 계십니까?

모리 대상에 따라 활성온도라는 것이 있고, 단백질과 오일 성분은 사람 피부보다 조금 높은 정도에서 최고 힘을 발휘합니다. 배전에서도 130도를 넘으면 콩이 활성화하죠. 배전 방법에 따라 반대로 하는 사람들도 있는데, S자 필름곡선(특성곡선)이 가장 풍부한 계조가 된다는 이야기를 '모카'의 마스터와 나눈 적이 있었어요. 예를 들면 사진을 현상할 때 필름이 빛을 흡수할 때의 S자 곡선. 그것은 파도치듯 하는 것이에요. 처음에는 완만한 상승이 이어지다가 다시 천천히 떨어지는. 이것이 가장 풍성한 농도의 계조(그라데이션)를 만들어냅니다.

커피의 경우 130도에서 시작해 190도까지 이어지고, 210도까지 상승시켜 215도에 배출시킨다는 매뉴얼이 많은데, 저는 조금 온도를 높게 사용합니다. 노릇노릇 잘 구워진 색을 띠는 부분의 감칠맛, 그 부분을 중시하죠. 결국 음식을 조리한다는 의미에서는 밥 짓는 방법과 같다고 생각합니다.

다이 그게, 저도 처음에 100으로 시작한다고 했잖아요. 그리고 50

으로 줄이는 것을 좀 이르게 할 때도 있고, 50으로 할지 45로 할지, 그 부근의 시간을 늘리거나 하는 선택지를 콩에 따라 다르게 사용합니다. 그러나 마지막에 불을 강하게 하는 일은 거의 없지요. 타이밍을 놓치는 바람에 '늦었구나.' 생각할 때는 있지만요. 불의 크기는 최대한 줄여놓은 상태지만, 온도가 올라가고 있는지 떨어지고 있는지는….

모리 올라가고 있을 거예요.

다이 요점은 구워지고 있으니까 그렇겠지요.

모리 그래도 나는 의도적으로 브라질 같은 콩은 불을 세게 해요. 처음부터 불을 세게 합니다. 향을 좋게 만들기 위해, 고소하게 만들고 싶으니까. 블랜드에 사용하는 세 종류의 커피를 굽는 경우 브라질도 들어 있는데, 그 안에서는 각각 성격이 다른 편이 아까 이야기한 색채론의 적, 청, 황처럼 아름답게 보여요. 맛있어지는 거죠. 이는 아마 체험적으로 그렇게 생각하는 것뿐이겠지만요.

다이 그래요. 딱히 기준은 없지만 가령 마이너스 3과 플러스 3을 섞어 제로가 되는 방법과 마이너스 1과 플러스 1을 섞어 제로가 되는 방법이 있습니다. 맛의 차이를 크게 해서 섞기보다 아주 작은 차이를 가진 것들끼리 섞어서 제로를 만드는 방법, 저는 그렇게 하는 것 같습니다.

모리 색의 조합과 같은 거죠. 요하네스 잇텐(1888~1967, 스위스 예술가)이라는 바우하우스 시대의 색채론을 연구했던 예술가가 있었는데, 그 사람이 '명암' '한난' '보색' '계조' '색량' 등 일곱 가지 관점에서 보고 있습니다. 여러 방법으로 가능하다는 뜻이죠. 마이너스 1과 플러스 3으로 이상의 맛에 가깝게 만드는 것도 가능하겠죠. 그러니까 정답은 없는 거지요.

다이 마이너스 1과 플러스 3을 섞는 것, 또는 마이너스 3과 플러스 1을 섞는 것 또한 실제로 저는 하고 있습니다. 그리고 저는 가까운 것들끼리 섞는 경향이 있습니다. 우리 블랜드를 마시는 손님들이 자주 하시는 말씀이 "여러 가지 맛이 납니다."예요. 분명히 존재하는 것이지요, 여러 가지 맛이. 블랜드라는 이름으로 불리지만요.

모리 색채론을 제창한 요하네스 잇텐에 따르면, 같은 보라색이라도 배경에 무엇이 깔리느냐에 따라 달리 보인다고 합니다. 즉 마이너스 1과 플러스 3이라도, 마이너스 1이 무엇이고 플러스 3이 무엇인지에 따라서 전혀 다른 것이 되지요. 이걸 반대로 말하면 배경을 바꾸는 것으로도 같은 효과를 볼 수 있는 셈이죠.

다이 종류에 따라 배전 정도를 달리한다는 것이네요. 브라질을 배전할 때에 처음부터 조금 불을 강하게 해서 고소함을 잘 표현하고 싶다고 아까 모리미츠 씨가 말씀하셨죠. 콩에 따라 제각각 성격도 다르니까요. 서로 다른 성격을 표현하기 위해서 그 성격만을 클로즈업해 '개성을 살리면서도' 제가 일상에서 만드는 맛 안에 얼마나 자연스럽게 녹여내는가를, 마이너스와 플러스로 표현한다고 말하고 싶습니다. 각각의 성격에 대해 어느 정도 알게 되면 그 성격을 잘 살리고 싶어집니다. 좋다고 생각하는 성격을 제가 다루는 맛의 테두리 안에 잘 녹여내고 싶지요. 다시 말해 지금 함께 쓰는 콩들이 서로 어우러져도 블랜드 맛의 성격을 잃지 않도록 신경 씁니다. 그런 저의 의지는 커피를 만드는 매 순간, 저와 함께 하죠.

모리 오늘 커피는 어땠나요?

다이 오늘은 제가 '비미'에 와서 커피를 마셨잖아요. 제가 느낀 것을 솔직히 말씀드리면, 이브라힘 모카는 절묘했다고 생각합니다. 그래서 오자마자 바로 "맛있었어요." 하고 말하게 되었습니다.

모리 다이보 씨가 그렇게 평해주니 정말 기쁩니다.

다이 아까 말한 마이너스 1이 가진 좋은 점이 정말 잘 포함된 좋은 맛이었습니다. 예가체프 모카는 전제가 되었던 예를 들어 말씀드리자면, 예전 젤젤츠 아비시니카의 경우 마이너스 3 정도의, 약배전에도 기분 좋게 퍼지는 향이 너무나 좋았습니다. 오늘 마신 예가체프 역시 '약하게 볶은 듯하네.'라고 생각하는 순간 '화아~악' 퍼지는 게 단맛에 싸여 있는, 한 단계 더 약한 배전의 맛이 있습니다. 더 안 좋았다는 뜻은 아니고요. 모리미츠 씨는 그런 포인트로 배전을 즐겨 하신다는 것을 알고 있으니까. 오늘 두 잔에 대해서는 그렇게 느꼈습니다. 대답이 되었을까요?

모리 그럼요. 순서로 보면 예가체프가 먼저, 그 후에 이브라힘 모카를 마셔야지요. 그러지 않으면 예가체프가 부족하다고 느끼게 됩니다. 농도도 그렇고, 맛도 그렇고.

다이 그렇군요. 농도는 정말로 중요합니다. 테이스팅할 때는 어떤 콩이라도 20g 50cc입니다. 그렇게 테이스팅해서 맛을 확인한 뒤 스트레이트로 낼 경우에는 모카 25g 50cc, 브라질은 25g 100cc로 냅니다. 각각 농도가 다르지만 테이스팅할 때는 같은 농도로 맛을 보지요. 다만 지금 말씀하신 것처럼 이브라힘 모카는 농도가 진하고 예가체프가 묽었습니다. 그래서 지금 그렇게 말씀하신 거지요?

모리　분량으로 따지자면 두 배 이상이거든요. 이브라힘 모카는 30g 50cc로 뽑고, 아까 그 예가체프는 40g 300cc으로 뽑았으니까요. 전혀 다르죠.

다이　농도의 차이는 정말 중요해요. 그래서 우리 가게는 블랜드를 30g에서 15g까지 농도를 나누고 있습니다.

모리　자주 나오는 이야기이지만, 농도는 매우 중요한 요소이지요.

다이　그건 그렇고, 모리미츠 씨 가게가 정말 좋은 것 같아요. 공원에 둘러 싸인 것도 매우 좋고요. 이쪽을 보면 창이 있고, 저쪽도(반대쪽을 가리키며) 창이 있고. 날씨가 좋으면 창문을 열겠지요?

모리　도로 쪽 창문은 닫아둬요. …조용하죠? 정말로.

다이　네.

모리　정말 그래요(한참 창문을 바라본다).

다이　…….

모리　그나저나 오늘 여기까지 와줘서 고마워요.

다이　제가 여기에 오고, 모리미츠 씨가 도쿄의 제 가게로 와주신 것을 뭐라 표현할까요. 저는 '모카'로 맺은 인연으로 인해 무슨 얘기든 허심탄회하게 말할 수 있는 상대라고 생각해 아무런 주저함 없이 올 수 있었습니다. 이런 기회가 만들어져서 더 많은 이야기를, 둘이서 주거니 받거니 할 수 있겠다 싶어 정말 설레는 마음이었답니

다. 정말로 이런 자리를 만들어주셔서 감사합니다.

모리　저도 다이보 씨야말로 가장 많은 이야기를 나눌 수 있는 사람이라고 줄곧 생각하고 있었어요. 오늘은 특히 더.

다이　그렇지만 저는 산지 방문도 한 적 없고, 지금껏 과학적인 시선으로 생각해본 적이 없지요. 오늘 모리미츠 씨의 이야기를 들으면서도 실감했습니다. 반면 모리미츠 씨는 과학적인 시각뿐 아니라 배움 같은 이야기에서도 잘 알 수 있듯이, 깊이 있는 교양을 토대로 분석을 하고 계시다고 생각했습니다. 다시 한 번 정말 대단한 분이라는 걸 느꼈습니다.

모리　하하하하, 아니에요. 박학인 거예요. 얕다는 의미지요. 하하

하. 대체로 에티오피아와 예멘 같은 생산국에 가보면, 종합상사의 직원들은 수도에 머물 뿐 산지에는 잘 가지 않았습니다. 지금은 갑니다만, 예전에는 신변 안전을 위해 회사에만 머물렀지요. 산지까지 가는 것은 정말 드문 일이었답니다.

산지에서는 아주 환대받으니까 무섭거나 고생스럽지는 않아요. 어쩌면 성격 때문일지도 몰라요. 제 두 눈으로 보지 않으면 납득하지 못하는. 제 이름이 무네오인데, 무네宗라는 글자의 뿌리가 '근본' 혹은 '근본에 가까운' 것을 뜻합니다. 그래서 뭐든 사물의 원점에 흥미를 가지는 것인지도 모르죠. '무엇이든'이라고는 말했지만, 사실은 커피에 대해서만 그래요. 커피를 위해서만 여행을 했으니까요. 그러고 보면 신혼여행을 갔던 하와이도 커피농장이었네요.

다이　저는 어떤 물건을 만드는 사람 이야기를 듣기 위한 여행을 자주 합니다. 커피숍에도 자주 다니고요. 모리미츠 씨 가게에 갈 때에는 만나고 싶다는 바람이 컸죠. 젊은 사람이 시작하는 커피집을 찾아갈 때는 '아아, 이렇게 하는구나.' 하면서 부러움을 느끼기도 합니다. 이런저런 이야기를 하지는 않지만, 잘 보는 편입니다.

모리　젊었을 때는 이것저것 의식하지 않고 자기 이상대로 하니까, 그런 솔직함이 보기 좋은 거죠. 우리 정도가 되면, 수익에 더 집중하는 사람이 많으니까요.

다이　고등학교 다닐 때였는지 졸업한 후였는지 확실치는 않은데, 다치바나 다카시가 록히드 사건을 밝힌 것처럼 저도 논픽션을 쓰고 싶었습니다. 정체가 밝혀지지 않은 채 우리 사회에 존재하는 것들을 밝혀내고 싶다는 마음이 강했습니다. 어떻게 그런 일들이 가능할지에 대해 생각했지요. 그런데 지금은 아니에요. 그런 혼돈 속에 존재하는 게 사회라고 생각하게 되었습니다. 돈에 얽매이지 않도록 커피집을 한 채 갖고 싶었을 뿐이죠. 그러면 돈 걱정 없이, 마음껏 살 수 있지 않을까.

모리 하하하하.

다이 안정적인 것은 둘째고, 이 사람(아내 게이코 씨)이 가게 운영을 하고 저는 그 옆에서 좋아하는 일을 하는 거지요. 그런 미래를 막연히 생각하고 있었기 때문에, 만일 그렇게 되었더라도 이상하지 않았을 겁니다. 커피집을 시작하기 전에는 소책자 잡지를 만들까도 생각했으니까요. 주간신문 〈다이마츠〉(1948~1978년 발행)라는 것이 있었어요. 무노 다케지(호치신문사에서 아사히신문사를 거쳐 종군기자로 전쟁터를 취재함)라는 저널리스트가 신문사는 전쟁 책임을 지지 않았다고 자책하면서 퇴사한 후에, 혼자 아키타현에서 만든 잡지였습니다. 그래서 가게를 만들 때도 여기서 그런 류의 소책자 잡지나 벽신문을 만들고 싶다는 생각을 했습니다. 그러나 커피집에서 제가 무언가를 주장하면 안 된다는 것을 느끼고 생각을 고쳐먹었습니다. 여러 가지 생각이 모이는, 사람이 모이는 장소에 나의 생각과 주장을 버젓이 내세우는 건 아니라는 생각을 하게 된 것이죠. 커피를 하다보면 딴 생각할 겨를 없이 바쁘기도 했고요.

모리 머릿속은 내일 쓸 커피 걱정으로 가득하니까요.

다이 그렇죠. 그럼에도 저는 한 권의 책을 만드는 것이 좋습니다.

예를 들면 잡지에 연재되는 기사를 스크랩하여 한 권의 책으로 만들기도 합니다. 참, 명품이 하나 있습니다. ANA의 기내지 〈날개의 왕국〉을 정기구독하는 사람이 있어서 매월 저에게 가져다주셨습니다. 오키시로 씨의 연재를 전부 스크랩하여 한 권으로 만들었습니다. 소중히 모아서 제본을 하니 한 권의 책이 되더군요. 고객 중에 제본을 취미로 하는 분이 있어서 부탁한 것이지요. 또 히라노 료를 좋아하는 이유를 말로 표현해보고 싶어서 원고지에 써내려간 후 한 권으로 묶어 책을 만들기도 했습니다. 커피집이라는 곳은 여러 사람이 오고, 책장에서 이런 책들을 골라 읽는 사람도 있겠죠. 한 권의 책이 많은 사람들에게 읽히는 상황이 이어지는 것입니다. 커피집은 여러 가지 형태의 안식 중 하나죠. 그 이전에 저의 안식이기도 합니다만.

히라노 료의 그림을 그의 부인에게 빌려서 벽에 걸어두니, 스위치 퍼블리싱이라는 출판사 직원이 관심을 보이며 게재하고 싶다고 했습니다. 그것이 계기가 되어 NHK에서 작은 프로그램을 만들었는데, 반응이 좋아 다시 한 시간짜리 방송으로 변경되었답니다. 작은 하나의 싹이 여러 갈래로 연결되는 일이 종종 있습니다. 좋게 생각하면 소책자 만들기를 달성했다고 말할 수 있을 것 같지 않습니까? 모리미츠 씨도 비슷한 분이라고 봅니다. 강한 힘으로 사람들에게 많은 것들을 전달하고 있다고 생각합니다.

모리 우리는 각자 다른 방식으로 살고 싶다는 마음을 갖고 있습니다. 커피집으로서도 서로 다른 방향의 지향점이 있죠. 우연히 기치죠지의 '모카'에 들어가서, 커피집을 하고 싶다고 결심하게 되었죠. '모카'에서 이런저런 커피를 알아가면서, 모카 커피만 왜 이렇게 스파이시한 향이 있는 것일까 의문을 가졌습니다. 그때부터 제 나름대로 그 의문의 답을 찾아 탐구하게 되었고요. 가게의 이름은 로산진이 경영하는 일식집 '호시가오카차료星岡茶寮'의 지배인을 했던 사람으로, 하쿠슈 마사코 씨나 고바야시 히데오 씨와 동년배였던 하타 히데오라는 고미술감상가가 붙여주었습니다. '모카' 마스터가 로산진의 《춘하추동 요리왕국》이라는 책을 저에게 읽으라고 빌려주어서 관심을 갖고 여러 가지를 찾아보게 되었죠. 조사를 하던 중 당시 관계자가 살아 있다는 것을 알게 됐고, 하타 선생의 집까지 찾아간 것입니다. 선생도 커피를 하는 젊은이가 로산진을 공부한다는 것을 알고는 매우 귀여워해주었지요. 나 같은 게 뭐라고, 커피를 배우고 싶어할 뿐 돈 한 푼 없고 보답도 할 수 없는 저에게, 하타 선생은 여러 가지를 나누어주었어요.

제 가게를 열 것이라고 이야기하자, 그럼 당신이 직접 이름을 지어주겠다며 '美美'라는 이름을 주셨습니다. 커피집은 바ノ행이 많다는 이야기를 하니, 하타 선생은 "나는 눈으로 일을 하고 있으니까." 라며 '미美'라 쓰고, 다음 맛있다는 美味しい(오이시이)의 美味를 읽는 것처럼 '비미'라고. 그러면서 일을 잘 해내면 가게 이름도 점점 좋아 보이게 된다고 하셨습니다. 처음에는 '비비'라거나 '미미'라고 부르는 사람도 많았지만, 한 번 외우면 '오이시이'와 통하는 면도 있고, 의외로 희귀한 이름이었다고나 할까요.

하타 선생과의 추억도 정말 많아요. 간다의 헌책방을 돌며 커피 관련 책을 찾기도 했어요. '호시가오카차료'가 출판한 《호시가오카_{星岡}》라는 책자가 마치 저에게 다가오는 것처럼 손에 들어오는 등, 많은 책들을 모았습니다. 제가 모은 책자로 나중에 복고판이 나오기도 할 정도로요.

다이 미안한 이야기인데, 저는 커피에 관한 문헌을 찾아본 적이 한 번도 없네요….

모리 호오….

다이 왜 그럴까요. 지금 처음 깨달았는데, 전 정말로 게으르네요.

모리 저는요, 오쿠야마 선생의 판화집 《커피 편력》을 '모카'에서 봤어요. 오쿠야마 선생도 가게를 찾아오셨기 때문에 직접 만나기도 했습니다.

다이 저는…, 왜 헌책방에 가서 커피 관련 책을 찾아보려고 하지 않았을까요. 정말 부끄럽기까지 하네요. '카페 바흐'의 점주 타구치 마모루 씨가 쓴 《커피대전》은 샀습니다. 처음 나왔던 배전강좌 책 말입니다.

모리 저는요, 그때는 커피에 관한 것이라면 잡지부터 소설까지 다 모았어요. 그러다 세계 최초의 커피기록서로 알려진 《*ALL ABOUT COFFEE*》를 손에 넣었을 때는 스스로도 믿을 수가 없었어요.

다이 우와! 저는 참 부끄럽습니다. 어느 바텐더가 예전에 "다이보 씨, 저는 위스키 한 병만 있으면 됩니다. 아무것도 없어도 위스키 한 병만 있으면 해나갈 수 있습니다."라고 말하는 걸 들었을 때, 마음속으로 깊이 동의를 했던 것 같아요.

모리 움직임은 의식적인 건가요? (다이보 씨의 움직임이 아름답다고 감동하는 고객이 많았고, 그 움직임의 미학을 말하는 사람도 많다).

다이 그것은 의식적이라고 하기 힘든데, 저는 부토舞踏를 오랫동안 보고 있습니다. 부토 중에서도 암흑부토라고 불리는 히지카타 다츠미土方巽나 오오노 카즈오大野 一雄, 산카이 쥬쿠山海塾 류의 부토를 좋아해서 오랫동안 관람해오고 있어요. 그 사람들의 움직임은 정말 아름다워서, 서 있는 것만으로도 '아름답다'고 생각하게 됩니다. 그래서 좋아하는 것 같고요. 연극을 관람할 때도 점점 더 대사가 없는 것을 보는 듯해요. 예를 들어 오오타 쇼고라는 연극가는 '고마치후덴小町風伝' '물의 역水の駅' '땅의 역地の駅'이라든가, 대사가 아예 없고 움직임만으로 무대를 만들어가는데요, 그런 것을 보고 나면 정말 좋거든요.

　나의 경우 작업이므로 연극과는 다르지만 카운터 안에서 얼마나 합리적으로 움직일 수 있을까, 신경은 쓰고 있습니다. 그리고 '다음에는 이렇게 작업을 해보자.' '아니 이렇게 들고 이렇게 하는 쪽이 더 빨라지는구나.' 등등을 생각하죠. 낭비 없이 하고 싶어요. 불필요한 움직임이 싫어요. 여기 갔다가 저기 갔다가, 우왕좌왕하는 게 싫습니다. 그런 불필요함을 없애고자 노력합니다. 신경질적으로 보일 정도로 의식하고 있습니다. 아무것도 없이, 움직이지 않는 것이 가장 좋지만 그렇게 할 수는 없으니까요.

　그래서 스태프는 전원 플랫슈즈를 신습니다. 눈앞 고객을 응대해

야 하니까요. 저도 마찬가지고요. 커피를 다 내리고 손이 비었을 때
는, 손님에게 잔돈을 건네거나 물을 건네거나 합니다. 정해진 역할
을 정확하게 해내는 데서 나아가 눈앞에서 일어나는 상황에 적절하
게 대응하는 것은, 자동화의 가장 궁극적인 단계라고 할 수 있지요.
로봇을 만들 때 그런 것을 연구하잖아요. 그때그때, 상황에 맞게 자
유자재로 움직이는 것. 저의 가게에서 일하게 되면, 모두 가능해집
니다. 그러한 순간의 판단에 대해 종업원에게 설명하기는 참으로
어렵습니다. '조금만 더 참는' 것이 필요하지요. 다만 순간순간의 이
어짐을 잘 이해하면 전체의 흐름이 부드러워집니다. 분명하게 말하
지는 못해요. 그건 시간이 지나면서 체득하는 것이니까, 관계의 묘
함은 설명할 수 없어요. 스스로 깨달아야지요. 일을 배우겠다고 오
는 젊은 친구들은 이제 없습니다. 얼마 전까지는 순서를 기다리고
있었지만요. "기다리고 있을 테니, 연락 부탁드립니다."라며 찾아오
는 사람들이 늘 있었는데 말이에요.

다이보 게이코 씨에 대하여

'다이보 커피점'이 폐점하기 1개월 전. 가게로 들어서자 1,000권 한정 자비출판한 책《다이보커 피점》발송작업에 분주한 다이보 게이코 씨의 모습이 보였다.

좁고 긴 형태의 창문은 열려 있고, 그 창으로 비쳐 들어오는 부드러운 빛과 겨울의 향기. 은은한 페퍼민트그린 유약이 발라진 도자기에서 하늘거리는 소박한 강아지풀. 흔한 들풀도 '다이보'라는 공간에 놓이면 색향을 풍기게 된다. 도시의 번잡스러움과는 거리가 먼, 아침 시간. 게이코 씨의 하얀 손만이 쉼 없이 움직이고 있었다.

게이코 씨와 다이보 씨는 1947년, 이와테현에서 태어났다. 고등학교 동창으로, 재학 중에 사귀기 시작해 졸업 후 다이보 씨 집에 자주 놀러왔었다고.

"당시로선 흔치 않던 독서가였던 시어머니와는 사이가 너무나 좋았습니다. 감각이 비슷하기 때문에 서로 좋아했어요. 이야기가 잘 통하는, 나이 차가 많은 친구 같았지요. 귀여운 사람이었어요. 모리오카는 겨울이 되면 아침창에 서리가 생기는데요, 거기에 글씨나 그림을 그려놓아서 놀러가면 그림들이 남아 있었답니다."

1969년, 둘은 스물두 살에 결혼했다. 다이보 씨는 이때 이미 은행을 그만두었지만, 게이코 씨의 부모님에게 솔직히 이야기한 것은 1년쯤 지난 후였다고.

커피집을 시작하기 2년 전, 둘은 방 한 칸짜리 집에서 문조를 키우고 있었다고 한다. 부리가 빨갛고 몸은 회색으로 피익피익, 귀여운 소리로 모이를 달라고 했다. 쉬는 날이면 새장에서 꺼내 방안을 자유롭게 날아다니게 했다. 다음은 당시를 회상하며 게이코 씨와 다이보 씨가 나눈 대화이다.

게이코 문조를 키우던 때가, 우리들이 가게를 시작하려고 이야기를 할 무렵이에요. 어느 날 집에 들어갔는데 남편이 문조가 모이를 먹고 있는 모습을 골똘히 관찰하면서 즐거워하더라고요. 그것을 보고 있자니, 뭔가 알 수 없는 감정이 끓어올라서 화가 나기도 했죠. 당신 기억나요?

다이보 기억나고 말고. 철저하고 확실하게. 문조를 보고 있던 것은, 그때 할 일이 없었기 때문이었지. 물론 할 일은 많았지만 그때는 움직일 필요가 없으니까, 그냥 새를 보고 있었던 거지. 그러면 "뭐하는 거예요! 지금부터 가게 시작하기로 한 인간이, 그러고 있을 때예요?"라고.

게이코 맞아요. 처음부터 둘이 일해서 한 명은 생활비를 대고, 다른 한 명 벌이로는 오픈 자금으로 사용하자고, 그렇게 정했어요. 그런데 이 사람은 회사 그만두고 집에 있으면서 아무것도 하지 않고

문조와 놀기만 한 거죠. 그런 상황이니까 당연히 여러 가지 생각이
들고 초조했죠, 저로서는.

다이보 하하하하하.

다이보 씨에 따르면 지금도 그 양상은 달라지지 않았다고 한다.
과연 옆에서 보고 있으면, 게이코 씨는 주저함 없이 필요할 때마다
다이보 씨에게 할 말을 던진다. 그러나 상대는 한번 이렇게 하고자
정하면 허투루도 듣는 척조차 않는 다이보 가쓰지 씨이다. 흑백 분
명한 의견을 내놓는 사람이 아니라면 대적하기 어려울 듯하다. 게
다가 게이코 씨는 다이보 씨에게 있어서 궁지에 몰릴수록 든든한
아군이 되는 존재이다.

오모테산도 빌딩 2층에 가게를 연 것은, 두 사람이 27세 되던 무
렵이다. 개점 첫날 너무 바빠서 점심을 제대로 챙기기 어려웠을 때
게이코 씨는 바로 옆 소바집으로 뛰어가서 해결한 반면, 다이보 씨
는 아무것도 삼킬 수가 없었다고 한다.

"개점 3일째 되던 날, 택시운전기사였던 손님이 도로에 차를 세우
고 커피를 마시러 온 적이 있어요. 이렇게 쓰디쓴 커피로는 손님이
올 리가 없다며, 때려치우는 게 좋겠다고 하더군요. 손님이 나간 뒤
그 이야기를 남편에게 했더니 웬 참견이냐며 큰 소리로 화를 냈죠."

이런 이야기를 하며 당시를 재밌게 회상하고 있지만, 게이코 씨
는 애초에 가게에 나갈 생각은 없었다고 한다.

"가게에 사장이 둘 있는 것은 좋지 않다고 생각했으니까요. 당시

에는 남편과 제가 부부라는 것도 가급적 들키지 않도록 신경을 쓰면서 매일 청소부터 커튼, 앞치마, 융 관리 등 모든 일을 했어요. 절약해야 했거든요. 커피에 몰두하는 남편을 돕는 일에 전념했습니다. 아이가 어렸을 때에는 주말에 조금 돕고, 육아에만 전념했어요. 그리고 초등학교에 들어갈 무렵부터는 여름방학이 되면 카운터 끝부분 좌석에 아이를 앉혀놓고 일을 했지요. 연말이 되면 대청소를 하는데, 그만둔 직원들이 찾아와서 도와주기도 하고. 그럴 때는 아이들에게 의자 하나라도 광이 나도록 닦게 했습니다. 젊었으니까, 딱히 고생스럽다는 생각은 없었지만 돈이 부족하니 그 부분은 좀 힘들었던 것 같아요."

참고로, 대금지불일은 매월 10일.

"그날이 다가오면, 남편이 밥을 먹으면서 손을 위로 올려 뭐는 얼마, 뭐는 얼마…, 하면서 공중에서 주판알로 계산을 했죠. 그런 시절이 꽤 길었어요."

그럼에도 커피집의 나날은 신선하고, 때때로 예기치 않은 즐거운 일도 있었다고. 게이코 씨가 좋아하는 것은 가련하면서도 든든한 들풀 꽃. 어렸을 때는 방울꽃 같은, 산에 피는 꽃들을 산책 중에 꺾어와 꽃꽂이를 즐겼다.

"가게를 시작할 무렵에 이런 일이 있었어요. 니가타 에츠고유자와에서 신간센을 타고 도쿄에 온 손님이 양손 가득 억새풀을 가져다주었어요. 정말 기뻤죠. 시간이 없으니 자리에 놓고 가겠다고, 이름을 물을 틈도 없이 사라졌어요."

이름도 모르는 손님의 정성, 게이코 씨에게 맑은 물과 같은 힘을 주었으리라. 큼직한 꽃병에 기쁨을 정성스럽게 담가두듯 억새풀을 꽂는 모습이 눈앞에 그려질 정도이다.

가게가 본궤도에 오르면서 게이코 씨도 다이보 씨 스타일의 융드립을 마스터하여, 카운터에 서기 시작했다. 게이코 씨의 그 의젓한 모습은 반할 정도로 멋있었다. 뭉툭한 빛 속에서, 눈을 가늘게 뜨고 실처럼 가는 물줄기를 천천히 천천히, 융 속으로 떨어뜨리는 모습은, 하드보일드 소설의 한 장면처럼 멋진 그림이 된다.

"처음 오신 분이 카운터에 앉아서 열심히 말을 걸어옵니다. 커피를 만들며 가끔 눈을 보고 반응은 하지만, 점점 이야기를 멈추게 되지요. 내심 '다행이다.' 생각하지만 그렇게 하면 안 되겠다는 생각이 들어서 '죄송합니다. 추출 중에는 이야기를 하지 않도록 합니다.'라고 했더니 휙 일어나 가버리는 거예요. '화가 나서 나갔으니 더 이상 오지 않겠구나.' 생각했는데, 그 손님이 또 오더라고요. 그러고는 절대로 추출 시에는 말을 걸지 않는 거예요. '아, 알아주셨구나.' 하며 기뻤지요. 커피를 추출하는 모습을 관찰한 후에 한 잔의 커피를 마시면, 그때까지 싫은 생각을 하거나 좀 무거웠던 감정이 녹아내리고 원래 자신으로 돌아오게 된다는 손님의 이야기를 들었을 때에는 정말 기쁘더군요. 커피집의 역할이라는 게 이런 것인가 싶고요."

게이코 씨와 다이보 씨는 보고 듣고 느낀 것을 모두 이야기하고 공유한다. 동급생답게, 솔직하게. "두 분은 자주 토론을 하지요?"라고 게이코 씨에게 물으니 "토론이라기보다 싸움이지요." 하며 웃지만 결코 그렇지 않았다.

2012년 기타큐슈 시립미술관에서 개최된 히라노 료 전시회에 다이보 부부와 함께 갔다. 그때 강하게 느낀 것이 있다. 한 장의 그림 앞에 꽂힌 듯 오랫동안 함께 서 있던 두 사람. 오랜 시간 함께 해온 부부의 호흡과 배려가 아닐까. 서로 다른 개체이므로 다른 시점을 가질 수밖에 없고, 각각의 감성으로 대상을 바라보는 두 사람. 그러나 둘은 서로의 기준을 존중하며 여기까지 인생을 함께 걸었다.

"나는 이게 좋다고 분명히 말하는 사람은, 커피를 통해서도 무언가 좋은 것을 만들어낼 수 있다고 생각합니다. 그런데 최근의 모습을 보면, 자신의 생각을 갖지 않고 누군가의 평가를 그대로 받아들여 버리는 사람이 많다는 생각이 듭니다. 하지만 누구든, 세상 그 누구와도 다른 각자의 '핵'이라는 것을 갖고 있지 않을까요?"

마지막으로 나의 희망적 관측이지만, 다이보 씨의 커피인생은 앞으로도 계속될 것이라고 생각한다. 가게를 접고 난 후에도 의뢰가 있으면 종이봉투와 보자기에 도구들을 챙겨서 전국 방방곡곡을 다니며 융드립 커피를 선보이고 계시기 때문이다.

게이코 씨, 앞으로도 다이보 씨의 곁에서 함께 해주세요. 두 사람이 나란히 서 있는 모습을 바라보는 것만으로도, 이유 없이 흐뭇하고 기뻐지니까요.

2013. 11. 25

도쿄에서

'다이보 커피점'이 폐점하기 1개월 전

다이 제 나름대로 폐점 인사를 제대로 한 뒤 마치고 싶었습니다. 오랫동안 운영해온 커피집이기 때문에 오래된 손님들도 계시고, 지금은 멀리 계셔서 자주 오지 못하는 손님들에게 빨리 알려 인사할 수 있는 시간을 갖고자 했습니다. 인터넷은 정말 대단한 듯해요. 그 얘기를 듣고 처음 오시는 분까지 생겨서 정말 바빠졌습니다.

'커피콩도 100g 이하 구입가능'이라고, 면목 없지만 그렇게 제한을 하고 있습니다. 지금 수동로스터로 매일 아침 다섯 시간씩 8배치, 6.4kg. 그것도 남지 않아서, 매일매일 로스팅을 하지 않으면 안 되네요.

오늘은 히라노 료의 이야기를 해도 좋을까요.

모리 물론 물론.

다이 가게 안쪽에 걸려 있던 그림은, 자화상이라고 생각합니다. 히라노 씨의 부인이 한 점씩 순서대로 빌려주셨습니다. 부인께서 우리 가게의 벽을 참 좋아하셔서. 히라노 료의 그림은 도쿄 쪽에서는 볼 수 있는 데가 없으니까 '한 점씩 그림전시회'라고 부르셨습니다.

히라노 료는 규슈의 화가였기 때문에 그곳에서는 비교적 널리 알려져 있죠. 아는 사람도 많고 기타큐슈 시립미술관 등에서도 개인전이 자주 열리고 있습니다. 그러나 도쿄에서는 화랑의 전시회는 있어도, 일반적인 장소에서 전시회가 열린 적은 없습니다. 딱 한 번, 여러 화랑이 공동기획한 전시회가 도쿄 센트럴미술관에서 열린 적은 있습니다. 모리미츠 씨에게는 막무가내로 제가 만든 히라노 료에 대한 리뷰 책을 읽으시라고 했는데.

모리 네, 헤헤헤헤헤.

다이 '무작정 읽으세요.'라고 했지요. 그리고 그 책에도 써놓았지만, 저의 경우 "제 그림 소장품을 빌려드릴 테니까 가게 벽에 걸어두시지 않겠습니까."라던 손님의 권유로 히라노 료의 작품을 만나게 된 것입니다. 한 대여섯 번째 작품으로 빌려주신 게 히라노 료의 그림이었습니다. 저는 처음 히라노 료의 그림을 보며 왜 이 사람의 작품은 이렇게 보일까, 하고 흥미를 느꼈습니다. 그래서 그의 작품이 걸려 있는 화랑을 찾아 관람하기 시작했죠. 꽤 오래 전 일입니다. 도쿄 센트럴미술관에서 히라노 료 전시회를 개최한 게 1990년, 저에게는 이 도쿄 전시가 그의 그림과 본격적인 만남이었습니다.

제가 모리미츠 씨에게 여쭤보고 싶은 것은, 커피집에 걸려 있으면 좋은 그림이란 어떤 것일까, 하는 점입니다. 그게 참 어려워서 오랫동안 생각해온 문제인데, 히라노 그림 같은 작품을 만나기 전까지는, 가게에는 아무것도 걸지 않겠다는 방침이었답니다. 꽃도 두지 않고, 아무것도 두지 않겠다고 생각했어요. 꽃과 그림이 있는 게 왜 그런지 몰라도 거추장스럽게 느껴졌습니다. 저는 그림을 소장하고 있지도 않고, 그림을 건다는 발상 자체가 부자들의 특권이란 생각이 들었던 것 같습니다. 그림을 열심히 봤다고는 할 수 없지만, 좋아하기는 했습니다. 물론 제가 좋아하는 화가 고갱의 전시회는 따로 찾아서 관람했지요.

아, 그리고 또 하나 이야기하지 않으면 안 되는 것, 가게 입구에 '다이보 커피점의 오후'(1982)라는 작은 그림이 있습니다. 마키노 구니오牧野邦夫라는 화가가 그린 그림이지요. 마키노의 그림을 산 것은, 히라노 료 이전입니다. 한때 이 화가가 근처에 아틀리에를 운영한 적이 있어서 자주 오셨거든요. 구석진 테이블에 앉아서 앞에 모델을 앉히고, 우리에게는 보이지 않도록 작은 스케치북에 그렸지요. 가게에서 그림을 그릴 때 우리는 몰랐는데, 그렇게 그린 스케치를 가지고 아틀리에에서 그렸던 모양입니다. 완성되었을 때 보여주러 들고 오셨지요. 그러고는 그림을 들고 곧바로 일어서더라고요. 아까 말씀드렸다시피, 저는 그림을 구입한다는 발상을 하지 못했기 때문에 "아 그렇습니까?"라고만 했지요. 만약 제가 그림을 산다는 발상을 했다면 "기다려!"라며 막아섰을지도 모르지만요.

한참 후에 오사카의 화랑 관계자가 커피를 마시러 와서는, "그 그림은 여기에 있는 것이 좋지 않겠습니까?"라고 이야기하더군요. 그때 정말 고민을 많이 했습니다. 왜냐면 가격이 좀 나가는 에어컨을 교체해야 할 시기였거든요. 화랑 일을 하는 지인에게 상담하기도 하고, 그러고도 고민을 하고. 1년 정도 생각을 한 끝에 겨우 결심을 굳힌 것입니다.

그리고 또 하나 덧붙이면, 그보다 훨씬 전에 실은 '다이보 2호점' 계획을 세우던 때가 있었거든요. 그때 가게 형태를 커피를 마실 뿐만 아니라, 도자기를 전시판매하는 공간 역할을 하도록 만들고 싶었답니다. 그런 일도 있고 해서 도자기나 그림을 보러 미술관과 화랑 등을 자주 다녔습니다. 그런 상황에서 자신이 소장한 그림을 빌려주겠다는 손님의 제안을 받고 벽에 걸어보니 '역시, 벽에는 그림이 있는 것이 좋구나.' 하는 생각이 들었습니다.

매일 히라노 료의 그림을 보노라면, 그림이 움직이고 있는 듯한 느낌을 받습니다. 내 눈이 움직이는 것이겠지만, 볼 때마다 그림이 움직이고 있어요. 왜 그렇게 보이는 것일까요. 처음 걸어둔 그림은 그렇게 특별한 그림은 아니고 '계단의 군상'이라는 구상화였습니다. 계단을 몇 명인가 인물들이 내려와서 구석으로 사라진다, 전부 여성입니다. 계단의 위쪽에는 젊은 여성, 계단을 내려온 부근의 사람들은 애를 안고 있고, 다음은 조금 더 나이가 들어 보이고, 뒤쪽으로 사라져가는 것은 나이든 여성이라는 구도의 그림입니다. 여자의 일생처럼 보입니다. 보여드린(다이보 씨 자택에서 화집을 보고 있었다) 펜화 이야기를 하자면, 그것도 어딘가 선이 움직이는 느낌을 받게 되지요. 유화의 경우에도 그러한 터치가 많더라고요. 뭔가가 움직이고 있는 것 같은 착각이 들면서, 볼 때마다 다른 그림처럼 보이고…. 오늘은 또 이렇게 보이는구나, 하고 흥미롭게 여깁니다.

계속 이야기해도 될까요?

모리 그럼요, 좋아요.

다이 히라노는 추상적인 작품을 많이 그렸지만, 자화상을 주로 그린 사람이었습니다. 아까 그의 그림을 볼 때마다 묘한 느낌이 든다고 했지요. 그건 그의 추상화를 볼 때도 마찬가지입니다. 이렇다 저렇다 말할 필요도 없이, 작품 앞에 서면 그냥 빠져듭니다. 눈을 뗄 수가 없는 거지요.

도쿄 센트럴미술관 전람회에 전시된 것은 100호 크기 작품이 많았고 모두 추상화 신작이었습니다. 그림을 마주보면서, 저의 내면의 자화상이라고 불러도 좋지 않을까 하는 느낌마저 품었습니다. 그런 그림을 그리는 화가는 추상적인 눈을 가지고 있는지도 모릅니다. 물론 제가 마음대로 저를 그린 것 같다고 느낀 것뿐이지만. 그렇게 그의 작품들과 만난 후 그림과의 관계가 이어지고 있는데, 커피집 벽에 걸기에 어울리는지에 대해서는 한참을 고민했습니다. 자신의 내면을 비추어보는 일이 어떤 상태인지 잘은 모릅니다. 단지…, 그림을 '알겠다'고 말하는 것도 아닙니다. 뭐라고 할까요, '나를 본다'는 표현밖에 없을 것 같아요. 잘 모르지만 '공포스럽다'는 느낌도 있었던 것 같아요. '뭐지 저거, 대체?' 그런 기분도 들었고.

이런 표현을 사용하면 히라노 씨 아내 분께 죄송스럽지만, 솔직히 말씀드리면 그렇습니다. 조금 더 그 이야기를 하자면, 고등학교 때부터 제가 하고 싶었던 것은 저널리스트 다치바나 다카시나 무노 다케지와 같은 일이었습니다. 무슨 뜻이냐 하면 숨겨진 진실을 밝히고 싶은…, 사회적인 진실이라기보다는 인간과 인간이 관계하는

데 있어서도…, 뭐라고 할까요…, '마음을 솔직히 드러내는' 것을 하고 싶었다고나 할까요. 투구를 벗고 얼굴을 마주하며 이야기하면 알게 되는 것. 투구와 갑옷을 걸치고 사회성을 발휘하다 보면, 마음에도 없는 것들을 말해야만 할 때가 있지요. 그런 상황을 보면서 왜 사람은 그렇게까지 하며 인간관계를 이어가야 할까, 의문이 강했어요. 그런 성격이었던 겁니다. 물론 신문에서 보는 여러 가지 사건사고들에 대해서도 왜 진짜 모습으로 사물을 볼 수 없을까 의구심을 가졌지요. 이제는 그런 생각을 많이 안 합니다. 세상사나 인간의 존재 같은 것은 표면적인 관계만으로 만들어지는 게 아니니까요. 단지 그런 성격이 여기로 이어졌습니다. 험한 표현일지 모르지만 사람의 양복을 벗기면 보이는 것, 거기에 진실이 있다고, 갑옷을 벗고 이야기하면 반드시 서로를 알아갈 수 있다고 생각합니다. 오히려 반대일지도 모르지만.

많은 분들이 '다이보 커피점'에 오실 때, 갑옷을 벗고 오시기를 바랍니다. 그렇게 되려면 저도 갑옷을 입고 있으면 안 되겠다는 생각으로 임합니다. 그런 의미에서 저의 가게 커피 맛에도 솔직한 저를 표현하려고 합니다. 저로서는 그 외에 할 수 있는 게 없으니까요. 저라는 인간의 본모습을 보거나 느낀 손님들 중에는, 이 인간 앞에서는 갑옷을 벗어도 되겠다고 생각하는 사람도 있을 것입니다. 히라노 료의 그림이 자신의 자화상처럼 보이는 것은, 스스로 알몸이 된다는 뜻이기도 합니다. 인간성 깊은 곳의 서정, 거기에 공명이 있다고 생각합니다.

그러다 보니 손님과 대화를 할 때에도 실례일지 모르는 일들이 많았다고 생각합니다. 결례가 된다고나 할까, 놀라는 손님도 있었습니다. 결코 당신의 알몸을 보여달라는 말은 아니고요, 뭔가 그…, 저는 사람을 빤히 쳐다보는 버릇이 있었습니다. 단순히 바라보는 것이 아니라 이 사람은 무엇을 하는 사람일까, 이 사람은 어떤 사람일까 생각하다 보면, 저의 시선이 거기에 멈추는 것 같아요. 순간이지만, 그러면 상대방도 저를 바라봅니다. 그때의 제 눈이 솔직하면 굳이 말하지 않아도 서로 알게 되는 것이 있지 않을까…. 당신은 대체 어떤 놈인가, 그런 공기도 있었던 것 같습니다. 하하.

모리　저, 다이보 씨 아버지의 전쟁 경험 중에는 어떤 것이 있나요?

다이　그런 이야기는 들어본 적이 없는데.

모리　경험담을 들려주신 적이 없다는 거네요.

다이　없었어요.

모리　전쟁을 경험한 사람은 여러 가지 방식으로 표현을 하지요. 예를 들어 가즈키 야스오香月泰男(1911~1974, 시베리아 포로 억류 경험을 그린 '시베리아 시리즈'의 작가)의 그림을 봤을 때 나도 정말 충격을 받았습니다. 히라노 료에게서도 그런 감정을 느꼈던 걸까요.

다이　그렇습니다.

모리　보이지 않는 것을 보이는 듯 표현하는 사람이 예술가라고 저는 생각해요. 히라노 씨에게만 드러난 것, 히라노 씨가 본 것, 우리들에게 보이지 않지만 존재하는 어떤 것을 표현하고 있다고 생각합니다. 음…, 히라노 씨의 그림을 우리 가게에 두지는 않겠지만. 하

하하하하.

다이 이건 추상 작품이라고 단정지을 수 없는 부분도 있지만, (히라노 료의 화보집을 넘기면서) 벽에 걸 수는 있겠지요.

모리 아니, 어쩌면 정반대로 고객에게 갑옷을 벗어놓는다는 감각을 불러일으키지 않는다면 걸고 싶지 않다는 기분이 들 수도 있겠고요.

다이 무언가 저의 의도가 작용해서 손님의 갑옷을 벗게 하고 싶은 생각은 없습니다.

모리 아니, 없다고? 아까 이야기로는….

다이　아까 저의 이야기가 오해를 불러일으켰나 봅니다. 실내 인테리어 등으로 갑옷을 벗고 싶어지게 만들고자 하는 바람은 있습니다. 그러나 이 그림을 가지고 그렇게 하고 싶다는 생각은…. 아아, 그런 의미일 수도 있겠네요.

모리　하지만 가게 안에 걸어두고 싶은 것이잖아요.

다이　그렇지요, 맞아요. 저 자신은 히라노 료를 통해 알몸이 됩니다. 그러나 손님은 다르겠지요. 그걸 알면서도 한편으로는 이런 그림을 걸고 싶습니다.

모리　(동석하고 있던 다이보 씨의 아내 게이코 씨를 보며) 그런가요?

게이코　그런 그림만 있는 건 아니에요. 예를 들면 가끔 걸어두는 그림 중에 '휴식하는 두 사람'이라는 작은 그림이 있어요. 젊지도 않은 남녀가 계단 같은 곳에 앉아 있는 풍경입니다. 남성이 여성의 얼굴을 보고 있는데, 단순한 구도임에도 바라보면 기분이 차분해지죠. 그리고 '노파'라는 작품은 옆얼굴을 그렸는데, 어딘가 가슴에 스며드는 느낌을 줍니다. 단지 제가 생각하기로, 가게에 그림을 건다는 것은 전시회에서 그림을 보는 것과는 전혀 다릅니다. 느끼는 방법에 있어서 말이지요.

모리　응, 맞아요.

게이코　같은 그림을 보더라도, 보는 사람의 마음에 따라 달라집니다. 정말 기분이 좋을 때와 조금 가라앉았을 때는 같은 그림이라도 전혀 달리 보입니다. 그러니까 커피를 마시며 편하게 휴식하면서 찬찬히 그 그림과 교류할 수 있다는 것이 커피집의 장점이 아닐까 생각합니다.

모리 맞는 말씀입니다.

다이 아아, 다행이다.

게이코 당신이 처음부터 이야기의 가장 어려운 부분을 훅 던져버리니까 오해를 초래하는 거예요. 그런 부분은 세심하게 잘 설명해야지요.

다이 미안합니다.

모리 하하하하하. 어쨌든 다이보 씨가 내는 커피와 가게의 스타일이 연결되어 있다는 점은 분명하네요.

다이 히라노 씨와는 도쿄 개인전에서 한 번 만난 적이 있습니다. 그 전까지 혼자서 그의 그림을 봐온 터라 물어보고 싶은 것이 정말 많았지요. 그런데 정작 당사자를 눈앞에 두니, 무엇을 먼저 이야기해야 할지 몰라서 그대로 헤어졌다는…. 그러다 얼마 뒤 히라노 씨가 돌아가셔서 재회할 수 없게 되었습니다. 정말 후회스럽지만, 이제는 어찌할 수도 없게 되었네요. 그때의 이야기를 친구에게 했더니 "그걸로 충분한 거야."라고 말하더군요. 어쩌면 그럴지도 모르겠다고 생각했습니다. 왜냐하면 그때 이야기하지 못했기 때문에 히라노 씨가 남긴 문장을 읽거나 부인과 이야기를 할 수 있었고, 저의 상상력을 부풀려 새로운 마음으로 그림을 보기도 했으니까요. 작가의 의도와는 다른 것일지도 모르지만, 저만의 생각을 많이 갖게 되었고요. 이 같은 그림과의 교류가 커피집이란 공간에서도 이루어질 수 있다는 건 정말 기쁜 일이 아닐 수 없습니다.

모리 다이보 씨의 커피스타일과 히라노 료의 그림을 걸어두는 것은 역시 겹치는 부분이 있네요. 융드립을 하는 것은 원점으로 돌아가자, 원점에서 바라보자는 의미라고 생각합니다. 히라노 료라는 화가도 자기 내면을 바라보며 그림을 그려냈다고 생각하고요. 그것이 아까 여쭤본 전쟁 경험과 같은 것인지도 모릅니다. 실제로 그가 어떤 경험을 했는지는 모르지만요.

저도 전쟁을 체험한 것은 아니지만, 부모와 주변 사람들에게서 이야기를 들었습니다. 숙모가 하와이로 이민을 갔는데, 거기서도 전쟁 결과를 두고 이민족끼리 갈라져 싸우기도 했다는 이야기를 들었어요. 나가사키에는 원폭이 떨어졌으니…. 저와 친한 시인이 있는데, 그 사람도 원폭 경험을 토대로 이야기를 쓰고 있습니다. 아까 이야기한 가즈키 야스오 역시 시베리아 억류 경험을 베이스로 했고요.

그런 경험이 정말 중요하다고 생각합니다. 방법으로 말하자면, 히라노 료라는 사람은 로마시대의 이야기나 자기 지인의 죽음 등을 원점으로 삼아 그림을 그리는 터너와 어딘가 상통한다는 느낌이 드네요. 그러나 저는 터너를 그다지 좋아하지 않아요. 모네의 '인상, 일출' 등 인상파부터 현재에 이르기까지가 제 취향입니다.

예전에 아티스트가 되고 싶어 도쿄에 갔는데, 뜻대로 안 되어 디자인 전문학교에 진학했습니다. 근대화의 아버지인 세잔를 목표로 했는데…. 저는 세잔을 좋아합니다. 그림 공부를 하는 사람은 모두 세잔에서 시작하지요. 인상파 중에서도 독자적이며, 자연과 병행하니까요. 미술비평가 고바야시 히데오도 비슷한 말을 합니다. 개인의 존재가 역사만큼이나 중요할진대, 이를 간과하는 사람들이 너무 많다고. 개인이 매우 중요한데, 다이보 씨 역시 그렇다고 생각하는 것이잖아요. 모두가 하는 것을 따라가 봐야 큰 의미가 없으니, 다른 사람과 다른 내 안의 것을 일로 삼는 태도가 중요하다고 생각해요.

또 하나 이야기해도 괜찮아요?

다이　물론입니다.

모리　쿠르트 괴델(1906~1978. 오스트리아·헝가리제국 통치 하 '현 체코'에서 태어난 수학자이자 윤리학자)이라는 윤리학자가 있어요. 완전성정리 및 불완전성정리라고 일컬어지는 무모순에 대해 연구하면서 (미국의) 프린스턴고등연구소에서 아인슈타인과 함께 교편을 잡았던 사람입니다. 흔히 윤리학은 모순이 전혀 없는 세계로, 무엇이든 이론적으로 증명할 수 있다고 여겨집니다. 그러나 괴델은 그렇지 않다고 했습니다. 가령 "저는 거짓말쟁이입니다."라는 말을 증명할 방법이 있을까요? 없겠죠. 개인이 관련되면 그렇게 될 수밖에 없는 거지요. 우리가 일을 하는 문제에서도 이 점이 정말 중요하다고 생각합니다. 눈의 결정이 전부 다르듯, 누군가와 똑같은 일을 한다는 것 자체가 이상한 겁니다. 그렇기 때문에 하나로 뭉뚱그려서 '이렇다'고 말하면 안 되겠지요. 물론 샐러리맨 같은 발상으로 매일을 살아가는 사람들에게 다소 그런 경향이 있지만요. 뭐, 샐러리맨이라고 해도 더 넓고 깊게 추구하기 시작하면 또 다른 것이 튀어나오겠지만, 간단히 증명할 수는 없는 일이지요. 다만 각자가 스스로를 표현하고 증명한다는 것이 매우 의미 있다고 저는 생각합니다. 그것이 커피를 내리는 저의 일이기도 하고요.

다이 이전 날의 대담을 들은 편집자가 "어떻게 처음 대화를 시작하신 분들이 그렇게도 뜨겁게 이야기를 나눌 수 있습니까? 보통은 서로를 탐색하는 것부터 시작하지 않습니까?" 하고 물었습니다. 질문을 듣고 저는 '응?' 하고 생각했습니다. 저에게는 어떤 이상한 점도 없었거든요. 모리미츠 씨는 억지로 꿰맞추기 위해 이야기를 하는 분이 아니고, 그렇게 대화가 이어지는 게 자연스럽다고만 생각했지요. 분명히 '갑옷을 벗고 이야기를 나눌 수 있다'는 교감이 둘 사이에 있었던 것 같아요.

모리 아마도 같은 커피집 사람들로서 대결하는 부분은 있을 것입니다. 그러나 다이보 씨는 같은 길을 수십 년 걸어왔고, 같은 굴 속의 오소리(동류 혹은 한패라는 의미의 관용어)는 아니지만, 비슷한 경험을 해온 사람이라는 대전제가 있으니 서로 숨길 이유가 없죠.

다이 그 점에서 저는 처음부터 어떤 투구도 쓰지 않는데, '둘 다 그런 식으로 각자의 가게를 운영해왔겠구나.' 싶더라고요.

모리 이제 다음은 저의 그림 이야기를 할까요? 구마가이 모리카즈라는 화가가 있어요. 뒹굴거리며 개미를 바라보는 일로 하루를 보내는 화가가 있다는 말을 고등학교 2학년쯤에 들었는데, 이유는 모르지만 강한 인상을 받았습니다. 당시에는 무엇이 좋은지 손톱만큼도 몰랐지만요. '비미'라는 이름을 지어준 하타 선생이, 구마가이 모리카즈는 당대 최고로 글씨를 잘 쓰는 사람이라고 했지만 무슨 이야기인지조차 알지 못했습니다. 그런데 가게를 시작하고 얼마 안

되어 마에사키 테이시라는 사람이 구마가이 모리카즈의 '수선水仙'이
라는 글씨에 대해 쓴 글을 읽고 난 후부터 궁금증이 생겼습니다. 이
유를 물으면 잘 설명할 수는 없지만요. 쓰려고 마음먹고 쓴 게 아니
라, 아이가 순수하게 써내려간 글씨(사진은 모리미츠 씨가 고안한 '적일
적適一滴'. 마에사키 씨가 쓴 글씨로, 목판에는 코란의 일부가 적혀 있다).

　그것을 계기로 다시 한 번 그림을 보기 시작했더니, 이전에는 보
이지 않았던 것들이 보이는 겁니다. 구마가이 모리카즈는 통찰력과
관찰력이 매우 뛰어난 사람으로, 개미를 바라보고 있으면 앞에서
두 번째 다리부터 걷기 시작한다고 말했습니다. 다른 의견도 있겠
지만 구마가이 씨 집에 사는 개미는 그랬을 것이라고 생각합니다.

　그리고 '우적雨滴'이라는 구마가이 씨의 작품이 있습니다. NHK가

프로그램을 만들면서 고속카메라로 물방울을 찍었는데, 위쪽으로 똑바로 오르는 것이 아니라 구마가이가 그렸던 '우적'처럼 약간 우측으로 굽어보였던 거예요. 구마가이는 자신의 눈으로 있는 그대로를 본 것이지요. 그 외에도 마지막 작품인 '호랑나비'에는 호랑나비와 오렌지색 동자꽃이 그려져 있는데요, 제가 아는 구마가이 연구가에 따르면 호랑나비는 동자꽃의 꿀을 그다지 좋아하지 않아서 꽃에 머무르지 않고 위를 가로질러 지나간답니다. 그림에 딱 그 순간이 그려져 있는 듯하다는 것입니다. 저는 무엇보다 그런 관찰력과 통찰력에 깜짝 놀랐습니다.

구마가이는 상업적이지도 않았어요. 어른보다 어린이나 곤충, 꽃 같은 자연을 사랑한 사람이었다고 합니다. 그 이유는 어른이 되어감에 따라 사람은 점점 거짓말을 하기 때문이라고 합니다.

구마가이는 1년 간 그림을 그리지 않은 채 소리의 진동수를 계산하며 지냈을 정도로 클래식음악에 조회가 깊은 사람이기도 해요. 저는 '호랑나비' 그림을 음악과 커피 맛과 연결시켜 생각해봤답니다. 배경의 황토색이 통주저음이라고 한다면, 단맛은 이파리의 녹색, 산미는 오렌지색의 꽃, 쓴맛은 날개의 검은 듯 보라감청색이 되어 도미솔 화음을 가지고 있다고 생각합니다. 각각을 괴테의 색채론 삼원색으로서 생각해보면 이해가 더 쉬울 것입니다.

그림은 선과 형상과 색채라는 것으로 구성되어 있습니다. 파울 클레도 같은 말을 했는데요, 예를 들어 선은 음악으로 치면 리듬입니다. 리듬과 선이 가진 훌륭함은 생명력이지요.

그럼 형상은 무엇을 가리키는가? 구마가이의 그림은 언뜻 멋대로 그린 듯 보이지만, 반복적으로 그려진 결과물입니다. 색채는 아침과 낮과 밤에 따라 바뀝니다. 그의 그림은 그 어느 순간만의 색, 딱 그 색을 표현하고 있죠. 그는 우선 색을 정하고 나서 형태와 선을 반복적으로 그려넣은 듯합니다. 그래서 구마가이 씨는 그림을 그렸지만 오히려 음악에 가까운 작업을 했다고 저는 생각합니다.

히라노 그림에서 다이보 씨가 느꼈던 것처럼, 그의 작품 역시 질리지 않고 움직이는 것처럼 보입니다. 설선雪船인가 눈물로 마룻바닥에 쥐를 그렸는데, 정말로 살아 있는 듯 느껴졌다고 합니다.

이는 배전과 추출에도 해당되는 이야기일 것입니다. 음악에서 말하는 리듬과 멜로디와 하모니, 그림에서 말하는 선과 색과 형상. 배전과 추출도 그 세 가지로 설명이 됩니다. 예를 들어 저는 사진을 직접 현상하는데, 필름 감도는 S자형 특정 곡선을 그립니다. 이것이 가장 풍성하고 솔직한, 백에서 흑까지 계조를 포함한 곡선인 셈이지요. 이건 우리가 솥으로 밥을 지을 때 '처음에는 뽀글뽀글 중간 뽁뽁, 지글지글 소리를 내면 불을 끄고, 애기가 보채도 절대로 뚜껑을 열지 마라'라는 말과 일맥상통하는 데가 있습니다.

배전과 추출을 할 때, 우리 머릿속에는 각자의 이미지 곡선이 있습니다. 음악이든 색채든 커피 배전이든, 말하자면 눈과 귀와 입속 혀의 감각을 사용한다는 점에서 같은 이치가 아닐까, 저는 그렇게 생각합니다. 관할하는 부분은 다르지만 같은 이치로 볼 수 있지 않을까요. 그래서 음악과 미각도 통하고 있으며, 색채와 시각도 혀의 감각과 통하는 데가 있지 않을까 합니다. 지금은 그런 식으로 사물과 커피를 바라보고 있습니다.

저는 구마가이 모리카즈가 그린 그림과 같은 커피를 목표로 하고 있습니다. 배전도 추출도, 같은 리듬과 멜로디와 하모니의 조화라고나 할까요. 배전도 추출도 반복하는 것이잖아요.

다이 그렇습니다. 저는 연결해서 생각해본 적은 없지만 지금 말씀하시듯 감각의 이치가 그렇다면, 어떤 형태로든 연결되어 있을 거라 생각합니다. 다만 저는 누군가의 그림을 볼 때도, 단순히 공명하는 부분이 있는지만 생각합니다.

모리 사물과 일, 이 두 단어의 관계성이 있어요. 사물을 열심히 바라보는 사람은 그 안에 담긴 것을 찾으려고 하지요. 일이라는 것도 마찬가지입니다. 열심히 일하는 사람은 그 안에서 무언가를 찾게 마련이지요. 따라서 사물과 일은 둘이지만 하나인 셈입니다. 그래서 한 잔 커피를 마시러 온 손님이라도 평생 함께 할 수 있는 존재라는 생각이 들지요. 아마 그 사람의 인생에서도 마찬가지일 것입니다. 오히려 그렇게 생각하지 않는 게 이상한 것이 아닐까요.

지난번 대담에서 다이보 씨는 무언가를 만드는 사람, 여러 장인을 만나러 간다고 하셨지요. 그것은 일이라고 생각합니다. 역시 사물만이 아니라 일을 중요하게 여기시기 때문이지요. 스스로 그렇게 의식하고 계신지 모르지만.

다이 후후후.

모리 요즘 커피숍들은 '사물'밖에 보이지 않아요.

다이 말씀하신 그대로라 생각합니다.

모리 그렇죠.

다이 예를 들어 저는 그림을 보다가 마음에 들면 어디가 좋았는지, 그 감정이 진짜인지를 자문합니다. 당연한 일인지 모르지만요. 지금 젊은 친구들 중 일부가 '일'이라는 것에 대한 의식이 얕다면, 스스로에게 자문하는, 한마디로 '생각하는' 일 자체가 습관화되지 않아서일 겁니다. 하지만 좀 더 생각해보면, 옛날 사람이나 요즘 사람이나 비슷하다고 봐요. 생각을 깊게 하는 유형이 있는가 하면 얕게 하는 사람도 있고. 여러 유형의 인간이 있으니까요.

모리 그렇죠. 어디 커피업계뿐이겠어요. 그러니까 옛날에도 훌륭한 사람은 많았고, 지금도 마찬가지라고 생각해요. 단지 '커피업계'에 한해서 말하자면, '사물'의 경향이 점점 강해지고 있어서 어딘가 재미없어지는 듯한 느낌이 안타까워요.

다이 현 시대가 일반적으로 사물 중심으로 돌아가기도 하고. 그런 경향이 심해지는 것 같다는 생각도 듭니다.

모리 반복하고 반복하는 작업을 매일매일 하지 않는 사람은 이를 모를 거라고 생각합니다. 사진가 앙리 까르티에(1908~2004, 프랑스 사진가)가 마음과 몸, 즉 손이 일체화하지 않으면 좋은 사진을 찍을 수 없다고 말했지요. '만드는 일'도 이와 같아서, 마음과 손이 있어야 비로소 훌륭한 작업을 할 수 있지 않을까 합니다. 악기도 마찬가지로 아무리 신디사이저가 유행한다고 해도 역시 손으로 연주하는 소리에는 견줄게 못 됩니다. 아주 잠깐의 떨림이 심금을 울리게 되니까요. 그런 맥락에서 다이보 씨의 훌륭함도 반복하는 과정에 있다고 생각합니다.

다이 모색하는 것이라고 생각해요. 목표로 하는 맛을 모색하는 것밖에 도리가 없지요. 매일 테이스팅을 하면, 여기를 조금 더 깎아야겠다는 과제가 생깁니다. 그러면 내일은 그 맛을 위해 무얼 할지 고민하고, 그 일을 매일 반복할 뿐이죠. 이상적인 어떤 맛이 있어서, 그것을 목표로 하는 것이 아니잖아요. 매일 테이스팅을 하며 수정점을 찾아가고, 어떻게 수정할 수 있을지 모색해갈 뿐입니다.

모리 그림 그리는 것도 똑같다고 생각합니다.

다이 똑같죠.

모리 그림을 그리거나 무용을 하는 일도, 어떤 리듬과 멜로디와 하모니의 프로세스를 보여주는 거라고 생각합니다. 커피의 경우 최종적으로 한 잔밖에 보이지 않겠지만, 사람에 따라 원하는 것이 달라지잖아요. 같은 것인데 분명히 다른 커피가 되어갑니다.

다이보 씨의 가게는 어떤 의미에서는 잘 보인다고 해야 하나? 가게에 들어서면 정말 마음이 차분해지는 리듬과 멜로디와 하모니를 느끼게 하는 공간인 듯해요. 그것을 느끼면서 커피를 맛보는, 일종의 잘 만들어진 장치 또는 무대 같다는 생각이 듭니다.

다이보 씨는 의식하지 않았을지 모르지만, 히라노 료의 그림을 건다는 생각 또는 오픈 당시 그림과 꽃을 두고 싶지 않았다는 마음도 다 연결되어 있는 것이지요. 자신이 생각하는 리듬 이외 것은 넣지 않겠다는…. 반대로 저의 경우에는 음악으로 비유하자면 단조가 아닌 장조여야 한다고 생각합니다. 단조는 분명 일본인이나 동양 사람들이 좋아하는 멜로디이기는 하지만요. 그러나 바흐 이전 시대에는 이런 표현이 어떨지 모르겠지만, 신에게 바치는 것이 음악이었습니다. 당시 민족음악, 성악과 성가처럼 반주와 주선율로 노래하던 모노포니(단선율음악)가 시간이 흘러 폴리포니(다성음악)로 발전했지요.

음이 증가하면, 이번에는 불협화음 문제가 발생합니다. 거기에 전혀 다른 멜로디를 동시 진행시켜서 선율은 대결독립하면서도 조화로운 푸가의 기법이 발달한 거라고 해요. 바로크 시대에 바흐는 그런 것을 집대성하여 훌륭하고 혁명적인 음악을 만들었지요. 제가 가장 좋아하는 음악이자 몇 번이고 반복해서 듣는 것이 바흐의 '무반주 첼로곡'입니다.

그림도 마찬가지지만, 옛날에는 예술이 신에게 바치는 것이었잖아요. 시대와 함께 변해서 지금은 대중적인 것이 되었지만요. 저는 그런 리듬이 커피 안에도 있기를 끊임없이 바랍니다. 베토벤의 '운명'은 다단조로 시작해서 다장조로 끝나는 거 같지만요. 어쨌든 인간의 감정을 들었다 놓았다 하는 낭만파 부류의 음악이 좋아요. 물론 현대음악에도 그런 게 있기는 하지만, 저에게는 그다지 매력적이지 않은 듯해요. 베토벤 초기 피아노곡은 너무나 아름답지요. 제9번이라도 매우 좋잖아요. 그런데, 현대음악은…, 음.

다이 아, 그러시군요. 신에게 바친다, 그것이 저와 모리미즈 씨의 큰 차이가 될 수도 있을 듯합니다. 저는…, 인간 쪽인 것 같거든요.

모리 맞아요. 저 역시 또 변할 수도 있겠지만, 지금은 그래요.

다이 그렇겠죠, 그렇지만.

모리 어떻든 지금 저는 커피의 신에게 바친다는 마음으로 일합니다. 그림을 그리는 세계도 마찬가지예요. 그림이라는 것은, 작가와는 다른 세계라고 생각합니다. 그 사람이 아니라 그 그림인 것이죠.

다이 그림을 볼 때는 작가 개인의 사적인 부분을 벗어나고 싶다고 줄곧 생각했습니다. 다만 히라노 료는 개인의 인생에 가까워지고 싶어졌었지요.

모리 우리 가게의 트레이드마크는 일어서는 어린 법사인데 '칠전 팔기' 외에 '언제나 스스로(초심)에게 돌아오라'는 의미를 담고 있습니다. 다시 말해서 선의 경지로. 달마가 대표 격이라 할 수 있습니다. 일본 문화는 선의 세계가 지닌 세계관에 의지한 것이 크지 않습니까. 다이보 씨는 오이겐 헤리겔(1884~1955)이라는 독일 철학자가 쓴《궁과 선》이라는 책을 알고 있습니까?

다이 아뇨, 어떤 책입니까?

모리 헤리겔은 7년 정도 일본에 체류하면서 일본 문화에 흥미를 가지고 궁을 공부하기에 이릅니다. 거기서 만난 스승은 대회에 나가면 백발백중 명인이지만, 스스로 대회 출전을 꺼렸습니다. 보여주거나 싸우는 것은 궁의 본질이 아니라 여기고, 같은 길을 가려는 사람들을 모아 지도를 합니다. 거기서 우연히 헤리겔도 스승을 만나 공부를 하게 된다는 체험기입니다. 그 스승은 어둠 속에서도 목표에 명중시킬 수 있는 달인이었는데, 어느 날 그 기술을 특별히 보여주기로 했습니다. 암흑 속에서 두 개의 화살을 쏘니, 하나는 정중앙에 명중하고, 또 하나는 첫 번째 화살과 나란히 꽂혔습니다. 스승은 자신이 목표에 꽂겠다고 해서 쏘는 것이 아니라, 과녁 쪽에서 끌어들이듯 부른다고 말합니다. '노리지 않고 맞추는' 선의 경지. 그런 세계가 있다는 것입니다.

다이 저도 책에서 읽어본 것 같은데….

모리 그러니까 뭐든 자신이 보고 들은 것, 감동한 것들을 자신의 맛 만들기에 적용해 커피 안에 녹여내서 '그 맛'에 가깝게 하는 작업인 셈이죠. 우리는 그 작업을 하고 있는 거라고요.

다이 커피 쪽에서 끌어당기고 있는 거네요.

모리 지금까지 커피 인생에서 감동했던 커피 맛을 기억하고 있습니까? 저는 '그 맛'을 기억하고 있답니다. 향과 맛으로 감동한 '세 커피'를 생생히 기억하고 있어요. 하나는 '카페 드 람부르'의 과테말라 데미타스, 두 번째는 '모카'의 마스터 블랜드, 그리고 세 번째는 '히카리'의 산미가 엄청 강한 킬리만자로. 재현할 수는 없어요. 그때만 느낄 수 있었던 '일기일회'였으니까.

다이 그때 마신 커피, 그 순간의 맛이라는 것은 분명히 기억 속에 있습니다.

모리 그렇죠?

다이 그러니까 자신이 만든 커피를 떠올리며 '아, 여기를 바꿔야겠다.' 했던 기억도 작용하고 있는 것이지요. 물론 그 맛에 가까워지겠다는 것은 아니고요.

모리 그것과는 또 별개죠.

다이 스스로 여기를 바꾸고 싶다는 생각과는 다른 거죠.

모리 옛날에는 재현하려고 노력한 적도 있어요, 저의 경우에는. '카페 드 람부르'도 그렇고, '모카'도 그렇고, '히카리'도 그렇고요. 그런 풍미를 만들려고 여러 가지를 모색한 적이 있었어요. 그러나 아, 이건 다르구나…. 매번 다르다는 것만 느꼈지요. 오히려 똑같이 하는 것 자체가 불가능하다는 사실을, 고유의 맛을 지닌 각자의 세계가 중요하다는 것을 인식하기 시작했습니다. 화가라면 연습 때 모작을 하는 경우가 있잖아요. 그건 커피를 하는 사람도 마찬가지여서, 어딘가에서 맛있게 마신 것에 가깝게 하려는 욕심이 있잖아요.

다이 있지요….

모리 그러나 다이보 씨 커피의 경우, 불가능하지 않나? 저렇게 손으로 돌리는 수동로스터를 쓰는 사람도 거의 없으니까요.

다이 아, 그렇겠죠. 그럴 수도 있겠지만. 어쨌든 처음 아파트에서 작은 도구로 볶기 시작했어요. 그리고 '이것은 바꿔야겠다.' '아, 이전보다는 좋아졌는데, 이것도 바꿔야겠다.'라는 식으로 수정하는 것부터 했습니다. 물론 제가 좋다고 생각하는 게 혀의 감각일 수도, 편안함 같은 것일 수도, 전에 경험했던 맛이나 기억이 작용했을 수도 있다고 생각합니다. 다만 그때의 '그 맛을 만들기 위해' 노력하지는 않아요. 맛을 보는 순간 '바꿔야겠다'는 생각이 드는 것뿐이죠. 이런 맛을 만들고 싶다는 저의 기준은 있는 것 같아요. 바꿔야겠다고 생각한다는 건 맛의 이미지가 있다는 뜻이니까요. '람부르'나 '히카리'도 가보긴 했습니다. '히카리'는 예전에 살던 집과 가까워서 자주 다녔죠.

모리 아, 그래요?

다이 그리고 '모카'도. '다이로 커피점'에도 갔었는데, '맛있는 커피는 이런 거구나.' 하는 경험을 그곳에서 했습니다. 그런 기억들은 마음속에 지금도 남아 있지요. 이렇게 맛있는 커피를 나도 만들고 싶다는 생각, 그런 마음이 분명히 작용하고 있다고 봐요.

모리 배전노트 같은 것이 있죠? 선을 정해두고 이렇게 저렇게 궁리해온, 다이보 씨만이 알고 있는 메모 같은 거요.

다이 가게로 가면 보여드릴 수 있는데…, 부끄럽지만요. 봐도 재미는 없을 거고요. 엄청 간단하게 단순한 것만 써놓은 거예요. '부드러운 단맛'이라든지, '그을음' 또는 '아지랑이 같은 부유'라든지, 화살표만 긋거나. 그건 그렇고 지금까지의 경험을 토대로 이상적인 맛을 생각한 사람이 그 맛을 목표로 계속 수정해나가는 경우, 그것도 자신의 감각으로 만드는 것이니까 같은 맥락이라고 생각합니다만.

모리 맞아요. 그렇긴 하지만, 지난번 대담 때에도 이야기했듯이 여운 있잖아요. 그 여운이 느껴지는지 아닌지가 자신에게는 매우 중요한 것이라고 생각해요. 다 마시고 났을 때, 그리고 처음 한 모금 마신 후. 둘 다 여운이 있지요. 오가와 요오코 씨가 쓴 《박사가 사랑한 수식》이라는 책에서 봤는데, 한 장의 낙엽을 가루가 되도록 부수면 그 작은 조각들도 각각의 한 장 한 장의 낙엽이 된다고 하더군요. 잎사귀 하나가 한 그루의 나무로 보이기도 하고 말이죠. 화가

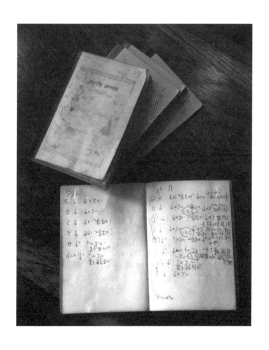

파울 클레는 그렇게 분리 가능한 것과 불가능한 것이라는 관점에서 그림을 그렸죠. 한 잔의 커피 역시 한 입 한 입이 연속적으로 쌓이는 풍미가 있을 테지만, 한 입만으로 또는 한 스푼만으로도 존재하는 나름의 풍미가 있죠. 물론 한 스푼으로는 알 수 없는 것들이 있겠죠. 역시나 한 잔을 다 마시고 나서야 느끼는 그 여운. 그렇기 때문에 커피집이라는 것이 존재할 수 있다고 생각합니다.

다이 저는 정말 아무것도 생각하지 않고 있는 것 같아요. 예를 들면 50cc 정도 만들어서 종업원들과 함께 테이스팅하니까, 한 모금 20cc 정도 마십니다. 잠시 뒀다가 식으면 다시 한 모금 마시는 식으로 계속 맛을 봅니다. 미각에 대해서는 어떤 사람도 동등하다고 생각합니다. 제가 위에서 지도한다는 생각은 하지 않아요. 그들과 함께 테이스팅하면서 느낀 것을 솔직하게 기탄없이 이야기합니다. 공통인식이 중요하기 때문이지요.

아, 이런 식으로 말해도 될지 모르겠습니다. 저는 자주 종업원들과 커피를 맛보며 미소로 표현을 합니다. 어렵다면 맛의 표정이라고 바꿔 말해도 좋을 것 같습니다. 한 모금 마실 때 커피의 맛이 표현하는 표정, 두 번째 모금을 마셨을 때의 또 다른 표정, 그런 식으로 바뀌는 표정에 대해 이야기합니다.

모리 음, 바뀌지요.

다이 그 표정을 어디까지 자기 취향으로 만들 것이냐 하는 것입니다. 오늘 커피는 조금 어두운 미소였으니 좀 더 밝은 미소로 만들어야지, 혹은 밝고 좋은 미소는 만들어졌지만 밝기만 하면 재미가 없으니 무언가 부드러움을 띤 평온한 미소를 목표로 하자라든가. 여러 가지 이야기를 서로 나눕니다. 명확한 것은 없어요, 물론. 입꼬리가 살짝 느슨해지는 정도의 미묘한 것, 입에 머금었을 때 거울에 나타나는 표정 같은 것. 이런 식의 표현은 난감하고 이해하기도 곤란하지만 제가 실제로 하는 작업이 그렇습니다.

신기하게도 콩을 구울 때마다 맛이 다르죠. 그 맛에 대해 이야기할 때도, "조금 어두운 표정이니까 좀 더 밝은 미소로 하는 게 어때." 하는 식이죠. 밝은 미소의 맛이 만들어지면 "아, 이거 꽤 괜찮은 거 같지 않아?" 하며 또 이야기를 나누죠. 이렇듯 같은 커피지만 매번 다릅니다.

밝고 좋은 미소가 만들어졌다는 생각이 들어도 또 요구하고 싶은 것이 생깁니다. 밝기만 한 미소는 재미가 없어, 요란함을 누그러뜨려 조용한 미소를 만들려면 어떻게 해야 할까? 그러다보면 가끔씩 조용한, 어떤 좋은 느낌의 미소가 '오오, 생겼어!' 하며 만들어지는 순간이 와요. 그래서 다른 날 같은 방법으로 시도해도 똑같은 것은 만들어지지 않아요. 좀 어둡고 딱딱한 느낌을 수정하려 애쓰고, 어딘지 속이 검은 듯한 느낌이 만들어졌다고 생각한 적도 있고요. 그런 가운데에서도 품위 있는 맛은 분명히 존재한다고 봅니다.

모리 응, 있죠.

다이 자주 있다고도 말할 수 있고, 거의 없다고도 말할 수 있어요. 바로바로 만날 수 있는 것은 아니지만 종종 만나기도 하고. 목표로 한다고 도달할 수 있는 것도 아니기 때문에, 역시나 "오, 만들어져 버렸어!"라고 표현할 수밖에 없네요. 실은 그런 식으로 말하고 싶지는 않아요. 왜냐면 제가 목표로 하는 맛은 따로 있으니까요.

모리 화가 구마가이 씨가 '서투른 것도 그림'이라고 하잖아요. 하하하하하! 잘 그려졌을 때도 그렇지 않을 때도, 그것은 본인밖에 모르는 것이잖아요.

다이 단지 같은 것을 만들고 싶으냐고 물어본다면 예, 그렇습니다. 최종적으로 다이보 블랜드라는 형태로 파는 커피는, 그것이 최고는 아닐지라도 언제나 같은 맛이었으면 하는 바람입니다. 우리 블랜드의 방식을 말씀드렸던 것 같은데, 그것은 같은 상태를 유지하기 위한 일종의 작업이라고 할 수 있습니다. 콩을 구우면, 명랑한 미소가 아닌 어두운 미소도 있으니까, 그럴 때는 이것은 다른 것과 섞어야겠다는 식으로 조정을 합니다. 그렇게 해서 대체로 같은, 일정한 맛을 만들어갑니다.

모리 저는 "블랜드 또 바꿨네요."라는 말을 들을 정도로 바꿔요. 바꾼 쪽이 제가 생각하는 이미지에 가까운 여운이라고 생각되면, 고객이 어떻게 생각하든 그걸로 밀어붙입니다. 주저하지 않아요.

다이 손님이 어떻게 생각하니까, 이렇게 저렇게 한다는 발상은 저에게도 없는 것 같네요. 같은 걸 만들고 싶다는 의미는, 저 나름대로 이 정도가 아닐까 하는 수준을 지키는 거예요. 어쩌다 강배전 쪽으로 치우치게 되면 의식적으로 다시 약배전 방향으로 당기려고 하잖아요. 그러다가 너무 약배전이 된 거 아닌가 싶을 정도로 포인트를 벗어날 때가 있습니다. 그런 경향이 있으니까 의도하여 이를 조정하려고 합니다. 저는 조금씩밖에 바꿔나가지 못하는데, 왜 그런지 모르지만 그 정도의 반복을 계속하는 것 같습니다.

모리 나는 커피콩에는 기억이 있다고 생각해요. 예를 들면 대지의 미네랄 성분은 눈에 보이지 않아도 정말 중요하지요. 흙이잖아요. 흙이 있고 커피나무가 있으며, 이것이 수확되는 과정의 기억은 반드시 한 톨의 커피콩 안에 들어 있다고 믿어요. 배전 작업 역시 반복하는 동안 그 씨앗의 기억에 스며들고요. 한 잔의 커피를 마실 때에는 그 모든 과정의 기억이 겹쳐진다고 생각하지요. 어떤 말을 하려는지 아시겠지요? 제가 하는 일은 그 기억이 손실되지 않도록, 손님도 같은 기억을 체험하도록 돕는 것이라고 생각합니다. 다이보 씨

에게 제가 불만을 느낀다면, 그건 산지에 가서 흙을 먹어보지 않았다는 점이에요.

다이 여러 차례 권해주셨지요, 예멘과 에티오피아에 함께 가자고. 한 번도 함께 가겠다고 답신을 하지 못해서 정말 죄송하게 생각하고 있었습니다.

모리 아니 아니에요. 그것은 가게를 소중하게 생각하는 본인의 스타일이니까.

다이 가게를 쉬는 것을 생각할 수가 없어요…. 그렇게 살아왔지요. 왜 그랬을까요. 쉬지 않고 한다는 것은 오픈 때부터 결심한 일이었습니다. 명절에도 쉬지 않고 해왔죠. 이후에 설날과 추석에 3~4일 휴일로 정하기는 했지만요. 처음에 휴일 없이 영업한다고 결심했던 탓인지, 그냥 그렇게 되어버렸습니다. 어머니가 돌아가셨을 때도 쉬지 않았어요. 부친이 돌아가셨을 때도 마찬가지고요. 장례식 때는 종업원에게 잠깐 맡기고 갔었던 것 같습니다. 물론 여러 가지 일을 처리하러 다녔지만, 가게는 열었습니다. 왜 그렇게까지 했을까, 요즘 다시 생각해보고 있습니다.

모리 음, 그럴 수 있어요. 각자의 인생이 아닐까요.

다이 처음부터 쉬는 날을 만들었다고 해도, 손님이 가게에 왔다가 '아, 오늘 쉬는 날이었네.' 하게 된다면⋯. 토요일과 일요일에는 저 말고 종업원이 가게 문을 여는 식으로, 쉴 수도 있었겠지요. 가게 영업은 계속한다는 의미니까요. 그런데도 제가 쉬면 안 된다는 생각을 하게 되는 것은 왜 일까요.

모리 저도 처음에는 그랬는데, 언제부턴가 바뀌었어요. 내가 새로운 체험을 하는 편이 커피에게도 손님에게도 좋다는 쪽으로요.

다이 분명히 그런 점은 있지요.

모리 아쉬운 점도 있어요. 얘기했었잖아요, 저는 커피여행을 제외하면 해외여행도 없었다고. 하하하하. 그림을 봐도 음악을 들어도 커피, 커피. 활용할 수 있는 것은 뭐라도 활용한다는 의욕 같은 거 말이죠. 바흐도 그렇지만 '불협화음'을 어떻게 활용하여 해결하는가가 음악에서 매우 중요한 문제예요. 바흐는 그 불협화음을 잘 활용하는 걸로도 유명한데, 우리들은 매일 커피를 하면서 끊임없이 불협화음과 마주하지요. 이를 어떻게 해결할까 궁리하는 작업은, 매우 중요하다고 생각합니다.

다이 모리미츠 씨가 강조하시듯 '당신이 하는 모든 일이 연결되어 있다'는 말이 맞을지도 몰라요. 그렇지만 제 사고방식으로는 전혀 모르겠어요. 저는 미술과 음악 관련 책을 그저 즐거워서 읽을 뿐이에요. 다른 생각은 없습니다. 책을 읽는 것은 쾌락 중의 하나입니다. 하나의 진리가 생겨나서, 그것이 커피로 연결된다는 식의 경로는 지금껏 느껴본 적이 없습니다.

모리미츠 씨와 이야기를 나누면서 가장 놀란 게 뭐냐면 '아 여기에 신이 있다'는 관점으로 볼 경우, 모든 사고가 신의 섭리로 귀결되는 듯한 느낌이 든다는 것입니다. 모리미츠 씨의 눈을 보면, '너도 다 연결되어 있잖아.'라고 말하시는 듯해요. 그럼에도 저의 의식에는 그런 발상이 없다는 것입니다.

＊　＊　＊

모리 가게에서 사용하는 잔은 언제나 동일합니다. 가급적이면 새하얀 색이나 파란색, 군청색에 한합니다. 그래야 커피가 예쁘게 보이기 때문이지요. '오쿠라 도원'이 많습니다.

다이 제가 밀크커피 잔을 볼로 사용하기로 한 것은, 프랑스 여행에서 선물로 받은 카페오레 잔을 보고 '아, 이거라면 일본의 도자기 작가에게 부탁하면 괜찮은 것을 만들 수 있지 않을까?' 생각했기 때문

입니다. 그리고 어느 도예가에게 의뢰했지요. 굽이 있고 표면을 잘 손질한, 일본풍이면서 서양적 느낌도 감도는 고운 잔. 인기가 많아져서 손님들이 원하면 구매 가능하도록 조금 여유 있게 제작을 했습니다. 카페오레 볼은 여러 가지 생각을 표현할 수 있어서 좋았어요. 그때부터 도자기류 전시회를 보러 다녔지요. 그러다가 비젠의 호시 마사유키의 찻잔, 둥근 잔을 보고 난 후 밀크커피 잔에 사용하자고 생각하게 되었습니다.

그렇게 잔을 바꾸면 역시나 손님들도 갖고 싶어하시더라고요. 그래서 호시 작가에게, 그분은 1년에 한 번만 도자기를 굽기 때문에, 한 번에 3~4개씩 부탁했습니다. 이후 카페오레 잔으로 사용한다는 것을 호시 씨가 알고는 조금씩 모양을 달리 하시더군요.

언제였더라? 호시 씨가 '다이보잔'이라고 이름을 붙여주시면서,

이 형태의 잔은 다른 곳에 팔지 않고 다이보 커피에만 주시겠다고
했어요. 작가와의 관계에서는 흐름이라는 것이 만들어지기도 합니
다. 물론 비젠야키뿐만 아니라 흑자, 백자, 청자 등 그때그때 사용
할 수 있는 것들을 구했습니다. 후쿠오카에 있는 분께 5개 정도 보
낸 적이 있고, 교토에서 커피집을 하는 사람도 사용하고 있다고 들
었습니다.

모리 맞아요, 모두 갖고 싶어하지요. 저희 집에서 사용하는 도예가
야마모토 겐타 씨의 설탕옹기도 그렇습니다. 그런데…, 음…, 저는
커피도구라는 것은, 일반인들이 쉽게 살 수 있는 것이었으면 합니
다. 가정에서 그것들을 사용하고 싶어하는 사람이 구입할 수 있다
는 것은 아주 중요한 덕목이라고 생각해요. 그래서 우리는 드립포
트도 가게에서 판매하고, 융드리퍼도 아내가 직접 만들고 있죠. 그
런 것들이었으면 해요.

　구마가이 모리카즈의 그림도 그래요. 진품은 미술관에 있으면 되
는 거 아닌가 생각하죠. 히라노 료의 그림도 미술관에 있는지 없는
지 모르지만, 개인미술관이 있다면 거기에 있는 것이 제일 좋지 않
을까. 그래서 내가 가지고 있는 구마가이 씨의 판화는 실크스크린
이 많아요. 그것도 저 같은 커피집으로서는 재산이지만요. '커피집
주제에.'라고 생각할 수도 있겠지만 다른 것들을 절약해서.

　테이블도 의자도 나무벤치도, 생활이 어려워도 사들였어요. 벤치
는 1층 안쪽에 있는 목공작가 야마구치 가즈히로 씨의 작품입니다.
신기하게도 맘에 드는 것들과 우연히 만나게 되더라고요. 2층의 의

자는 이노우에 간타라는 작가의 것이에요. 대주가로 이른 나이에
세상을 떠났는데, 그가 너무 잘해줬지요. 밤나무로 튼튼한 의자를
만들어줬어요. 제가 처음 하타 선생에게 받은 커다란 간판의 재료
도 밤나무예요. 그래서 가능한 한 밤나무로 통일하고 싶었는데, 재
료가 부족해져서 카운터 테이블은 상수리나무로 했습니다. 이노우
에 씨는 구로다 다츠아키의 제자 같은 사람이었는데, 그런 사람이
나타나서 가게도 더 멋있어지게 된 것 같아요.

다이 역시 커피에 대해 비슷하게 생각하는 사람은 의자 하나에도
같은 생각을 하는군요. 당연한 것이겠죠. 생각해보면, 스스로 이렇
게 하고 싶다는 방향이 생겨나는 거죠.

　우리 카운터 테이블은 두꺼운 한 장으로 하고 싶었어요. 그럴 때
미리 준비를 했어야 하는데요. 예를 들어 오래된 집의 훌륭한 보를
찾아 구했다면 좋았겠지요. 이전할 때 가져오거나 시간을 들여야
가져올 수가 있는데, 저는 그런 준비 기간이 없었습니다. 그래서 만
들 때 공구점 사람에게 나무를 찾아달라고 부탁했지요. 없으면 어
쩔 수 없지만, 있다면 이런 것을 찾아달라고요. 그랬더니 큰 나무를
찾아주었어요. 그것으로 카운터도 하고, 찬장도 만들었어요. 그 의
자는 고베의 '나가타료스케상점'이라는 노포가구점의 것이에요. 백
화점 가구매장을 아무리 돌아도 원하는 의자를 못 찾던 차에 그 가
게에 갔다가 바로 '이거다' 하는 것을 만났지요.

모리 가게를 시작했을 때부터 줄곧 같은 의자라는 얘긴가요?

다이 네, 네.

모리 오. 그럼 40년이나 사용하고 있다는 거네요?

다이 네. 몇 개는 제조회사에 보내서 다시 손본 적 있지만, 40년 간 상처도 없이. 저는 제 취향으로 이런 의자가 좋지 않을까 생각했고, 그게 바로 나무였어요. 위에 쿠션이나 방석을 올리지 않은 딱딱한 의자죠.

모리 의자 얘기를 하니, 저는 북유럽의 한스 바그너(1914~2007, 덴마크 가구디자이너)의 의자가 정말 대단하다고 생각해요. 너무 멋진 의자죠. Y체어가 아니라 '더 체어(라운드체어)'라는 것인데 집에서 사용하고 있습니다. 바그너 씨의 의자는 정말 각별해요. 더러 커피숍에서도 사용하지만, 수백만 원이나 하는 의자를 사기는 힘들죠. 커피숍 벌이로는요. 가능하다면 전부 다 그것들로 하고 싶었는데. 점점 나이가 들어가면서 물건들이 무거워지더라고요. 바그너 작품은 가볍잖아요. 그런데도 수십 년 사용해도 정말 끄떡없어요. 참으로 대단한 거죠.

다이 저는 '이거, 별로네. 이것도 어딘가 와닿지 않는걸.' 하면서 가구점을 보고 돌아다니다 '어, 이거다.' 싶어서 산 게 전부지요. '나가타료스케상점'이라는 이름도 그때 처음 알았어요. 그러니까 역시나 신에게는 연결되어 있지 않은 거예요.

모리 뭐어어언 소리를.

다이 실내장식 이미지는 가게를 만들기 몇 년 전인가, 〈주간 아사히〉에 실렸던 비스트로 점포 내 풍경을 보며 구상했어요. 천정 끝에 나무판이 둘러져 있었는데, 그 판 측면에 전구가 설치돼 천정을 비추고 있었습니다. 지금 말하는 간접조명이죠. 그때는 나무판을 두른 것만으로도 간접조명이 되니 이대로 해야겠다고 생각했죠.

어찌됐든 당시는 가게라는 게 집과는 달라야 하니까 아내도 가게에 오지 못하게 했습니다. 이상한 것에 집착한 셈이죠. 커피숍에 두는 책마저 시대소설, 그것도 하드보일 풍이라는 묘한 집착이 있었어요.

모리 집착….

다이 '꽃은 꽂지 말 것'과 같은 맥락이죠.

모리 나는 말이죠, 배우러 들어갔던 '모카'의 부부는 정말 사이가

좋았어요. 그 모습을 봤기 때문에, 딱히 그런 금기가 없었던 것 같아요. 아이가 태어나 자라고. 보육원에서 아이가 돌아오면 그 부부는 아들을 안고 함께 우동을 먹으러 가곤 했거든요. 재미있는 얘기 하나 할까요. 많은 사람들이 '모카'라는 이름이 분명 모카커피에서 유래했다고 생각하지만, '모카' 마스터 말에 의하면, '몬짱'과 '가즈코상' 두 사람이 하기 때문에 '모카'라고 하더군요. 시메기 마스터의 별명이 몬짱이었거든요.

다이 아아!!

모리 정말 의외죠!! 가게 설계는 어떻게 했었어요?

다이 가게 설계는 제가 했어요. '독자적'이라고 해도 좋을 것 같습니다. 도면은 그릴 수 없으니까 종이에 모양을 그려서, 디자인을 해주는 사람에게 부탁했어요. 건축을 해본 적이 있어서 도면을 그릴 수 있다고 하기에, 그 사람 사무실에 매일매일 다니면서 "여기 어떻게 할까요?" "이건 어떻게 하면 좋을까요?" 둘이 무릎을 맞대고 대화하면서 고민했습니다.

모리 다이보 씨의 가게는 저의 이전 가게와 동선이 비슷해요. '모카'의 구조도 비슷하고요. 설계는 체험적인 것에서 비롯되지요. 새로 가게를 여는 사람이 의자 높이나 카운터의 높이를 모른 채 만드는 경우가 많아요. 딱 좋은 높이의 것들이 따로 있는데 말이죠. 단지 커피숍에서 일했기 때문에 알 수 있다고 생각하지요. 초보적인 발상으로 가게를 시작하는 사람은 아마도 그런 움직임을 모르니까 주방의 배치를 이상하게 하고, 주전자를 손동작과 반대쪽에 오게 하더군요. 그것은 일을 하면 바로 알 수 있게 되니, 현실에서 구체화할 수밖에 없다고 할까요. 두는 장소나 서는 위치는 가게별로 다르겠지만요. 카운터에 여러 가지를 두는 사람이 많지요. 우리는 꼭 필요한 물건을 제외하면 아무것도 두지 않도록 하는 구조입니다. 다이보 씨의 가게는 처음부터 수동배전을 하는 작업이 있었으니, 그 부분의 구조에도 영향은 있겠죠.

다이 실내장식은 예전에 일했던 '다이로 커피점'이나 '아시야 커피점'(1966년 고베 산노미야)도 대체로 유사한 구조였습니다.

모리 '아시야'의 경우 실내에 커피잔을 매달아두었죠.

다이 그렇게 걸어두는 것은, 전혀 흉내내지 않았습니다.

모리 좀 검은 나무 이미지였죠.

다이 맞아요. 카운터 위에 찬장이 있는 구조가 좋다고 생각해서 그 부분은 참고했습니다. 작업대에 아무것도 두지 않는 것은 '카페 드 람부르'가 그렇죠. 그게 정말 깔끔하다고 생각했어요. 그렇게 여러 가게에서 참고를 했죠. 밖에 두는 외등도 그렇습니다. '아시야 커피 점'의 최초 가게는 진짜 가스등을 사용했습니다. 가스등, 사용하고 싶었는데….

모리 아, 알아요. 그 마음.

다이 그 불꽃이 저는 정말 좋았어요. 사용하고 싶었죠. 근데 왜 못 했을까요. 가게 오픈할 때까지 너무 분주했어요. 예산도 있었는데, 아마 거기까지 스스로의 취향을 분명히 실현시킬 용기가 부족했던 것 같아요. 가게가 시작된 후로는, 예산이 있으니 어떻게든 해보자 는 생각도 못 했어요. 그냥 만들어진 채로 바꾸지 않았습니다. 이대 로 되지 않나 하는 마음도 작용했을지 모릅니다.

모리 커피집의 공간이나 의자와 카운터, 그림, 음악, 도구 등 거기 에 있는 모든 것은 커피를 마시기 위한 커다란 그릇 같은 것이라고 생각합니다. 우리집의 경우, 연말연시가 되면 반드시 장식하는 것 이 있습니다. 중국 태산에 새겨져 있는 《금강반약경》의 탁본 '福'이 라는 글자인데, 무엇이 좋은지 확실히 말할 수는 없지만, 그냥 좋단 말이지요. 마음에 남는, 저에게 있어서는 감동 중의 하나예요. 아마 도 세월과 풍화에 의해 생겨난 것들이, 어딘가 보는 사람으로 하여

금 가슴을 울리는 것이라고 생각합니다.

　예전 이마이즈미점이 더 좋다고 말하는 사람도 있지만, 지금 가게는 5~6년 전부터 점찍어두고 있어서 자리가 나면 알려달라고 부탁까지 해두었답니다. '모카' 마스터가 돌아가신 후 짐을 옮겨야 할 즈음, 그 전부터 눈여겨봤던 이 공간이 비게 되었습니다. 정말 신기하지요.

다이　카운터는 그대로인가요?

모리　카운터는 5석, 이전 가게에서 그대로 가져왔습니다. 그런데 이전 가게에는 의자가 따로 없었어요. 다이보 커피는요?

다이　우리는 11석, 의자가 있었어요.

모리　손님에게 커피를 알려주고 싶고, 눈으로 볼 수 있게 하고 싶어서 점점 자리를 늘려갔어요. 나아가 그들 스스로 커피를 집에서 내려서 먹도록 하기 위해서는 개방적인 가게가 필요하다고 생각했습니다. 저는 전에도 말했다시피 손님 집까지 따라가서 추출을 지도해주고, 맛있는 커피를 내릴 수 있게 돕고 싶을 정도였습니다. 현실은 어렵지만, 적어도 내리는 법이라도 보게 하고 싶었습니다.

다이　저도 모든 것이 보이는 곳에서 작업을 하고 있습니다. 로스터도 손님 눈앞에서 돌리고 있고요. '기업비밀 같은 건 없다'는 걸 보여주는 셈이지요.

모리　그럼, 그럼!

다이　'누구라도 맘만 먹으면 할 수 있습니다.'라는 생각이죠. 일단 맘을 먹어야 하는 거지만요. 계속 하려고만 들면 누구라도 가능한 일을 하고 있다는 생각이에요. '당신도 할 수 있는 일입니다.'라고. 그러니까 '이런 형태의 일도 있답니다.'라고 말하는 것은 하나의 자세, 주장이라고 해도 좋을 것 같습니다.

모리 물론 보여주지 않는 곳도 있지요, '모카'가 그랬어요. 배전실은 직원들도 들어갈 수 없었지요. 뭐, 마지막에 일하던 사람들은 들어가기도 했다는데. 어쨌든 내가 커피를 배우러 갔을 때는 둥근 카운터가 있고, 그 안쪽에 배전기가 있었답니다. 배전기 앞에는 가림막이 설치돼서, 아무나 보면 안 된다는 암묵적 룰이 있었죠. 고객에게도 절대로 보여서는 안 된다는 불문율이 있었고요. 아마 봐도 어쩔 수 없었겠지만.

다이 그건 그래요. 제가 배전하는 모습은 직원들도 늘 보기 때문에 어떻게 하고 있는지 다 알지요. 다만 마지막 부분은 그 사람이 직접 체험하는 길 외에 다른 방법이 없잖아요.

제가 해줄 수 있는 것은 테이스팅을 함께 반복하는 것. 그건 좋은 경험이라고 생각합니다. 저의 방법을 배우고 맛을 알고 있다면, 스스로 처음 배전해서 마셨을 때 수정해간다는 발상이 생기겠지요. 처음 마시는 사람에게도 자신의 의견을 말할 수 있도록 유도하면서 맛을 물어봅니다. 그것이 아까 말한 미소의 표정이지요. 더 나아가서 몇 살 여성의 이미지인지도요.

모리 후후후, 여성으로. 그건 어려운 일인데.

다이 그러니까 제가 말하고 싶은 것은 정확한 답을 하라는 것이 아니라, 미각에 있어서 우리는 대등하다는 의미입니다. 경험의 차이는 있지만, 자기가 느끼는 바를 솔직하게 말하는 거죠. 솔직하게 말입니다. 그렇게 솔직히 말함으로써 맛에 대한 공통의 인식이 생겨납니다. 그것이 함께 일하는 데 있어서 가장 중요한 경험이 아닐까 합니다. 테이스팅에 점점 익숙해지면, 표현의 방법이 미묘해지지요.

모리 그렇죠. 표현을 잘하거나 못하는 사람이 있을지 모르지만, 맛을 모른다는 것은 있을 수 없죠. 커피를 내리다 보면, 맛을 안정시키는 데 시간이 걸리는 사람이 있어요. 이와 관련해서 '모카' 마스터의 스승이셨던 에리타테 씨는 '구라시키 커피관'이라는 가게의 고문으로 계실 때, 재주가 없다는 이유로 제자를 선택했다고 들었습니다. 재주가 좋음은 장점이지만 역효과도 있다고 해요. 반면 재주가 없는 사람은 습득까지 시간이 걸리지만, 확실하게 자신의 것으로 만들어갈 공산이 높다고 합니다. 어디까지나 가정이지만, 그에게 의지가 있으면 그 경지에 도달하지 않을까요. 하기야, 저는 예술가가 되기를 꿈꿨지만 아무리 해도 거기에 닿지 못하고 커피를 하게 되었으니까요. 그런 운명적인 것도 있겠지요.

인간은, 마지막에 무엇이든 하나만 남게 되지요. 젊었을 때는 그림도 그리고 싶고, 꽃도 꽂고 싶고, 디자인도 하고 싶다고 생각했는데, 결국 저에게 남은 것은 커피 하나였네요.

도구들 이야기

한 잔의 커피가 주역이라면, 커피집의 도구는 아무리 작은 것이라도 강렬하고 매콤한 조연 같은 존재이다. 다이보 씨는 '도구는 하나씩, 어디에 어떻게 쓸까를 상상하면서 음미한다'고 했다. 한편 일본의 식문화나 풍토를 중심으로 사물을 바라보는 모리미츠 씨는 나무와 흙 등 자연소재가 취향이라고 한다. 어느 쪽이든 순수한 감성으로 선택되어 함께 세월을 보내온 도구에는 점주들의 표정이 드러난다.

배전기

두 분 다 후지로얄 배전기로, 열원은 가스다. 다이보 씨의 수동배전기는 후지로얄의 전신인 도쿄의 후지커피기계제작소 데라모토 가즈히코 씨에게 주문한 1킬로 용량. 커피 비미의 기계는 '모카'에서 이어져오는 배전기로, 독자적 커스터마이징된 반직화반열풍 병용식 5킬로 용량. 배전기 선택은 맛 만들기와 직결된다.

(이하, 좌 '다이보', 우는 '비미')

153

채반

두 곳에서는 용도가 다르다. '다이보'에서는 배전된 콩을 식히기 위해 세 종류의 채반을 구분해서 사용한다. 갓바바시도구가나 일본민예관 등에서 구입. 사용하면 할수록 검은 광택이 나서 아름다워지기 때문에 벽에 걸어 일부러 보여준다. '비미'에서는 씻어낸 콩을 하룻밤 재우기 위해 사용한다. 필리핀 등 산지나 대나무 세공으로 유명한 벳푸에서 구입한다.

그라인더

'다이보'는 콩을 으깨서 갈아내는 방식의 '후지로얄 R-440'. 콩을 넣는 유리 호퍼와 알루미늄 뚜껑은 오랜 시간 사용하여 골동품 같은 품격이 있다.
'비미'는 '모카'에서 물려받아 오버올해서 사용 중인 '디팅' 콩을 잘게 커팅하는 방식의 스위스제 그라인더 사용.

원두 보관통

'다이보'의 콩 보관은, 매장 사용과 판매용을 겸한 빨간 뚜껑의 병이며, 130, 250g 두 종류. 커피색으로 물든 공간에서 눈에 띄도록 빨간 뚜껑을 선택했다고 한다.
'비미'는 이름을 붙여준 하타 히데오의 영향으로 알게 된 교토의 개화당 차통을 사용하고 있다. 매일 손으로 잡고 열기 때문에 광택이 있고, 하나하나가 아름다운 물건이 되었다.

드립포트

두 곳 다 니가타현 츠바메시의 유기와(5인용, 스테인레스). '다이보'는 주유구를 돌로 두들겨 가늘게 만들어 물줄기가 실처럼 나오도록 만들었다. 물때가 끼었을 때는 페티나이프로 끝을 갈아서 조정한다. '비미'는 나무망치로 주유구를 가늘게 만들었다. 주유구는 연결구부터 끝을 향해 자연스럽게 모아지는 형상으로 미세한 조절이 가능하다.

얼음통

'다이보'는 스테인리스 용기로 오픈 때부터 사용해왔다. 카운터 안쪽에 두기 때문에 자리를 차지하지 않고, 튼튼하며 얼음이 녹은 물이 밑으로 모이는 형상을 선택했다. '비미'는 근처에 있는 '공예풍향'에서 알게 된 통을 특별주문해 도쿠시마현에서 제작한 것을 사용하고 있다. 쌀 문화에 경의를 표하며, 배전한 콩을 넣어두는 통과 맞추어서 목제품을 애용한다.

주전자

'다이보'는 끓으면 소리가 나는 주유구에 철사를 고정하여 소리가 나지 않도록 한 주전자이다. 뚜껑이 없기 때문에 온도가 쉽게 떨어지지 않고, 주유구가 넓기 때문에 한 번에 많은 양을 부을 수 있다. '비미'는 굿디자인 상을 받았던 야나기소리디자인 스테인리스 케틀을 3개 구비. 바닥부분 면적이 넓어서 물이 빨리 끓고, 손잡이도 쥐기 편한 형태다.

설탕통

'다이보'는 소재가 시간이 경과하는 맛을 즐기기 때문에 일부러 반짝반짝 닦지 않도록 직원들에게 지도를 한다고 한다. '비미'의 달마형 설탕옹기는 후쿠오카현 도예가인 야마모토 겐타 씨의 오리지널로, 완성까지 5년이 걸렸다. 점주가 직접 옹기가마에까지 갔다고 하는, '비미'를 상징하는 도구.

우유용기

'다이보'는 무구의 신주제. 사용할수록 둔탁한 광택을 띠고 존재감이 커지기 때문에 일부러 광을 내지 않고 사용한다. '비미'는 구마모토현 쇼다이야키의 이노우에 나오유키 씨의 슬립웨어로 '공예풍향'에서 구입했다. 따뜻함이 있는 도자기제 우유용기에서 작은 스테인리스로 나눠 담아 사용. 적당한 사이즈에다 따를 때의 끊김도 절묘하다.

원두

'다이보'가 판매하는 원두는 로고를 인쇄한 나일론 포장을 주로 사용한다. 두께감이 있고 튼튼해서 펜 보관에 사용하는 사람도 있다고. '비미'의 경우 가게에서 인쇄한 수제스티커를 붙여 사용한다. 희망하는 사람이 있으면 융드립 커피 추출법을 기록한 안내지를 동봉하여 빛이 통하지 않도록 종이봉투에 넣는다.

쟁반

'다이보'에서는 중앙에 꽃이 새겨진 옻칠 민예품(지역 불명)을 사용. 잔 2세트가 놓일 수 있는 사이즈인데, 한 잔이라도 반드시 쟁반을 사용한다. '비미'는 후쿠오카현 야마구치 가즈히로 씨의 오일마감 제품을 사용. 튼튼하고 사이즈도 커서 테이블을 치울 때 주로 사용한다. 커피를 옮길 때에는 더 작은 쟁반을 사용한다.

모리미츠 미츠코 씨에 대하여

"마스터는 자신이 결정한 것은, 마지막까지 해내는 사람이었습니다. 저는 그저 따라갈 뿐이었어요."

'자나깨나 커피'였던 모리미츠 무네오 씨 곁을 따르면서 하루도 커피숍 업무를 멈추지 않고 구석구석 신경 쓰며 자리를 지켜온 사람은 아내 모리미츠 미츠코 씨이다.

1952년, 나가사키현 출신. 부모님은 교사로 미츠코 씨는 음악대학에 진학했다. 1977년 초여름, 독립하기 위해 돌아와 있던 5세 연상의 모리미츠 씨와 고향에서 선을 본 후 곧바로 결심하여 6개월 후에 결혼식을 올렸다. 신혼여행을 다녀온 후인 12월 8일에, 후쿠오카시 주오구 이마이즈미에 '커피 비미'를 오픈했다. 숨 쉴 틈도 없이 바쁜 일정으로, 당시 25세 미츠코 씨에게 생각조차 못하게 하려는 작전이었나 싶기까지 했다.

"첫인상은, 그러니까, 커피 이야기를 줄곧 했습니다. 착실한 사람이라고 생각했고 부모님도 맘에 들어 하셨죠."

많은 이야기를 하지는 않지만 꾸밈없이 소박한 성격끼리, 어딘가 통하는 것이 있었을 것이다.

신혼시절에는 이런 에피소드가 있었다. 요리를 할 수 있을지 불안해하던 미츠코 씨에게 "괜찮아. 내가 요리책을 가지고 있으니까." 라 했던 모리미츠 씨. 나중에 기타오지 로산진이 쓴 일반인을 위한 요리책을 구했다는 얘기를 들은 새댁은 당황스러울 뿐이었다. 참고로 신혼여행은 하와이 커피농장. 이후 40여 년 동안, 여행은 언제나 커피와 관련된 것뿐이었다.

커피를 배우던 '모카'를 흉내내 오픈 당시 가게에는 FM라디오를 틀어두었다. 당시는 아메리칸 커피 전성기여서, 도쿄에서 배운 강배전 커피를 후쿠오카에서 인지시키기란 쉬운 일이 아니었다.

"가장 힘들었던 게 그 무렵이었던 것 같습니다…. 적자만 이어졌고요. 그래도 한편으로는 손님이 오게 될 거라는 확신을 가졌던 듯해요. 마스터가 신념을 가지고 있었으니까, 덩달아 믿게 되었던 거지요. 나는 따라가기만 하면 된다면서요. 그럼에도 처음에는 배전이 쉽지 않아서, 자주 휙 하고 타는 바람에 많이 버렸네요."

아이를 키우고, 개점 5년째부터 본격적으로 복귀한 미츠코 씨는 계절이 느껴지는 꽃을 꽂고 융을 바느질하고 경리를 도맡으면서, 말 없는 마스터와 고객과의 쿠션 역할까지 책임졌다. 융드립 추출을 시작한 것은 15년째 접어들던 무렵이었을까? 구체적인 계기가 궁금했다. "으음. 기억이 안 나요." 작은 일들은 그리 연연해하지 않는 성격, 이것이 미츠코 씨이다.

"개점 당시는 녹차, 바나나주스와 케이크, 김토스트 등도 메뉴에 있었어요. 하나씩 하나씩 어떻게 하면 맛있게 만들까, 둘이서 연구했습니다. 그러다 단골이 늘고 커피 매출이 증가하면서, 그런 메뉴들은 하나씩 줄여갔습니다. 필요 없는 것도 하나씩 정리해 나갔습니다. 이건 배전, 추출 등 모든 공정에도 공통되는 모리미츠 씨의 미학이기도 했습니다. 단, 매장에 있는 조도품에 대해서는 아낌없이 투자했어요. 가게 테이블이나 의자, 그림은 우리 생활비를 쪼개서 샀습니다. 그리고 이제는 계절을 느낄 수 있도록 장식하게 되었지요. 무엇이든 우리는 그런 식이었습니다, 무엇이든."

부부가 함께 있으면 취미나 취향까지 닮아간다는 말은 틀리지 않은 것 같다. 둘이 외출할 때면 골동품 가게만 눈에 들어온다는 것이다. 남편은 언제부턴가 인터넷옥션에 빠져서 가게에 토기 커피잔이나 유리병, 작은 그림인쇄기 등이 배달되어 왔다. 그런데 아내로서 화를 내기는커녕 "이상한 그림 같은 거를 사왔을 때는 말하지요. 하지만 그게 유일한 취미이고, 다른 데는 돈을 쓰지 않으니까, 괜찮지 않을까 생각했습니다. 제가 사용하는 산포도 바구니도 마스터가 옥션에서 사준 거예요."라며 미소를 짓는다. 그렇게 때묻지 않고 성격 좋은 미츠코 씨의 손바닥 안에서 커피만 생각하며 음유하는 모리미츠 씨는 행복한 남자이다.

또 하나 모리미츠 부부의 공통점은 '하지 않고 후회하기보다 무엇이든 해보자.'라는 도전정신이다. 위험을 달고 다녀야 하는 예멘을 비롯해 에티오피아, 필리핀 등 산지 방문, 극한의 파리카페 순례 등 눈이 휘둥그레지는 행동력인데, 모리미츠 씨는 물론이지만 미츠코 씨는 아무렇지 않았을까?

"음…, 여행도 배전도 함께한다는 걸 당연하게 생각했으니까요. 게다가 저는 어떤 것에도 순응할 수 있어요."

그 남편에 그 아내인 것 같다.

"저 교차로에 있는 치즈케이크 가게, 가보셨어요? 맛있어요."

마을의 새로운 점포 정보에도 민감한 미츠코 씨. 걸어다니는 일은 모리미츠 씨에 비할 수 없을 정도다. 운전을 잘 못하는 모리미츠 씨를 대신해 큰 자동차도 거뜬하게 운전해 먼 길도 척척 다닌다. 문제가 발생했을 때도 "이렇게 하면 되지 않을까?" 누가 봐도 무릎을 탁 칠 만한 아이디어를 내놓는다. 모리미츠 씨도 그런 순간들마다 정말 많은 도움을 받았을 것이다.

그러나 이별은 어느 날 갑자기 찾아왔다. 2016년 12월, 언제나처럼 부부가 함께 한 한국에서의 융드립 세미나를 성황리에 마친 다음날이었다. 하루 먼저 귀국해 점포로 직행하겠다는 모리미츠 씨를 미츠코 씨와 딸이 공항 보안검사장까지 배웅했다. 그러나 모리미츠 씨는 기내에 오르지 못한 채 쓰러져 그대로 세상을 떠나버렸다. 한국에서 선물로 받은 앤티크 수동배전기를 가슴에 안은 채로. 다음날 개점기념일 앞두고, 그는 그렇게 39년간 걸어온 커피집으로서의 막을 내렸다.

귀국한 미츠코 씨는 주위의 걱정을 뒤로하고 혼자서 배전기 앞에 계속 섰고, 눈 깜짝할 사이 계산대 옆 원두케이스를 반짝거리는 콩으로 채웠다. 장례식을 마친 직후, 구름 낀 겨울 하늘에 '비미' 등을 켜던 순간 기쁨과 감사함과 슬픔이 마구 섞여서 가슴이 울컥하던 기억이 아직도 생생하다.

미츠코 씨의 배전은 2012년부터 시작됐다고 한다. 처음에는 모리미츠 씨의 약해진 체력을 위해 간단한 보조만 했는데, 서서히 배전의 일부를 맡게 되었다. 배전은 누군가에게 배우는 것이 아니라고 계속 이야기하던 모리미츠 씨가 배전을 가르쳐준 사람은, 미츠코 씨가 유일하다.

"가게를 존속시키기 위해 마스터가 가르쳤다는 생각이 듭니다. 만약 자신이 배전을 못 하게 되었을 때는 저밖에 없으니까."

그렇다고는 하지만, 마스터 사망 후 아내가 배전을 이어받는 경우는 일본에서도 매우 드물다. 설령 하고 싶다는 마음이 있어도 기술 계승까지는 이어지지 않는 곳이 대부분이다. 그러나 모리미츠 씨는 이렇게 될 것을 예감이라도 했을까? 지식이 아니라 몸이 자연스럽게 움직이는 수준까지 미츠코 씨가 체득하도록 하여, 언제 무슨 일이 일어나도 대응할 수 있도록 준비해온 것이다. 덕분에 '비미'의 손님들은 길거리에서 헤매지 않아도 되었다.

모리미츠 씨와 일심동체라고 할 수 있는 미츠코 씨에 의해 배전된 콩은 평판도 좋다. 다이보 씨도 "미츠코 씨의 강배전은 내 취향입니다."라고 인정할 정도이다. 모리미츠 씨도 전부터 "나보다 배전을 잘하는 것 같네."라고 미츠코 씨의 콩을 칭찬했다고 한다.

"아니에요. 그렇지 않아요. 저를 분발하게 하려고 칭찬했을 뿐이에요. 그리고 마스터는 제가 감당할 수 있을 정도로 간결한 배전 방법을 알려주었습니다. 그래서 가능한 거죠. 지금도 그대로만 하고 있는 거예요. 다만 여기까지 오는 것도 꽤 시간이 걸렸습니다."

카운터에 모인 예전 단골들과는 모리미츠 씨가 소수를 좋아했다는 이야기를 즐겁게 했다. "배전에서도 소수가 중요합니다. 신기하게도 그렇게 되더라고요." 미츠코 씨가 말하니 모두 신기해했다. 이유를 물으니 "그것은 비밀입니다."라고 웃으며 대답하는 그녀. '비미'의 배전기술에는 측정 불가한 비밀이 담겨 있는 게 분명하다.

"마스터가 없어졌으니, 손님도 오지 않을 줄 알았습니다. 가끔 내가 해도 될까, 하는 생각도 들고요."

조심스럽게 이야기하지만 절대 그렇지 않았다. 미츠코 씨라는 최고의 반려자가 있었기 때문에, 모리미츠 씨는 커피집 인생을 마지막까지 아낌없이 영유할 수 있었다고 생각한다.

"지금도 추출할 때, 배전할 때, 마스터가 생각나곤 해요. 달라지는 것은 없지만, 지금도 어딘가에서 지켜보고 있는 건 아닐까요."

카운터에 선 미츠코 씨의 어깨 너머로 감색 작업복을 입은 모리미츠 씨가 미소를 띠며 바라보고 있다. 모리미츠 씨, 행복하셨죠? 미츠코 씨라는 멋진 반려자와 함께할 수 있어서요.

"마스터가 기쁜 일이라면, 그렇게 하세요."

이것이 커피집의 아내, 미츠코 씨의 입버릇이었다.

2014. 1. 27

종일 '커피 비미'에서

가게를 닫은 다이보가
모리미츠를 찾아왔다

모리 가게 닫고 나서 힘들었죠. 몸이 고장나지는 않았나요?

다이 보통 토요일과 일요일은 배전을 안 하는데, 11월경부터 토요일도 일요일도 매일 7시부터 12시까지 배전을 했습니다. 콩도 계속 부족했고(폐점 직전에는 콩 판매를 1인 100g 한정판매를 했는데도 부족해서, 1일 20봉지 한정판매를 했다고 한다).

모리 《다이보 커피점》이라는 책도 내셨죠(1,000부 한정. 판매 직후 매진). 완판되었다고 들었는데, 대단해요. 책을 내겠다고 결심한 건 언제죠?

다이 폐점하기로 하던 해 8월경에 결정했어요. 1,000권이 꽤 부피를 차지하는 바람에 둘 곳도 마땅치 않아, 계단을 지나는 곳 위쪽에 쌓아두었습니다.

모리 보통은 출판사에 맡겨두고 조금씩 받는데.

다이 이번에는 자비출판이어서 맡길 곳이 없었습니다.

모리 나중에 내 책에 다이보 씨가 사인을 해주면 좋을 텐데. 하하하. 지금은 어떤가요?

다이 흠…. 카운터나 벽의 나무 등 여러 도구를 집으로 옮겼는데, 전혀 정리를 못 하고 있습니다. 정리한다고 하더라도, 예를 들면 고객 중에 시를 써준 사람이 있어요. 여러 동인지에 발표한 것을 받기도 하고. 그런 것들은 제대로 읽어봐야 해요. 책으로 만들기 전 단계에서 소송사건이 일어나는 바람에 잡지에만 게재된 소설도 있고…, 그 외에도 꽤 있어요. 물론 받았을 때 읽었는데 또 한 번 읽어야 해서요….

모리 어렵지요…, 고객한데 받은 것들은.

다이 맞아요. 다 쉽지 않게 준 것일 텐데, 제대로 받아두고 싶은 마음입니다. 전시회 등에 초청받을 때는 가능한 갔었는데, 여기에 관련된 스크랩이나 노트도 많아서. 그것들을 정리하는 건 정말 쉬운 일이 아닙니다. 그러나 저는 그런 시간을 꼭 가지려고 합니다.

지금은 조깅과 수영을 하고 있습니다. 아침 출근시간대에 조깅하는 것은 아직도 좀 익숙하지 않습니다. 저는 지금까지 그저 체력이 있는 한 커피를 만들고 싶다는 마음에서 체력을 유지하려고 노력했을 뿐이거든요. 그런데 이번 폐점 때의 분주함에도 체력이 버텨준 것은 지금까지 해온 트레이닝의 성과이지 않을까, 하는 생각이 들어서 운동을 지속하고 있습니다.

모리 가게를 닫고, 무언가 변화가 있나요?

다이 매일 아침 6시 전에 일어나 배전을 해야 하는 힘든 조건이 없어졌다는 것이 저에게는 '즐거움'이라기보다 '비움' 같은 게 아닐까 합니다. 단지 가게를 닫고 보니, 지금까지 저는 커피를 만들어왔다기보다 커피점을 만들어왔다는 것을, 느끼게 되었습니다.

모리 지금, 종업원들은 쉬고 있나요? 가게를 재개하면 다시 돌아온다는 식으로 생각하고 있는 건가요?

다이 퇴직입니다. 그것을 설명한 게 작년 7월 초예요. 폐점이 반년 남짓 남았을 때, 직원들에게 알렸습니다. 가게를 재개하겠다는 말은 한 마디도 하지 않았습니다. 폐점할 수밖에 없어서 폐점하는 것(건물의 노후화, 재건축)이라고요. 다른 곳에 취직하지 않고 자신의 가게를 오픈하겠다는 사람도 있고, 당장은 아니지만 언젠가 자신도 같은 길을 가고 싶다는 사람도 있고, 새로운 일을 찾아보겠다는 사람도 있었죠.

모리 그럼, 다이보 씨 자신은 아직 백지 상태인가요? 가능하면 재개하고 싶다거나?

다이 아, 모르겠어요.

모리 모르겠다는 것은 자신의 의지?

다이 모르겠어요.

모리 자신의 의지가 뭔지 모르겠다는 뜻인가?

다이 …자신의 의지를 모른다는 것, 이상하지요?

모리 이상하지요, 그럼!

다이 이상할 수도 있지만…, 커피집을 재개할지 말지에 대해서만 이야기한다면, 적극적으로 생각하고 있지 않습니다.

모리 음…, 그 부분이, 나로서는 상상이 안 돼요. 나이는 생각하지만, 커피에 대해서 고민은 하지 않으니까. (다이보 씨가 입을 다물고 있

었기 때문에, 모리미츠 씨가 게이코 씨에게 물었다) …어떤가요?

게이코 우리들의 가게는 우리 대에서 끝나는 거라고 처음부터 생각하고 있었습니다. 아이들이 있지만, 자신의 길을 가면 되니까요. 애들이 이어받고 싶어하면 몰라도 그렇지 않으니까. 그러니 우리도 이 나이까지 할 만큼 하지 않았나, 생각하는 겁니다. 영업시간을 짧게 한다거나 다른 방법도 생각해보기는 했습니다.

모리 콩만 파는 업태도 있고요. 보통은 그렇게 생각하는데.

게이코 네. 저희도 생각은 했는데, 저희가 지금까지 해온 가게와 가게의 영업시간, 스타일과 생각, 방법, 가게에 나오는 시간 등과 같은 마음가짐을 바꾸고 싶지 않은 겁니다. 지금도 같은 마음자세로 할 수 있을까, 앞으로 몇 년 더 할 수 있을까 등을 생각해보면 선뜻 자신이 안 생겨서…. 우리도 이야기했습니다. 대략 앞으로 10년은 할 수 있다고 말할 수 있겠지요. 그래서 한 번 더 열심히 해보자 싶기도 해요. 하지만 또다시 새로운 장소를 찾아서, 우리가 지금까지 해온 자세를 바꾸지 않고 해나갈 수 있을지 어떨지….

모리 그런데 바꾼다는 게 반드시 나쁜 것만은 아니에요. 가령 우리는 예전에 동굴창고 같은 곳에서 했지만, 지금은 밝은 가게를 만들어 하고 있지요. 그것이 또 새로운 커피를 찾는다는 의미이기도 하죠. 새옹지마처럼 어려움이 행운이 되기도 하니까, 환경이 바뀌는 게 꼭 나쁘다고 단정할 수도 없고. 이어지는 상황을 보며 판단하자고 생각해볼 수는 없을까요?

다이 그게, 가게를 어떻게 해서든 만들어보자는 발상이라면, 당연히 그렇게 생각할 수 있겠죠. 그러나 음…, 그, 그만해야겠다는 선택지의 싹이 텄을 때에는, 아무것도 하지 않아도 된다는 것이, 어딘가 매우, 기분이….

모리 기분이 좋아? 쾌감 같은 거? 아하하하하하하. 아, 그런가요?

다이 그런 생각이 싹트기 시작한 거예요. 지금까지 폐점한다는 생각을 한 번도 하지 않았는데, 그 선택지가 한 번 싹을 틔우자 '아, 아무것도 하지 않아도 되는구나.' 그 생각이 점점 자라나서 소극적인 기분이 아니라, 매우 적극적으로 안 한다는 선택지를 바라보게 된 것 같아요. 동시에 제 마음속에 커피를 하고 싶다는 마음이 꾸물거리는 걸 느낍니다. 언젠가 타오를 수도 있을 것 같고. 그래서 미정입니다. 미정이라고 하면 정말 애매할 수도 있겠지만, 그게 솔직한 마음입니다.

모리 그걸 우유부단하다고 하지요. 아하하하하하.

다이 그럴 수도 있지만, 제 마음은 아시겠지요?

모리 암, 알고말고요.

다이 가게를 닫고 난 후, 지금까지 못 했던 것을 하고 싶다는 마음은 별로 없습니다. 그것보다는 아무것도 하지 않는 생활이라는 걸 해보고 싶은 마음?

모리 아! 나도 그걸 목표로 하는 부분도 있어요. 구마가이 모리카즈 씨처럼, 집에서 한 발자국도 나가지 않는 삶. 하하하하하.

다이 줄곧 개미만 바라보고 싶은 이미지에 가깝죠! 일종의 공상이든 동경이든 현실적이지 않은 것을 하고 싶다는 생각, 그런 마음입니다. 저는 초등학생 때부터 여름방학이 되면 생활시간표를 만드는 것이 좋았어요. 무엇을 해도 좋다는 건, 아무것도 하지 않아도 되는 거잖아요. 앞으로의 인생, 한 번 더 어릴 적으로 돌아가서 그런 식으로 살아봐도 되지 않을까 하고요. 해보면 재미있을지 어떨지 모르지만요.

모리 하하하하.

다이 커피집이라는 것은 어쨌든 근무시간이 길지요. 모리미츠 씨처럼 쉬는 날을 어떻게든 만들어서 에티오피아나 예멘에 가기라도 한다면, 정말 바빠지잖아요.

모리 맞아요. 어쨌든 지금은 결정할 수가 없다는 얘기네.

 (두 사람이 모리미츠의 배전 현장을 바라본다).

모리 내 배전을 처음 봤을 텐데, 어땠어요?

다이 후지로얄 5킬로 배전기네요. 커다란 배전기도 좋은 거구나, 생각하면서 보고 있었습니다. 예전에 '모카' 마스터에게 이어받은 거지요?

모리 맞아요. 마스터의 스승이셨던 에리타테 선생이 고안한 특별 주문품이에요. 그리고 마스터와 제가 각각 자신이 사용하기 편하도록 개량을 한 것이고요. 이 배전기의 특징을 파악하고 잘 활용하기까지 1년 정도 걸렸던 것 같은데….

다이 각각의 배전기에 특징이 있을 것 같은데요.

모리 우리들이 배전을 시작할 무렵에는 우선 냄비 같은 것으로 시작해서 수망을 거쳐 지금 다이보 씨가 하고 있는 수동로스터로 발전해나가는 식으로 배웠지요. 수망의 좋은 점도 있고 수동로스터의 좋은 점도 있지요. 3킬로나 5킬로짜리 큰 배전기의 회전수는 대체로 같아서 (1분에) 58회예요. 우리는 지금 드럼 횟수를 맘대로 조정할 수 있는 인버터를 부착했습니다. 후지로얄 직원과 이야기를 했더니, 그건 바로 가능하다고 하더라고요. 다이보 씨가 손으로 돌리는 스피드는 일정한가요?

다이 생각해본 적이 없어요.

모리 수동에도 자동모터를 부착하는 사람이 있잖아요.

다이 맞아요. 오픈 당시 저와 같은 수동을 사용하던 사람들도 얼마 후 대부분 모터를 따로 달거나 부착된 로스터로 바꾸더라고요.

모리 다이보 씨는 왜 모터를 안 달았죠?

다이 왜일까요…. 다섯 시간이나 돌리면 실증날 만도 한데, 한 번도 그만하고 싶다는 생각조차 하지 않았으니까…. 역시 콩을 굽는 것은(눈을 감고, 두 손으로 동시에 천천히 움직이면서) 이렇게…, 하는 거죠. 기계에 맡기는 로스팅이 아니라 저 자신의 오감으로 볶고 있다고 생각했어요. 아침에 졸린 얼굴로 책을 읽으면서 돌릴 때도 있지만, 그것도 그때의 나 자신이니까요. 수동이 아니면 안 되는 건 아니지만, 이렇게 하지 않으면 나의 커피가 아니라는 생각은 했던 것 같습니다.

모리 나는 있잖아요, 지금의 반직화반열풍 실린더에 인버터를 부착하고 배전이 안정되었어요. 공기라는 것은 참 재미있어서 회전수가 같으면 공기의 양은 바뀌지 않으니까, 화력도 일정해지는 거죠. 그런데 대부분의 사람들은 배전할 때에 화력 쪽만 자꾸 만지작거려요. 나는 화력을 거의 일정하게 놓고 다른 곳을 조정하는 식으로 로스팅을 한다고나 할까. 처음에는 천천히 돌리다가 중간이 있고, 후반부를 빠르게 돌게 하는 완만한 온도 변화 속에서 무언가 생겨난다고 느낍니다. 밥 짓는 법을 정확히는 모르지만, 대대로 그렇게 해오는 과정에서 체험으로 쌓인 방법 같은 게 있잖아요. 그것과 비슷하다고 생각해요. 그런 관점에서 커피를 생각해보면 좋지 않을까 싶습니다.

다이 자가배전을 선택한 것은, 저에게 당연한 일이었어요. 어떻게 당연한 일이 되었는지 모르지만. 커피를 시작했을 때에 '다이로 커피점'이나 '모카'에 다녔어요. '다이로'도 처음 수동이었는데(이후에 기계식으로 바꾸기는 했지만) 가게에서 콩을 볶고 분쇄하는 것이 당연하다고 생각했습니다. 그리고 '아, 커피집이라는 게 참 좋구나.' 생각이 들게 한 가게는 전부 자가배전 커피점이었습니다

모리 나의 경우, 수동배전 전에 수망배전을 했어요. 저는 지금도 수망이 참 맛있다고 생각합니다. 수동드럼은 환원염(공기를 제한하는)이지만, 수망은 산화염(공기를 충분히 머금은)을 사용할 수 있기 때문이에요. 다이보 씨는 수동로스터 전에 수망 단계는 없었나요?

다이 없었습니다. 저는 500그램 수동로스터 배전기로 볶겠다고 생각하고, 아파트에서 열심히 볶는 연습을 했습니다. 그때는 연기 같은 건 신경 쓰이지도 않았어요. 그냥 계속할 뿐이었죠. 저는 그런

의미에서 탐구심은 없는 것 같습니다. 하나의 수동로스터로 배전하고, 수정하고, 또 수정하고, 아! 이 맛이 아니었을까? 하면서도 다시 수정하기를 질리지도 않고 계속했습니다. 다른 방법에는 흥미도 없었던 것 같습니다. 다른 설비에 대해서도 생각해본 적이 없고, 산화염이나 환원염에 대해서도 생각해본 적이 없습니다. 다만 나 자신의 혀로 테이스팅할 때에 '이런 맛이면, 괜찮은 거 아닐까.' 하는 맛을 나름대로 유지해왔습니다.

모리미츠 씨처럼 스승의 맛에 가까워지려는 고민 같은 것이 저에게는 없었습니다. 무엇을 목표로 하거나 어떤 맛에 가까워지기 위해 어떻게 하면 좋을까라는 고민을 하지는 않았습니다. 지금 이 맛이, 저 스스로 느꼈을 때 괜찮은지 아닌지에 대해서만 판단할 뿐입니다. 테이스팅을 했을 때 어딘가 걸리는 게 있다면, 그 부분을 제거하기 위한 노력을 반복해서 해왔을 뿐이지요. 나 자신의 맛을 낸다, 나 자신이 좋다고 생각하는 맛을 만들기 위해서는 자가배전 외에는 없다, 타인이 만든 맛이 아닌 내가 만든 맛을 낸다, 오직 그것뿐이었습니다.

모리 나의 경우에는 마음이 '모카'를 바라보고 있었으니까. 처음에는 가능한 한 가까운 맛을 목표로 했던 시기가 있었고, 그 기간 또한 길었어요. 미리 냄비로 초벌배전을 할 때, 냄비 안에 그물망을 하는 편이 회전을 좋게 한다는 건 '모카' 마스터에게 배운 방식입니다. 수망은 측면에 벽을 만들어서 어떻게 맛이 변하는지를 보고, 그 후에 수동을 시작했지요. 자가배전은 '모카'의 영향을 받았죠. 생각해보니 저 역시 감동한 커피는 모두 자가배전 커피점이군요. 그때는 커피집을 하려면 자가배전이 당연하다고 생각했으니까. 그래서 자가배전이 아닌 커피가 오히려 '일반적인 커피'인지도 모르겠다는 생각은 해봅니다.

내가 영향을 받는 사람 중에 (작가인) 이나가키 다루호라는 사람이 있는데, '다른 사람과 닮지 않도록'이라는 말을 자주 합니다. 타인과 닮지 않은 삶의 방식을 취해야 하고, 타인과 닮은 문장이나 시를 쓰면 안 되고. 즉 '고유의 자기 개성이 있음'을 강조하는 것입니다. 그런 마음을 추구한다면 당연히 자가배전이지요.

자가배전을 하면서 느끼는 것들이 참 많습니다. 왜 모카 콩은 독특한 풍미를 지닌 것일까. 당시 모카는 그렇게 좋은 콩도 아니었잖아요. 그런데, 왜 그럴까 하고. 그래서 모카커피에 대한 관심이 샘솟았지요. 모카의 대지를 직접 밟아보고, 한 톨이라도 커피의 열매를 직접 먹어보고 싶다고요. 처음 예멘에 간 계기가 바로 그거였죠.

다이 뭘 직접 먹어보고 싶었다고요?

모리 커피 열매. 과실을 먹어보면, 왜 모카만이 다른지 알 수 있지 않을까 했지요. 과실이 다르면 맛도 다를 테니까, 당연히 종자도 다르지 않을까 하면서. 결국 그렇게 다르지는 않았지만, 그것이 공부를 시작한 계기가 됐죠. 토양이었어요, 문제는. 왜 그토록 모카에 집착했는가 하면, 에티오피아와 예멘은 대지구대에 의한 화산성 토양이니까 자력으로 미네랄 성분을 보급할 수 있었던 거죠. 다른 나라는 착취까지는 아니지만, 가령 브라질 일대 산지는 대지로부터 영양분을 다 빨아들이고 30~40년 후에 다른 장소로 옮겨가는 식으로, 이익만 내면 된다는 자본주의적 사고가 있죠. 그러면 토양의 지력이 떨어집니다.

예멘과 에티오피아는 가난한 나라지만, 돈이 전부가 아니에요. 더 중요한 사실이 있다는 것을 그들은 알고 있는 듯해요. 그렇기 때문에 오래 전부터 이어진 재배방법을 지킬 수 있었는지도 몰라요. 더 부자가 되려고 했다면 품종 개량도 진행되었을지도 모르고요. 일부 그런 지역이 있다고는 하지만, 아직은 대부분 예로부터 전해진 재배방식을 유지하고 있었습니다. 새로운 나라들의 재배방식은, 커피산업으로서는 한 시절 크게 번성할 수 있겠죠. 하지만 역시 자본주의라는 건 회수하지 않으면 안 되니까 어딘가에서 장사의 구조를 만들어버리지요. 그렇게 하다보면 품질은 나빠지고.

그럼에도 불구하고 잘 순환되는 산지도 있어요. 자연의 도움 덕택이죠. 나는 가본 적이 없지만 과테말라가 그 중 하나일 거예요. 그곳은 미네랄을 자력으로 보급할 수 있는 토양구조가 갖춰져 있다고 생각해요. 그러나 탄자니아 등지는 대농원이 되어버린 탓에 토양 자체가 풍요롭다고 할 수 없죠. 그러면 반드시 품질이 떨어져요. 옛날의 킬리만자로 매력도 이제 없다고 봐야죠.

콜롬비아가 대표적인 사례입니다. 우리들이 커피집을 시작할 무렵에는 정말로 풍부한 향미를 지닌 커피였어요. 하지만 지금은 메뉴에 넣지 않고 있어요. 자연히 그렇게 되어가는 거지요. 그러나 양만 확보하면 시대의 요구에 맞춰지니까, 어쩔 수 없이 그렇게….

다이　처음 산지를 방문하신 게 1987년 예멘이셨지요?

모리　네. 예멘에는 총 다섯 차례 갔어요. 지금은 위험해서 못 들어가게 되었지만. 에티오피아도 그렇긴 한데, 양질의 커피를 구할 수 있는 산지의 토양은 화산성이 많아요. 화성암은 마그마가 지상에 나와서 만들어진 검은 흙이기 때문에 망간이라는 성분이 풍부하죠. 그것이 식어서 노출된 곳도 있고, 그 위에 잎사귀 등이 쌓여 썩어서 양분을 듬뿍 함유한 부식토로 덮인 곳도 많아요. 미생물이 많이 섞인 그 흙을 지렁이가 먹은 후 배설하거나 벌레들이 많이 모이면서 영양가가 높은 풍요로운 토양이 되어가지요. 현지에 가면 그런 것을 실제로 볼 수가 있어요. 하와이 코나는 용암이 노출되어 있기 때문에 부식토가 없는 곳에도 구멍을 뚫어 커피 종자를 심어 발아시키는데, 화성암만으로도 충분한 영양분이 공급됩니다. 여기에 부식토가 더해지면 정말 좋은 토양이 만들어지는 것이고요.

반면 기후는 엄한 조건이 더 좋아요. 그야말로 고도가 높고, 안개가 깔려 자욱하고, 예멘의 바니 마타르 지역처럼 물이 잘 빠지는 산악지역이라면 더욱 좋죠. 물이 잘 빠진다는 것은, 정상의 토양으로부터 영양분이 원활하게 보충된다는 의미니까요. 스콜이 있을 때에도 복류수를 보급할 수 있고. 그래서 커피는 본래 평지가 아닌 경사면이 좋다는 이야기를 하지요. 손으로 수확할 때는 경사면이 힘들지만, 정말 맛있는 커피를 수확할 수 있는 겁니다.

그래서 나는 다이보 씨와 함께 그 경관을 보고 싶었죠. 하하하. 다이보 씨만은 아니지만 커피를 목표로 하는 사람들과 함께 산지에 가서 그 토양을 보고, 열매를 먹어보고, 흙도 먹어보고, 커피 토양이란 이런 거구나, 느끼고 싶었지요. 정말로 좋은 토양은 말이죠, 검고 뽀송뽀송해요. 바니 마타르가 그렇더군요. 감동했어요. 물론 부식토로 만든 토양은 일본에도 있어요. 그러나 같은 지역이라도 계곡 하나 떨어져 있는 것만으로 토양의 특징은 전혀 달라집니다. 저는 에티오피아 젤젤츠 마을의 풍요로운 흑색 토양이 그 중 제일이라고 생각합니다. 그 토지에 열리는 큰 열매인 골든빈즈의 이파리는, 녹색이 아닌 황색이에요! 토양 특징이 달라지면 열매도 달라져요. 그렇기 때문에 내 발로 현지에 가서 토양을 보고, 나무를 보고, 어느 열매가 더 좋을까 하는 선택지를 들고 무역회사에 거래를 의뢰하는 스타일을 만들지 않으면 안 된다고 생각해요. 저는 그런 시대가 되었으면 해요.

흔히 커피 산지라고 하면 브라질이 가장 유명한데, 재미있는 것 중 하나가 디아만티나 요시마츠Diamantina Yoshimatsu라는 콩이 있어요. 다이아몬드가 채취되는 미나스제라이스 주의 농원에서 재배되는 콩이죠. 그 농원의 토양에는 수정이 많이 섞여 있어요. 이산화계소 즉 석영인데, 불순물이 섞이지 않고 수십 만년에 걸쳐 결정화된 거예요. 그런 순수한 것들은 특정한 성격, 성질을 띠고 있습니다. 수정은 전기를 발산하죠. 반대로 여기에 전기를 가하면 진동하고. 쿼츠라는 것으로, 규칙적으로 진동해요. 석영은 지구상 지각에 가장 많이 흩어진 흔한 성분인데, 순수한 것만 모아 결정화하면 그런 특성이 드러나는 거예요. 그건 우리 인간도 마찬가지여서, 어린 시절에는 매우 순수하고 무구한 독특한 매력이 있지 않습니까?

그러나 안타깝게도 브라질은 커피만 단일재배하는 구조예요. 커피벨트 지대에 걸쳐 있기 때문에 양질의 커피가 만들어지고 있지만, 40년쯤 지나면 땅의 양분은 커피로 빠져나가고 마른 땅이 되어 품질도 수확량도 떨어질 수밖에 없습니다. 경사진 곳이면 보충이 되겠지만, 평지가 많으면 어렵죠. 물론 브라질도 그런 재배주기를 고려해 땅을 태워 밭을 다시 만들기도 하지요.

에티오피아에서는 커피와 함께 에티오피아 주식 인제라의 원료인 테프와 옥수수, 보리, 바나나, 나아가 예멘 주요산물인 포도 등 여러 작물을 함께 키워요. 그게 좋지요. 농원의 일부가 커피밭이라는 방식은 국가의 방책과 효율, 당장의 수확량만 보면 불리하다고 여겨지지만 동일 작물을 단일재배하는 방식보다 오래 버틸 수 있는 길입니다. 예멘과 에티오피아에는 아직 그런 농법이 남아 있지요. 그러나 에티오피아에 있는 수령 100~200년이나 된 커피나무가 점점 벌채되어 생산성 높은 나무들로 바뀌는 실정입니다.

다이 예전에 커피문화학회 자료에서 본 적이 있는데, 키가 큰 나무의 경우 사다리 같은 걸 세우고 수확하고 있더라고요.

모리 맞아요. 라다라고 하는 삼각사다리예요. 젤젤츠의 오래된 나무는, 세계유산으로 남겨야 한다고 생각해요. 나도 서명을 모아서 2009년에 에티오피아 정부에 제출하고 왔어요. 그런 나무를 지키는 건, 커피를 하는 우리 모두의 사명이라고 생각해요. 무엇이 소중한지 알고 있잖아요, 우리 인간은. 오래된 나무를 베고 생산성 좋다는 새로운 나무를 심는 행위를 커피하는 우리가 인정하면 안 되지요.

커피 정제법도 여러 가지가 있지요, 수세식과 천일건조 등. 에티오피아에서도 예가체프와 하라는 각각 달라서 예가체프는 수세식, 하라는 자연건조입니다. 자연건조법이라고 해도 농민들은 그다지 엄밀하지 않아서, 완숙된 것만 선별해 따는 작업이 지켜지지 않더군요. 미성숙 열매를 자연건조하면서 익히는 단계를 거치는 경우가 흔하기 때문에 다른 것들과 비교하면 자연건조법은 죽은 콩이 생기거나 균일하게 볶이지 않는 경우가 많죠. 그래서 나는 결점두를 직접 핸드피크하는 것 외에, 배전 전 섭씨 50도 온수로 세척하고 있어요. 정확하게는 53~54도쯤. 오래 전부터 일본에서는 온천 계란이라는 걸 먹었어요. 60도의 온천에 30분간 담가서 만들어내는 것으로 알려져 있지요. 오랜 시간 체험하면서 터득한 방법이라고 할 수 있죠.

'50도 세척'. 구체적으로는 53~54도의 온수로 총 세 번 씻어요. 첫 번째는 오염물을 씻고, 두 번째는 커피의 앙금을 빼요. 그리고 세 번째 씻을 때에는 배전기에 쌓여 있던 체프의 재를 꺼내 적당량 담가서 씻어요. 참 재미있게도 체프의 재를 뿌리면, 일본의 '국균(효소를 만들어내고, 전분과 단백질을 분해하는 효모. 일본양조학회가 일본의 귀중한 재산으로서 '국균'으로 인정했다)이기도 한 아스페르길러스 오리제(황국균. 청주나 된장 등을 만들 때 사용하는 균)라는 누룩균이 만들어져요. 된장과 간장, 일본 청주 등 복합적인 우마미를 가진 일본 고유의 발효식품을 만들 때 이 누룩균을 사용하지요. 이 균은 전분을 포도당으로, 단백질을 아미노산으로 분해해 발효시키는데, 일본인들은 예로부터 목탄을 섞어서 누룩을 만들면 내구성이 있는 양질의 누룩균이 만들어진다는 것을 체험적으로 알았어요. 그러니까 50도로 씻어서 앙금을 빼는 동시에 앙금을 남기는 작업이기도 하지요.

다이 온수에 담그면 떫은맛의 성분이 녹아나오지는 않나요?

모리 떫은 성분이 한데 뭉쳐서 떨어져나가요. 우리 커피에 잡미가 없다고 말하는 데에는 그런 요소도 큰 게 아닐까 합니다.

다이 처음 생두를 씻어보기로 한 데에는 어떤 계기가 있었나요?

모리 예멘과 에티오피아에서 일상적으로 행해지는 커피 세레모니에서 생두를 씻는 모습을 봤어요. 그래서 저도 나름대로 여러 방법을 시도해봤지요. 어느 여름날, 콜롬비아를 씻어서 다음날 헹궈보니까 생두에서 싹이 터 있었어요. 온도와 습도의 영향도 있었겠지만, '아 이것이 활성화하고 있구나.' 하고 깨달은 거죠. 50도 세척에 대해서 들은 직후였기 때문에 온수와 그냥 물, 두 가지로 씻어서 배전을 해보니 온수 쪽 맛이 더 좋았어요. 전에 후쿠오카 주재 요리연구가 히야마 다미 씨에게 왜 50도가 좋은지를 물어보았을 때, 효소의 움직임이 촉진되어 앙금과 산화물 등이 생겨나는 듯하다고 말씀하셨거든요. 그때부터 배전 전날에는 반드시 50도 세척을 하고 있습니다. 예전에는 떫은맛은 나쁜 게 아니니까, 식욕을 촉진시키기 위해서라도 좋다는 생각으로 남기던 시대도 있었지만요.

커피에는 여러 방법이 있고 또 각자와 연결되면서 나름의 패러독스가 만들어지지만, 과학적 논리로 사물을 보지 않으면 안 된다고

생각합니다. 그 편이 이해하기 쉽고, 납득할 수 있어요. 직접 여러 가지 시도를 해본 뒤 '아 그랬던 거구나.' 하는 결론에 이르죠. 그런 작업이 가능한 것은 자가배전의 장점이라고 생각합니다.

다이 그렇죠. 어떤 리얼리티를 실감하거나 발견을 했을 때의 기쁨, 바로 그거죠. 예를 들면 좋아하는 그림을 보다가 어느 깊은 부분에서 인간의 정서라는 것을 발견하고 울림을 느낄 때가 있죠. 이는 어떤 의미에서는 완전히 개인적인 것이고, 모리미츠 씨의 커피에 관한 발견과 다를지도 모르지만⋯, 다르지 않을 수도 있을까요?

특히 커피의 경우, 그러한 자신만의 발견이나 모색이 과학적으로 뒷받침될 때가 있어요. 그럴 때도 재미있고요.

모리 그렇죠. '떫은맛'에 대해서 이야기할까요?

다이　네.

모리　곶감도 원래는 떫은 감이지요. 타닌. 이것은 미각적으로는 나오지 않지만 단백질과 결합하여 입 안에 묶이는, 바꿔 말하면 단단하게 만드는. 떫은맛은 자극적인 것에 가깝기도 해서 쓴맛, 단맛, 짠맛, 신맛, 우마미 같은 미각에 들어가지 않아요. 이 떫은 감을 건조시키면 왜 떫은 것이 달게 될까요.

다이　그것은 알고 있습니다만, 왜 입니까?

모리　떫은맛을 빼기 위해서는 세 가지 방법이 있어요. 하나는 이산화탄소를 함유한 탄산가스. 융드립 때 생기는 거품으로 설명할 수 있겠네요. 드립할 때 종종 거품이 생기는 드립은 맛있다고 하잖아요. 커피가루에 끓은 물을 부어 부풀어오르는 거품뚜껑. 그것이 외기와 만나면 앙금이 만들어지면서 떫은맛이 생성되지요. 이산화탄소 즉 거품이 잘 만들어지는 커피는 앙금으로 떫은맛을 빼고 있다는 뜻이지요. 그렇다고 인간이 일부러 많은 거품을 내려고 해서는 안 되지요. 어디까지나 열과 중력이라는 자연의 힘, 그리고 커피에게 맡기는 것이 제일 좋은 방법이에요. 배전 과정에서도 마찬가지로 이산화탄소를 커피에 넣어서 떫은맛을 빼는 메커니즘이 있죠. 떫은맛을 빼기 위한 두 번째 방법은 알코올. 감의 배꼽부분에 소주를 적시면 떫은맛이 없어지는 건 타닌 성분이 불용성이 되기 때문이에요. 세 번째로 콩을 온수에 담그는 방법이 있어요. 떫은맛은 입 안에서 타액과 결합하여 녹으면서 보다 강한 맛을 냅니다. 이를 온수로 응고시켜버림으로써 본래의 과당과 우마미를 느낄 수가 있게 되지요.

다이 저는 콩을 씻는 대신 수동배전기의 온도 조절과 추출을 통해 떫은맛과 잡맛, 앙금 같은 것을 조정한다고 말할 수 있을 듯해요. 배전할 때도 조금 빨리 불을 줄인다든지, 마지막은 여열로 마무리한다든지.

모리 '모카' 마스터도 배전 마지막은 여열로 마무리했었어요. 그렇게 하면 추출 시에 거품이 올라오지 않거든요.

다이 아, 그렇군요. 우리 커피도 거품이 일지 않아요. 오히려 가능한 한 거품이 일지 않게 '톡, 톡, 톡,' 한 방울 한 방울 천천히 가루에 물을 내려놓는 듯한 이미지로 붓지요. 온수 온도는 80도 전후이고요. 모리미츠 씨의 추출처럼 거품이 일어나는 일은 없어요.

모리 음, 나로서는, 거품을 가능한 일지 않게 내린다는 말의 의미가 이해가 안 되네요. 분명히 씻으면 거품이 생길 수는 있는데, 왜 씻는 작업을 하느냐면, 거품이 생기게 한다는 이유가 아니고라도 일종의 단맛을 불러일으키기 위해 강배전을 해도 괜찮은 커피를 만들고자 하는 목적이 있답니다.

우리 커피의 경우 거품 안에 더 작은 거품이 생기는데요, 창으로부터 들어오는 빛으로 인해 그 거품 안에 7색 무지개가 보이기도 하죠. 빛나는 것을 볼 수가 있어요. 그러면, '아, 아름다운 커피가 들어 있구나.' 생각해요. 내 나름의 기준에 불과하지만요. 어떤 사람이 그러는데 요카이치시의 반코 찻주전자를 오랫동안 사용하다 보면 바닥 부분에 무지개색 모양이 생기기도 한다고 그러더라고요. 반코 찻주전자는 우리 이름을 지어준 하타 선생으로부터 받은 것인

데, 사용할수록 차의 옅은 떫은 성분으로 인해 막이 생겨서 반사광이 만들어지더라고요. 그게 무지개색으로 보이는 거죠. 어때요?

다이 (추출 중 가루 안에 무지개가 보이는가 하는 질문에 대해서) 아니, 안 보여요.

모리 '나는 그렇게 바라본 적이 없어요.'라는 뜻이죠? 하하하하. 그러니까 거품 위에 보이는 일곱색 무지개는, 떫음 성분이 빠져 있는 거지요.

다이 아까 떫은맛을 빼기 위한 세 가지 방법이 있다고 했잖아요. 그 중 하나가 거품으로, 탄산가스를 머금고 있다고 하셨잖아요. 그때 '아, 그런 거구나.' 하며 놀랐습니다. 저의 경우에는 추출할 때의 물 온도가 낮기 때문에 콩의 분쇄도도 굵지요. 이걸 천천히 내리려고 하다 보니 그다지 부풀지 않고, 거품도 거의 나오지 않아요. 그래서 눈으로 보기만 했을 때는 맛있는지 어떤지 알 수 없지만, 분쇄도를 여러 번 테스트한 후 이 굵기라면 좋겠다고 결정한 것이지요. 물 온도 역시 그 정도가 내가 생각하는 맛에 가깝다고 생각해서 그렇게 해온 것이고요. 부풀기나 거품 등은 없어도 상관없으니까, 천천히 내리는 것으로 맛을 만들어왔다고 생각합니다.

하나만 덧붙이면, 필터 안에 물을 정체시키고 싶지 않아요. 필터 안이 호수상태가 되는 것만큼은 피하고 싶었죠. 가능한 한 물이 흘러 내려가게 하고 싶기 때문에 천천히 붓는 거예요. 그래서 거품도 생기지 않고요.

모리 그렇군요…. 나는 떫은맛을 담은 앙금을 빼기 위해서 일부러 거품을 일게 하는 것인데. 나의 경우 냉각 후 아직 조금 온기가 남아 있을 때 콩을 빼서, 살짝 뜸을 들이는 정도를 가감해 적당한 온도에 보관용기로 옮겨요. 다이보 씨는 아마도 식힌 후에 병에 넣을 것 같은데?

다이 종이봉투에 넣을 때는 완전히 식어 있지요. 채반에 담은 콩을 부채로 식히면서 다음 배전을 끝냈을 때쯤, 식혀둔 콩을 종이봉투에 옮겨 담습니다. 그때는 온기가 아주 조금 남아 있기는 하지만요. 오늘 모리미츠 씨가 보존용 캔에 적신 타올을 덮고, 그 위로 선풍기 바람을 쐬어주는 것을 보고 '아!!' 하고 생각했어요. 또 전날 씻어둔 콩이 조금 부풀어 있는 것을 보고도 '아!!' 하고 감탄을 했고요. 여러 가지 발견이 있었습니다. 저도 해보고 싶다는 생각이 들었어요.

모리 커피집, 다시 열어야겠네. 아하하하하하하. 다이보 씨도 물로 씻어서 하던 시기가 있지 않아요? 맛이 빠지는 것 같아서 관뒀다고 들었는데, 어느 정도 물에 씻었는데요?

다이 한 번요. 콩 표면이 깨끗하지 않다는 것은 알고 있어요. 그 더러움을 씻고 물기를 빼서 다음날 구웠죠.

모리 이야기를 처음으로 돌려서⋯, 완전 처음으로 돌아가는데요. 음악 화성법에 '카덴츠'라는 화음끼리 얼마나 잘 연결시키는가 하는 법칙이 있는데, 나의 경우에는 이걸 블랜딩을 만들 때 응용해요. 이미지로서 말이죠. 물론 단품으로 할 때도 있지만, 세 가지 화음의 조합으로 블랜딩을 결정합니다. 가게에서 가장 잘 나가는 블랜드이기도 하고요. 잡미는, 음악의 화성학으로 말하면 불협화음에 해당되지요. 이것을 괴테의 색채학으로 봐도 흥미롭지요. 괴테의 색 세계를 그린 팽이를 돌리면 빨강, 파랑, 노랑 등 전부가 섞이며 결국 황토색이 되거든요. 그렇다면 황토색을 배경으로 해서 색채의 불협화음을 해결할 수 있지 않을까 생각하는 것도 일리가 있겠지요.

다이 그런 이론이 있나요?

모리 아니, 아무도 말하지 않았어요. 내가 생각하는 거지. 일본화에서 말하는 금박풍이라는 것도, 배경을 금박으로 채워 전체를 조화롭게 만드는 역할을 하지요.

다이 모리미츠 씨가 맛을 만들어내는 방향성은 잘 알 것 같아요. 그 불협화음을 해결하는, 그러니까 구마가이 씨가 말하는 황토색에 해당되는 것이 미각에서는 무엇이라 생각하십니까?

모리 역시 떫은맛입니다. 떫은맛이라는 것은 클로로겐산을 말합니다. 삼원색론으로 말하면 쓴맛과 신맛과 단맛. 그 세 가지가 미각의 메인입니다. 이건 아시지요?

다이 거기에 우마미와 짠맛을 더하면 다섯 가지 맛이 되지요.

모리 보통은 그렇게 배우죠. 우리가 혀로 느낄 수 있는 다섯 가지 맛이란 쓴맛과 우마미, 산미, 짠맛, 단맛 등이지요. 그렇지만 나는 이 '떫은맛'이 커피의 맛 중 가장 흥미로운 부분이라고 생각해요. 아까 곶감에 대한 이야기에서 떫은맛을 없애기 위한 세 가지 방법이 있다고 말했지요. 클로로겐산은 타닌과도 닮은 떫은맛의 정체고요. 이게 입에 들어갔을 때는 쬐는 듯한 자극으로서 받아들여집니다. 현재 과학에서는 미각이라고 인식되지 않는 것이죠. 그러나 떫은맛이 단맛으로 변하는 지점까지 가져갔을 때 비로소 커피의 풍미가 좋아지는 여운이 만들어집니다. 떫은맛을 아예 없애서도 안 되고, 그렇다고 너무 남기면 곤란해지기 때문에 그 부분의 밸런스를 잘 판단해야겠죠. 그 떫음을 단맛으로 바꾸는 작업이 저에게는 콩을 씻는 손질이에요. 떫은맛은 원래 커피콩에는 앙금으로서 가지고 있는 것이니까. 집요하게 느껴질지도 모르지만, 씻는 작업은 앙금을 빼는 동시에 남기는 작업이니까.

생두에 열을 가하는 배전작업도 마찬가지라고 생각해요. 배전된 콩에 가장 많은 성분은 지질이지요. 그 다음이 아미노산과 단백질, 그리고 떫은맛의 클로로겐산. 클로로겐산은 배전을 통해 점점 사라지는데, 이를 완전히 제거하면 풍미도 여운도 향도 사라지게 돼요.

다이 앙금이라는 것에 대해 깊이 생각해본 적이 없어요. 그저 테이스팅할 때에 떫은맛이 나오면, 이 떫음을 어떻게 없앨 수 있을지만 생각했습니다. 가령 떫은맛을 없애다 보면 어딘가 부족하다는 생각이 들고요. 그래서 이 떫음을 조금만 남기려면 어떻게 해야 할까, 하는 고민의 반복이었지요. 쓴맛도 마찬가지여서, 이 쓴맛을 덜어내려면 어떻게 해야 할까…. 산미에 대해서도 마찬가지고요. 오픈 당시에는 산미를 제로에 가깝게 하고 싶다는 저의 집착 같은 것이 있었어요. 그래서 배전이 강해진 면도 있지요.

그 산미를 어느 정도 남겨야겠다는 생각이 조금씩 들면서 배전 정도가 약해지기 시작했지요. 그러나 콩에 따라 굽는 과정의 불 세기가 다르고, 산미나 쓴맛의 남김 정도도 미묘하게 달라지잖아요. 그것을 어느 선으로 할지 매일매일 고민했던 것 같습니다. 그럴 때 우리 가게에서는 맛의 표정이라는 표현을 사용합니다. 그 표정이라는 걸 모리미츠 씨 풍으로 말하면, 떫은맛을 어떻게 조작하는가의 결과인지도 모르겠습니다. 물론 쓴맛이나 산미라는 것도 단맛이 어느 정도나 감싸고 있는지 등등 여러 작용의 총합이겠지만.

모리 떫은맛에 관해 말하면, 모든 과정에서 급격한 변화를 주지 않고 가능한 완만하게 하는 작업이 그 떫은맛을 적당히 잘 남기는 것과 관련이 있습니다. 완만하게 변화시킨다는 것은, 기억이라고 생각해요. 커피콩 자체에도 맛의 기억이 있다고 생각하죠. 그러니까 필름이 빛을 기록하여 '기억'하는 것과 같은 이치인데, 특성곡선은 완만한 S자형이 될 때 비로소 가장 풍부한 계조를 만들어요. 그것이 콩의 풍요로움이 되고, 맛의 풍부함이 된다는 것이죠.

맛의 둥그스름함이나 부드러움과 연관시켜 말하자면, 강배전을 하는 다른 모든 사람들과 내가 가장 다른 것은 추출 온도라고 생각해요. 섭씨 90~95도, 대체로 93도에서 추출하는 것이 저의 희망사항입니다. 왜냐하면 카페인은 90도 전후에서 급격하게 녹아나오는 성질을 지녔기 때문입니다. 그래서 그 온도로 추출을 가져가고 싶은 거지요. 평소 마시는 일반 원두커피의 경우에도 저는 93도 전후 온도를 권장해요. 이에 대응할 수 있는 커피이길 바라기 때문이지요. 데미타스커피(소량의 진한 커피)는 별개예요. 그것은 우마미라는 것을 추구하기 때문에 훨씬 낮은 온도로 내려야 해요. 대략 70도 정도로 해주면 좋다고 생각해요. 사물에는 반드시 활성온도라는 것이 있는데, 배전과 추출도 이를 고려하면 커피는 맛있어집니다.

다이　지금 데미타스커피는 우마미가 중요하니까 70도 정도로 한다고 말씀하셨는데, 저는 전부 그렇게 하고 있습니다. 모든 커피를 그렇게 내립니다. 수동으로 볶는 우리집에서 그런 맛이 나는 것은, 추출온도도 한 몫 한다고 생각해요. 그리고 아까 모리미츠 씨의 배전을 보고 느낀 게 전날 씻어둔 콩이 부풀어 있는 것과 댐퍼 조작, 환원염과 산화염의 조절방법….

모리　그것은 수동과 수망의 차이지요.

다이 또 배전된 콩을 드럼에서 배출해 식지 않은 상태에서 보관통에 넣고 적신 천으로 씌워서 식히는 것, 모두 커피의 맛을 차분하게 만들기 위한 방법이라고 생각합니다. 나는 그런 것은 하지 않지만 배전에서 모난 부분을 없애기 위한 작업은 줄곧 해왔습니다. 그것은 어쩌면 방식은 달라도 모난 부분을 없앤 맛을 만들고자 하는 하나의 목적으로 통한다고 생각됩니다. 여러 작업들은 떫은맛은 물론 산미나 쓴맛을 부드럽게 하고, 차분하게 진정시키는 과정이 아닐까 하고요. 또 하나, 이것은 저도 막연하게 느껴왔는데 모든 공정을 가능한 한 천천히 작업하는 것이 확실히 떫음을 잘 남기는 것과 밀접한 관련이 있는 듯합니다.

모리 제 생각도 그래요. 그런 관점에서 나는 이 문제를 탐구하고 있어요. 떫은맛의 처리, 50도 세척까지 전부 포함해서요. 역시 떫은맛이라는 건 녹차문화로 인해 일본인의 미각과 생활 속에 깊이 침투해 있는 것 아닐까요.

다이 녹차문화와 연관성이 있다고 하기에는…, 모리미츠 씨의 방대한 연구에 대해 실례가 될지는 모르겠지만….

모리 아니에요, 무슨.

다이 아마도 제가 지금까지 '맛의 표정'을 바꿔온 과정은 무엇을 없애고 남길지를 반복해온 것이라 생각합니다. 강한 불로 볶는 시간을 길게 갈지, 강한 불을 짧게 하고 중간불 시간으로 넘길지, 더불어 드럼을 불에서 내리는 포인트. 그 포인트로 다가가는 시간의 화력을 조금씩 조절하는 포인트. 불과 자신의 타이밍이죠. 그것밖에 없으니까. 어떻습니까?

모리 음. 다이보 씨의 커피는 처음에는 압도적으로 쓴맛이다가 점점 복잡하게 느껴지기 시작해요. 그러니까 기억을 보다 많이 머금은 것이라고 생각해요. 차분하게 한다는 것은, 어떤 의미에서 어른스럽게 하는 것 아닐까요. 다이보 씨의 커피는 어른스러운 편인가 아니면 강한 쪽인가? 좀 어렵지만, 나는 어른스럽다고 봐요. 다만 부드럽다는 표현은 주로 산미와 관련해 사용되는데, 오히려 우마미나 바디감 같은 표현이 맞지 않을까. 떫은맛도 말하자면, 양질의 떫은맛이지 않을까요. 나하고는 다른 방법으로 하고 있지만, 결과적으로 떫은맛이 남겨져 있으니까.

다이 모리미츠 씨의 커피는 떫은맛뿐 아니라 산미의 존재가 특별한 것 같습니다. 제가 남기려고 애썼던 것보다 모리미츠 씨는 좀 더 풍부한 산미를 남긴다는 느낌이 듭니다. 남겨진 산미의 맛 표정이라는 건 그때그때 기분에 따라 미묘하게 달라지기도 하지요. 매우 차분한 느낌일 때도 있고, 어딘가 튀고 싶어 안달난 느낌일 때도 있습니다. 다만 끝까지 혀에 남는 느낌을 받은 적은 없어요.

지난번(대담1)에 커피를 마시고 '아!' 하고 감탄한 건, 이브라힘 모카를 평소보다 훨씬 강하게 배전한 것 같다는 생각이 들었기 때문이에요. 떫은맛과 산미가 거의 느껴지지 않았거든요. 저도 모르게 "맛있어요." 말하게 되는 그런 커피였습니다.

모리 배전 이후 며칠이 지났는지에 따라서도 다르니까요. 그것이 미묘함이에요.

다이 모리미츠 씨의 커피는, 어떻게 하면 좋은 산미를 만들어낼 수 있을까 하는 거죠?

모리 수동배전기의 경우, 환원염적인 배전 방법이죠. 수동배전기의 환원염보다 자동배전기의 산화염 쪽이 산미를 표현하는 데 적합하지요. 역시 각각의 맛있음을 추구하는 편이 좋다고 생각해요. 어쩌면 그것밖에 없죠.

다이 저희 같은 수동배전기의 드럼에 구멍을 뚫은 사람도 있긴 하더라고요.

모리 저도 뚫었었어요, 앞쪽에. '모카' 마스터 영향이었지요. 다이보 씨 커피는 산미를 맛으로 느끼기는 어렵고, 저에게는 쓴맛의 맛있음이 있어요.

다이 진하지만 가볍다고나 할까, 진하지만 둥글둥글한 맛으로 만들고 싶다는 바람이 항상 있습니다. 맛의 중심이 아래쪽에 있는 게 아니라 위로, 위로 상승해서 기화하는 듯한 음료요. 후욱! 올라와서 느껴지다가 스윽 사라지는 듯한.

모리 그것이야말로 여운이네요. 여운과 쓴맛은 아마도 디자이너, 사진가, 작가, 아티스트 등이 잘 이해할 수 있을지도 모르겠어요. 그런 사람들은 쓴 커피를 좋아하니까. 써도 불만이 없고, 그것이 커피의 특성이기도 하죠. 우리도 처음에는 쓴맛이 우선이다가 점점 변해간 것 같아요. 쓴맛이 있는 커피를 특수성이라고 한다면, 나는 누구나 맛있게 마시는 일반성이 있는 커피를 목표로 했어요.

다이 음…, 내 말이 활자화되는 장소에서는 누군가가 만든 커피에 대해서 의견을 말하지 않았습니다. 맛있다고밖에 할 수 없으니까. 맛이 없을 때는 말을 하지 않습니다.

모리 후후, 그렇죠. 굳이 말로 할 필요는 없죠. 젊은 친구들에게 꼭 전하고 싶은 말은, 처음에는 지글지글, 중간 폭폭. 이것을 반복하면서 일관된 형태를 만들면 한 잔의 커피로 이어진다는 것이지요.

*　　*　　*

(종반에 들어서면서 편집자 측에서 질문을 했다. 이하 이탤릭체로 표시된 문장은 편집자의 질문이다).

잔 안에 보인다는 '골든링'을 다이보 씨는 자주 보십니까?

다이 네?

모리 커피잔과 액체 사이에 골든링이라고나 할까, 테두리에 생기는 옅은 부분을 말하는 거예요.

다이 아! 네 물론이죠. 자주 봅니다. 그걸 골든링이라고 하나요? 맛있는 커피에 반드시 그것이 있다는 점은⋯, 모르겠네요.

모리 아니, 묽은 커피에는 만들어지지 않아요.

다이 아, 그렇군요. 우리 커피잔은 '오쿠라도원'의 것인데, 아주 잘 보이지요. 예쁘게요. 매일 깨끗한 색이라고 생각하고 있었고, 유리잔에 넣을 때에도 이렇게 빛에 비추어보면 심홍색으로 보여요.

모리 맞아요. 그래요.

다이 진한 피의 색이에요 심홍은. 정말 예쁘다고 생각합니다. 제가 가진 책 중에도…, 여기, 사진으로 찍어뒀어요(개인 책을 보여주면서). 그러나 이건 눈으로 직접 보는 붉은 색과는 달라요. 카메라맨이 여러 각도에서 찍었는데, 아무리 해도 그 붉은색이 찍히질 않더군요.

모리 아마도 빛이 닿는 각도가 달라서였을 거예요.

다이 촬영에는 태양광선을 사용했던 것 같아요. 밖에서 찍었으니까요. 추출하면 처음 떨어지는 액체, 그것은 정말 붉은색이잖아요. 우리는 오픈 전에 아이스커피를 500cc씩 추출해서 신주포트에 급랭해두는데, 그것이 시간이 지나면 빨갛게 보입니다. 투명해요, 전혀 탁하지 않아요.

모리 '람부르'의 이야기를 인용하자면 홍차는 붉은데, 커피는 '람부르.' 그러니까 좀 더 여러 가지 것들이 섞인 호박색이라고 말하면 좋을 것 같은데요.

다이 저는 붉은 홍차를 찾는 것을 포기했어요. 그것보다 황색 같은, 그다지 붉지 않은, 발효시키지 않은 그린이 감도는, 봄에 딴 퍼스트프레시라는 홍차만 사용하기로 했습니다. 녹색이라고 할까. 황금색이라고 하면 좀 지나친 듯도 하고.

모리 약간 핑크색이 돌지 않나?

다이 아, 그런 잎차들도 있지요.

모리 제가 지금까지 가장 맛있게 느낀 홍차, 인도 대사관에서 마신 홍차예요. 그게 핑크빛에 가까웠어요. 홍차 내리는 방법도 어렵던데….

다이 가능하면 제가 홍차 만드는 법을 가르치고 싶을 정도입니다. '다이보 커피점'에서는 홍차를 내고 있었는데, 사흘에 한 잔이나 이틀에 한 잔 꼴로 주문이 들어옵니다. 그것도 '저는 홍차를 마시고 싶어요.'라기보다, 커피를 마실 수 없어서 어쩔 수 없이 홍차를 선택하는 소극적 선택파가 많거든요. 그런데도 저는 일부러 홍차전문점에 찾아가서, 세 종류의 퍼스트프레시를 블랜드하여 준비해둡니다. 약간 낮은 85도 정도로, 티포트는 미리 데워두고, 티스푼에 들어갈 만큼의 찻잎을 넣어 4분 정도 우려냅니다. 둥근 티포트가 좋다고 누군가가 말한 것을 들은 후부터 둥근 포트를 사용해왔습니다.

그렇다고는 해도 커피를 맛있게 내리는 것과 홍차를 맛있게 우리는 것은, 전혀 다른 방법입니다. 1년에 한 번 정도 맛있다고 말해주는 사람이 있습니다. 그런 사람은 커피도 맛있다고 생각해주는 사람으로, 1년에 한 번 정도 만날까 말까 합니다. 더러 "아니 홍차인데 빨갛지 않네? 찻잎이 부족한 것 아닌가." 하는 사람도 있는데, 보통보다 많은 양을 사용했답니다. 적당히 점성도 있으면서 차분하고, 향은 떪음을 남기지만 싫지 않은 정도로 만들면 딱 좋아요. 그건 그해 봄에 수확한 것이 나올 때 결정되는데, 1년치를 한꺼번에 만들어 마시고 있습니다. '올해는 정말 괜찮다.' 싶은 해도 있고 '아무래도 좀….' 할 때도 있고요. 어쨌든 1년치를 사두었습니다. 어쩌다 가을에 수확한 것을 사야 할 때도 있는데, 역시 봄에 수확한 것에 비하면 가을 수확은 좀 딱딱하다고나 할까요. 물론 가을 수확분이 더 좋다는 사람도 있고요. 홍차에도 여러 방법이 있다고 생각합니다. 중국차도 여러 가지가 있고, 가장 큰 차이는 배전이라는 작업의 유무라고나 할까요.

모리 홍차와 일본차의 찻잎은 찻집에서 살 수밖에 없으니까. 가게에서 홍차를 내지 않았던 이유는 감동한 홍차가 그 인도 대사관의 것밖에 없었고, 그걸 구할 길도 없었기 때문이에요. 하타 선생의 영향으로 센차(더운 물로 달여낸 일본식 엽차)는 메뉴에 넣었습니다. 이전 점포의 건물주가 화과자 가게를 했는데, 흰팥소(앙)에 시나몬을 살짝 뿌린 '시나몬만두'라는 화과자에 제일 잘 어울리는 것이 센차였거든요. 옆집에서 사온 만두를 센차와 함께 마실 수 있도록 했었습니다.

말차처럼, 마시기 전에 먹는다고 하는 것은, 타액을 분비시켜서 맛을 더 민감하게 만들기 위해서는 공복보다 좋기 때문이지요. 다만 말차나 일본차 중에도 정말 맛있는 것이 있고 훌륭한 문화라고 생각하지만, 젊은 사람들에게는 뿌리내리지 못하는 이유는 시대에 맞춘 계몽활동을 하지 않았기 때문일 겁니다.

그런 맥락에서 커피가 여기까지 올 수 있었던 것은 선배들의 노력 덕이지요. 맛있음을 추구하고, 기구를 탐구하고, 확산을 소중하게 생각해온 결과가 아닐까 해요. 그래서 다음 세대 사람들에게도 우리의 체험을, 개개인이 펼쳐온 커피세계를 좀 더 크고 넓게 보여줄 수 있기를 바라고 있어요.

전에 모리미츠 씨가 한 잔의 커피로 점포를 계측하는 게 가능하다고 하셨는데, 다이보 씨는 어떠신가요?

다이 저는 커피 자체를 가게의 공간 연출 등과 관련지어 생각해본 적은 없습니다.

모리 없지만, 결과적으로 가게의 음악이나 그림이 있잖아요?

다이 제가 그림에서 추구하는 리얼리티는 인간의 서정성이에요. 표면적인 것이 아니라 가능한 깊은 부분의 서정을 찾아내서, 그 리얼리티를 실감하면 기쁘거든요. 그런 이치로 제가 교감하게 된 그림이 좋습니다. 가게에서 커피를 마시는 사람들의 상태에 따라 달라지겠지만, 가게에 걸린 그림에 흥미를 가진다면 제 마음도 공감해주시지 않을까, 그런 정도로만 생각해요.

모리 서정성이라는 건 정서라고 생각해요. 정서의 세계가 있은 후에 비로소 과학의 관점이 생겨난다고 생각하면 이해하기 쉬울 겁니다. 저는 그 정서라는 게 곧 테마라고 보거든요. 자기가 감동한 테마를 구체화하기 위해서 어떤 사람은 커피로, 어떤 사람은 그림으로, 어떤 사람은 음악으로 표현하는 거죠.

다이 커피를 마시러 온 사람의 서정은 그 사람 개인의 것이어서 나와는 상관없다고 저는 생각합니다. 그 사람과의 관계가 아니라, 저 자신이 흥미를 느끼는 그림을 거는 거죠. 그뿐이에요. 그림의 서정성과 커피의 서정성 간 연결이 보편성을 가지는지 아닌지를 따지지는 않아요.

모리 의식하지 않더라도 다이보 씨가 느끼는 정서는 있는 거잖아요. 요점은 인간의 귀와 눈과 입은 서로 연결돼 공명하면서, 각자 맡은 부분을 담당한다는 거예요. 당연히 공간도 자신이 목표로 하는 커피와 연결될 수밖에 없죠. 오감 중에서 후각이 담당하는 향에 대해서는 아직 제대로 이론화되지 않았지만, 눈과 귀와 입은 밀접하게 연결돼 있지요. 나는 그렇게 생각했더니 결과적으로 이해하기가 쉬워졌어요. 커피 블랜드를 음악적으로 어떻게 표현할 수 있을까 생각하다가 배음이라는 걸 떠올렸듯이. 색채도, 미각도, 그렇게 생각해보면 전달하기 쉽지 않을까요. 우리가 이렇게 대담하고 이야기함으로써, 이 책을 읽은 사람들에게는 어떤 힌트가 될 수 있을 거예요. 그대로가 아니더라도 힌트를 얻어 자신만의 방식으로 만들어갈 수 있다면, 그 사람에게 커피가 훨씬 친숙해질 거라고 봐요.

가령 식물의 생애 하나하나도 마찬가지예요. 커피와도 관계되는 이야기인데 씨가 발아해 싹이 자라서 꽃이 피고, 열매를 맺고, 지죠. 그렇게 꽃이 피고 열매를 맺을 때, 식물이 수분하고 싶으니 나비나 벌을 부르죠. 열매가 열린 후에는 그걸 누군가 먹길 바라죠. 그래서 빨갛게 익어가고, 잘 익은 열매를 새가 와서 먹고, 넓게 퍼져나가 자손이 번성하죠. 그러한 것을 반복해서 행하는 거고요.

우리 인간도 이와 같다고 생각해요. 커피집을 하는 것으로 자신이라는 종자를 뿌리고, 성장하여 꽃이 피고, 열매를 맺고, 떨어지고. 떨어지지만 그 열매를 먹어준 사람은 이를 양식으로 사용하거나 다른 곳에서 싹을 띄워 꽃피우기도 하죠.

이러한 작업을 반복하는 것이 문화라고 생각해요. 인간에게는 그걸 가꿀 사명이 있고요. 그래서 집요하게 들릴지 몰라도, 다이보 씨도 그런 사명감을 가져줬으면 하고요.

다이 음. 저는…, 그런 사명을 가지고 있다고는….

모리 그것은 본인이 의식하는가 하지 않는가의 문제지요. 정서만 중요한 것이 아니라, 저는 호기심을 가지고 과학을 추구하는 사람들에게 매우 공감하고 존경합니다. 피타고라스도, 아리스토텔레스도, 그런 순수한 것을 추구한 사람들이잖아요.

그리고 커피하는 사람으로서 오늘은 다이보 씨에게 하나의 배전 방법을 보여드렸는데, 그것을 음악으로 표현하면, 하나의 곡을 만든 것과 같다고 생각해요. 그러니까 우리는 또 다른 곡을 만드는 작업에 들어간 건지도 몰라요. 완성될지 어떨지 모르지만, 저는 몸이 움직이는 한 커피를 할 테니까. 앞으로 몇 년 더 계속하게 될지 모르지만, 힘 닿는 한 계속 추구해나갈 거예요.

또 꺼내는 이야기지만, 구마가이 씨의 훌륭함도 그렇듯 간단하고 당연한 삶의 방식에 있다고 생각해요. 스스로의 눈으로 발견한 물방울과 개미의 걷는 방법, 새나 개구리나 고양이 등등. 구마가이 씨는 자신의 눈으로 관찰한 대상을 그림 속에 표현했죠. 하나하나 각기 다른 개성을 지닌 주체로. 어쩌면 그들을 자신의 그림 '틀'에 맞추었다고 할 수 있겠는데, 틀에 넣는다는 걸 부정적인 개념으로 받아들이는 사람도 많지만 결코 그렇지 않아요. 무용이나 노래를 봐도 그렇잖아요. '형식'을 따르는 것이 어느 정도 완성되면, 다른 표현이 가능해지고 여유가 생기죠. 그런 의미에서 저는 '다이보 커피점'이 수십 년이나 스타일을 바꾸지 않았다는 얘기를 '형식'을 갖춤으로써 다른 자유가 만들어진 것이라고 이해해요.

다이 아, 그 말씀에 대해서는 저도 같은 생각입니다. 자신에게 맞는 형태나 시간 분배 스타일, 그런 것들이 자연스럽게 몸에 익었을 때, 그 이외 것들이 자유로워진 것을 보다 강하게 느낍니다. 맞아요, 그랬어요.

모리미츠 씨의 이야기를 듣다 보면 원리나 소명의식 같은 게 강하다는 느낌이 들어요. 저는 그런 식으로 생각하지 않지만…, 이미지는 음미합니다. 이 그림을 여기에 걸었을 때 어떤 식으로 벽이 변할 것인지, 제가 느낀 감정을 커피를 마시는 손님들도 느끼게 될지, 여러 가지 이미지를 머릿속에 그려보곤 해요. '역시 관둬야지.'라든가, '이 정도면 괜찮지 않을까?' 하는 생각들을 끝까지 좇다보면, 거기서 도출되는 원리가 모리미츠 씨와도 맞닿을지 모르겠어요.

모리 아니…. 그러니까 예를 들자면 렘브란트라는 화가는 사물을 빛과 그림자의 모노톤으로 보는 것을 추구했던 화가지요.

다이 렘브란트 최후의 자화상, 그걸 보고 엄청 감동받은 적이 있었습니다. 색채를 많이 사용하지 않았던 것도 영향을 줬는지 모르겠어요. 음…, 그냥 바라만 보는데 찡하게 울리는 것이….

모리 맞아요!

다이 찡하게 울리며 나타나는 무언가, 그거죠. 저는 그것을 색채론으로 풀어낸 적은 없어요. 여러 가지 이야기를 들으며 모리미츠 씨가 정말 존경스러웠던 것은 여러 방법으로 생각의 깊이를 더해가며, 진리나 원리에 도달하려는 태도예요. 섭리 같은 것을 믿는 태도도 흥미롭고요. 저는 명확하게 제시하지 못하는 걸 다른 방법으로 찾아가고 계신 듯합니다.

모리 컬러의 세계와 흑백의 세계는, 눈의 역할이 다르기 때문에 흑백이 보다 깊게 보여요. 저는 사진을 했기 때문에 그런 걸 알 수 있고요.

　그 대전제에는 '처음에는 지글지글, 중간 폭폭, 자작자작 소리가 나면 불에서 내리고, 애기가 울어도 뚜껑은 열지 마라.'라는 일본의 고전적인 요리법이 있죠. 보편적인 법칙이 있고 나서 비로소 여러 응용이 가능해지죠. 그리고 납득할 수 있죠. 보편적인 법칙으로 돌아가면, 읽히는 것들이 많습니다. 예를 들어 대지에 씨앗이 뿌려지고, 싹이 트고, 땅속에 뿌리내려 생장하고, 열매를 맺죠. 이는 '처음에는 지글지글, 중간 폭폭'이지요. 그리고 선조들이 나타나서 일본만의 풍토를 만들었다는 거죠. 음악에서도 최초의 테마가 있은 후, 그것을 전개해 하나의 음악이 완성되죠. 미각에 있어서도 그렇게 테마를 찾는 것이 중요하지 않을까, 생각하는 거죠.

다이 일본의 풍토에 대해서는 저도 흥미롭게 생각해요. 어느 나라든 그들만의 고유한 차 문화가 있겠지만, 일본 사람들은 좀 더 많은 무게감이 실려 있다는 생각이 듭니다.

　계절감도 그렇고요. 동백꽃이 피었다거나, 막 피기 시작하는 그 정도가 좋다거나, 계절과 연관지어 생각하는 습성이 있지요. '처음엔 지글지글, 중간 폭폭'이라고는 생각하지 않지만 이런 이야기를 할 때, 근간을 향해 말씀하시는 모리미츠 씨 이야기의 의미를 잘 알 것 같습니다. 그래서 저는 모리미츠 씨가 설명하는 것을 열심히 듣게 됩니다. 그런 이야기를 모리미츠 씨와 더 나누고 싶으니까요.

모리 나는 이런 이야기들을 힌트로 다음 세대 사람들이 커피의 세계를 좀 더 넓혀주기를 바랍니다. 그래서 개개인의 체험이 정말 중요하다고 생각하지요.

다이 공통의 지인이니까 이름을 말하는데, 김 호노 씨라는 도예가가 있습니다. 그 사람이 자비로 '다이보 커피점'이라는 책을 만들고 싶다고 했어요(《다이보 커피의 시간》이라는 제목으로 출간). 자신만의 테마가 있다면서요. 그가 말하기를, 젊은 사람들이 다이보에 가는 의미가 뭘까 생각해봤다고요. '다이보 씨가 하고 있는 것을 젊은 사람들은, 이런 말을 사용하고 싶지는 않지만, 어른의 방, 어른의 공간으로서 소중하게 느끼고 있기 때문이 아닐까.'라고 하더군요. 저는 지금까지 그런 생각을 해본 적이 없었습니다.

모리미츠 씨도 스스로의 체험을 젊은 사람들이 보고 배워서 더 폭넓게 계승하기를 바란다고 말씀하셨지요. 저 역시 그럴 수도 있을 거라고 생각합니다. 그러나 저는, 다른 사람에게 듣고 난 후 비로소 생각을 한 거예요. 그저 저만의 이미지를 만들어서 이 정도면 좋겠다거나, 이거는 안 되겠다는 식의 시행착오를 반복하며 지금에 이르렀을 따름이지요.

모리 요즘 젊은 친구들과 우리 세대와의 큰 차이 중 하나는, 그들 대부분이 외국에 다녀왔다는 거예요. 외국인에게 비치는 일본이라는 것을 보고 온 셈이죠. 역시 그들만의 생각이 있고, 자신만의 것을 만들려는 의지가 강해요. 우리 가게의 손님들은 젊은 사람부터 동년배에 이르기까지 폭넓지만, 우리 젊은 시절 해외여행은 유복한 사람들이나 가능한 일이었잖아요.

다이 아, 이게 정말로 맛있는지 어떤지 모르면서, 참고 억지로 맛있다고 하는 사람들도 있지 않나요? 나는 어떤가, 정말 맛있다고 생각하는가를 질문하곤 합니다. 물론 지금까지 커피가 정말 맛있다고 여러 번 느꼈지만, 음료로서 진정 맛있는 존재인지에 대해 생각해본 적이 있습니다. 중대하게 생각한 것은 아니지만, 아마도 위스키를 스트레이트로 마시는 것과 유사한 감각이지 않을까 합니다.

인간은 정말 재미있는 생물이라고 생각해요. 담배만 해도 그래요. 정말 맛있다고 생각하는 사람이 있을지는 모르지만, 고등학교 때 반항심으로 피우기 시작해 그냥 습관적으로 피우는 사람들도 많잖아요. 재미있는 거 같아요.

모리 하하하.

다이 다만 요즘 들어 생각하는 건, 저 자신이 특별한 지향점을 갖고 있지 않다는 점입니다. 그러다 보니 우리 가게에 오는 젊은 사람들을 보고도 '여기서 커피를 마시며 느낄 것이 있을까?' 생각하게 되지요. '어른이라는 것은 이런 거다' 혹은 '이것은 이렇게 해야 한다'라는 확고한 주관도 제게는 없다는 생각이 듭니다. 물론 경험을 통해 '이것은 안 돼, 이것은 좋아.' 하는 식의 관점이 생기긴 했지만요. 이렇게 주관이 없는 인간이 모색하는 삶을 보면서 젊은 사람들이 뭔가 배운다면, 그것이 오히려 신기하다는 생각이 듭니다.

모리 (게이코 씨를 보며) 절대 그렇지 않지요?

게이코 누구든 어떤 그림을 보고 '아아, 좋구나.'라거나 '좀 아닌데.'라고 생각한다는 건 마음속에 자신만의 핵을 지니고 있기 때문이라고 생각해요. 그 핵이라는 것은 여러 상황과 마주했을 때 기준이 되기도 하지요. 어쩌면 그 기준이 되는 핵이 자신만의 원리원칙인지도 몰라요. 그러니 주관이 없다고 단언하기는 곤란하지 않을까요?

다이 작업으로서 이론이야 당연히 뒷받침되는 생각이 있겠지.

게이코 아, 물론 당신이 그것을 전면에 내세워 가치판단을 한다는 얘기가 아니라….

다이 그래.

한데 어제 다이보 씨가 최근 워킹을 한다고 말씀하시길래, 그럴 때 배낭을 메시는지 여쭀더니 '그런 차림은 하지 않는다'고 정색하셨어요. 즉, 일상생활에서도 확고한 원칙을 가지고 계시는 거잖아요.

게이코 그런 것, 정말 많이 있어요.

모리 역시, 있잖아요. 하하하하.

다이 아니, 그것은 제가 싫어하지 않는 모양새를 하는 것뿐이에요.

모리 그거라니까.

다이 그런 거를 주관이라고 하나요?

모리 그런 거예요.

게이코 그런 의미로 말하자면, 이 사람만큼 자신의 호불호를 강하게 주장하는 사람은 또 없을걸요?

다이 에, 뭐라는 거야!

게이코 하하하하하하하. 가령 어떤 옷을 사왔는데, 슬쩍 보고 싫으면 아예 만지지도 않아요.

미츠코 아, 그건 여기도 마찬가지예요.

게이코 열심히, 내가 설득해요. 그래도 절대로 입지 않아요. 그거야말로 원리원칙을 가지고 있다는 뜻 아닐까요?

다이 만약 내가 걸어가다가 도중에 무언가 했을 때, 모리미츠 씨가 뒤에서 따라와 준다면, 여기엔 이러한 원리가 있다고 지적해줄 수 있을지 모르겠네요.

모리 그래서 "나중에 생각해보니, 그런 것이었구나." 하는 말들을 하잖아요.

게이코 다만 이 사람은 스스로가 가지고 있는 핵 부분을 평소 드러내지는 않아요. 표현하지 않고 내면에만 간직하니까 아무도 모르는 것뿐이죠.

가게를 찾는 손님들은, 그런 기운을 느끼시겠지요. 그나저나 지난번 다이보 씨가 '익숙하지 않은 것'에 대해서 말씀하셨는데, 그것에 대해서 좀 더 설명해주실 수 있나요?

다이 이번 제 책(자비로 출판한 책)에 편집을 해준 기우치 노보루 씨가 후기를 써주었는데 제가 커피를 내리는 것을 보고, '이 사람은 수십 년이 지나도 일에 익숙해지는 일이 없을 것 같다.'고 썼더라고요. 저는 직원들에게 입이 닳도록 "익숙해지지 마라."라고 강조합니다. "사람에게도 익숙해지지 마라." 이 역시 자주 하는 말입니다. 이는 자신에 대해서도 해당되는 말이고요. 기우치 씨의 문장을 읽었을 때 어떤 표면적인 것이 아니라, 사물을 대하는 자세 같은 것을 일컫는다고 생각했습니다. 저는 기본적으로 익숙해지는 것이 불가능한 기질인 듯합니다. 그 문장을 읽으면서 너무나 저를 잘 간파한, 어찌 보면 제가 배우는 듯한 느낌마저 들었습니다. 나이를 훨씬 더 먹었는데도 주관을 가지지 못한 것 같은 느낌이랄까요.

모리 반대 아닌가?

다이 네?

모리 그러니까 갖고 있는 거잖아, '익숙해지지 않겠다'라는 주관. 그것이 바로 주관인 거죠.

다이 무언가에 익숙한 상태를 일컬어서 주관을 갖고 있다고 말하는 거 아닌가요?

모리 아니 아니, 다르죠. 하하하하. 다이보 씨의 경우에는 '주관을 갖지 않는다'라는 주관을 갖고 있는 거예요.

'모카' 마스터가 들려주신 "일에 굴곡을 가져라."라는 말씀을 항상 되새깁니다. 그리고 에리타테 선생님이 "항상 내일의 테마를 생각하고, 오늘의 일을 해라."라고 하시던 말씀이 있습니다. '익숙해지지 않는다'는 말은 이와 같은 맥락이라고 생각됩니다. 더불어 가게의 종업원이 손님에게 익숙해지면 안 된다는 것은 '모카' 마스터도 말씀하셨어요. '이런 사람'이라고 단언해선 안 되며, 손님과의 거리를 유지하는 것이 정말 중요하다고요.

다이 저야 '모카'에서 일하던 모리미츠 씨와는 전혀 입장이 다르겠지만, 커피집을 하겠다고 마음먹은 이후 자주 '모카'에 가서 커피를 마시고, 시메기 씨의 모습을 봐왔지요. 사는 곳도 가까웠고요. '바재킷'을 늘 입고 계셨지요. 저보다 열 살 정도 손윗사람이었던 것 같아요. 그 회색 재킷 안에 넥타이를 매고 커피를 내리셨죠. 커피 계량하는 천칭을 사용하여 콩 무게를 재는 모습이 정말 좋았어요.

모리 저는 반대로 똑같이 하고 싶지 않다고, 닮지 않도록 늘 마음에 두고 있었는데…. 그건 중반부터 그랬나? 처음에는 다이보 씨와 같았던 것 같네요. 하하하하 .

시메기 씨는 외국에 나가 레스토랑에 들어갔는데 음식에서 이상한 게 발견되면 반드시 지적하고 불만을 표했다고 해요. '모카' 고객에 대해서도 똑같아요. 그리고 손님이 다시 오지 않더라도 개의치 않겠다는 태도로, 해야 할 말은 합니다. 이 에피소드가 다소 지나친 감이 있을지 모르겠지만, 커피를 남긴 손님을 따라가서 "왜 우리 커피를 남겼나요?"라고 물어봤다는 일화가 있어요. "우리는 그럴 만한 커피를 내지 않았는데."라고 덧붙이면서. 정말로 자신에게 솔직한 사람인 거죠.

커피집의 사회적 지위 변천은 어떻습니까? 지금은 비교적 동경의 대상이 된 직업이 아닌가 합니다만. 아니면 제3의 길이라고나 할까, 얼터니티브한 길이 된 건가요?

다이 제가 가게를 시작할 때는 전혀 동경의 대상이 아니었어요.

모리 커피집은, 물장사니까요. '모카' 마스터에 대해서는 존경과 동경보다, 이상한 사람이라는 인식이 컸을 거예요. 분명히 그 무렵에도 유행하던 가게는 있었어요. '카페 드 람부르'나 오기쿠보의 '히카리' 같은 곳.

다이 물장사라는 건, 지금도 기본적으로 변하지 않은 듯해요. 예를 들어 커피숍 개업자금은 은행 융자대상에서 제외되잖아요. 그런 점이 별로 달라지지 않은 것 같고요.

모리 그런 자금 윤리에서는 제외되겠지만, 다른 종류의 음…, 젊은 사람들의 인식으로 보면, 지금은 많이 다르죠.

다이 젊은이들의 인식이라면 어떤 경향이 있고, 또 그것에 대해 어떻게 생각하고 계신가요?

두 분의 젊은 시절과 달리 고도 경제성장이 없기 때문에, 지금 사

람들은 대체로 경제침체 의식을 가지고 있습니다. 대기업에 들어가도 딱히 하고 싶은 것이 없고요. 물론 안정적인 것과는 다른 의미에서. 그렇게 무엇을 하며 살아갈지 고민하는 젊은이들에게 선택지 중 하나로 커피숍이 있는 것 같아요. 혹시 두 분은 커피를 계속함으로써 그런 상황을 바꾸고 싶다고 생각하신 적인 있나요? 예를 들면 오래된 사회구조의 가치관에 돌을 던지는 의미의 자세라거나?

다이　저의 경우, 그런 생각은 확고합니다. '이런 방향, 이런 방법, 이런 것도 있습니다.'라고 제시하고 싶은 거죠. 그래서 배전이든, 추출이든, 블렌딩이든, 작업은 보이는 곳에서 하고 있습니다. 제가 하는 일은, 누구나 마음만 먹으면 할 수 있는 일입니다. 배전 도구도 그리 비싼 것이 아닙니다. 추출도 융을 손으로 자르고 꿰매서 틀에 끼우면 되는 것이고요. 하려고만 들면 누구나 할 수 있지요. 그러나 실천으로 그 의지를 보이는 게…, 대기업이 전개하는 체인점이 갖추어야 할 형태가 바로 그런 거라고 저는 생각하고 있습니다. 아주 강하게.

　오픈 당시에는 생계를 위해 필사적이었기 때문에 다른 것들은 생각할 여유가 없었지만, 1990년대 중반 스타벅스가 도쿄에 들어왔을 때, 그런 걸 강하게 느끼기 시작했습니다.

모리　저의 경우에는 하루에 한 명, 진짜 커피를 추구하는 손님이 오면 좋겠다는 생각으로 해왔어요. 그것이 매일 이어지면 좋겠다는 생각. 가게를 열고 36년간, 그것만이 중요했습니다. 여기에 커피집으로서 유지 가능한 매출을 달성할 수만 있다면 정말 좋은 장사라고 생각했죠. 그렇게 되기까지 많이 힘들었지만.

저의 경우, 가게를 시작하고 10년 정도 지났을 때, 예멘과 에티오피아에 가서 가난하지만 풍요로운 세계를 경험했어요. 부탄까지는 아니더라도 '인간의 행복 조건으로서 긍정적인 가치관은 정말 중요하구나.' 생각했습니다. 이를 위해 내가 하고 싶은 일을 하며 살아간다, '나에게 맞지 않는 샐러리맨 생활이 아니라 이런 삶의 방식도 좋지 아니한가….' 그런 것들을 젊은 친구들에게 알려주고 싶다는 생각이 더 강해졌어요.

다이 가게에서 커피를 파는 작업은, '한 사람'을 상대로 하는 작업이잖아요. 한 사람, 또 한 사람. '증가'라는 것 자체가 있을 수 없죠. 스타벅스의 '증가'를 가능케 하는 능력은, 여러 사람들의 마음을 끌어모으는 데 있어서 유익함이 있다고 생각해요. 스타벅스를 통해 새롭게 커피에 흥미를 갖게 된 사람도 수없이 많을 것이므로, 멋진 성공이라고 생각합니다. 다만 우리들은 한 사람 한 사람에게, 최선을 다한 이 한 잔으로 조금씩 조금씩 침투해간다는, 오직 그뿐인 거죠. 그 마음으로 지금까지 해올 수 있었던 것 같습니다.

예를 들어 부동산 신화가 붕괴된 것, 거품경제 이후 은행이 도산한 것, 지금까지 당연하다고 믿어왔던 것들, 있을 수 없다고 생각했던 것들의 역전을 우리는 지켜봤습니다. 인생은, 커다란 나무 아래 있다고 안심할 수 있는 것이 아니지요. 그렇다면 자신이 생각하는 작은 세계를 만드는 것도 재미있지 않을까, 그렇게 생각하는 사람이 조금씩 늘어났는지도 모르겠어요. 그리고 또 하나. 3.11 대지진

(2011년 동일본 지역에 발생한 진도 9의 대지진) 때, 무언가 제 안에 잠자고 있던 삶에 대한 자세 등을 다시 돌아보게 되었어요. 언제 어떻게 될지 모르는 상황을 살아가면서 자신에게 거짓 없는 삶의 방식이면 충분하지 않을까, 하고 생각한 사람도 적지 않을 것입니다.

일본의 커피문화가 전쟁 이후 독자적으로 카오스화해 왔다고들 합니다. 반대로 미국의 서해안 지역에서 융드립을 시작한 사람들도 생겨났습니다. 두 분과 같은 독특한 커피집이 왜 미국에서 생겨난 것일까요? 이를 일본의 커피문화라고 말해도 될까요? 일본 커피문화 중 융드립과 자가배전이라는 것에 한해 여쭙는 것인데요. 이에 대해서 자세한 이야기를 들을 수 있는 곳이 별로 없습니다. 일종의 특이성에 대한 두 분의 생각을 듣고 싶습니다.

다이 한 가지, 제가 느끼는 것은 사회성의 차이입니다. 서구 사람들은 서로 함께 가자거나 다름에 대해 인정하기보다 자신을 주장하는 사회이지요. 왜 그런지 모르지만, 일본도 점점 그렇게 하지 않으면 손해를 본다는 생각이 커진 듯합니다.

차를 마실 때의 행위는, 그것과 정반대입니다. 각자의 권리를 주장하는 대신 함께 공유하는 시간을 소중히 하지요. 일본뿐 아니라 다른 나라 사람들도 함께 차를 마실 때는, 아마도 그런 태도이지 않을까 싶기는 해요.

게이코 일본으로 말하면, 다도문화라는 것도 관계하고 있지 않을까요. 한 잔의 차를 신중하게 따라서 손님에게 대접하는 문화요. 단 한 잔이고, 그것을 마신다고 배가 부른 것도 아닌데, 그 한 잔의 차

215

로 이어지는 '이치고 이치에—期—會(일기일회)'의 의미를 갖습니다. 단순한 차 한 잔이 아니라 다도라고 해서 '길'이라는 의미까지 부여하는….

미츠코 커피를 내리는 모습을 보던 손님이 "다도의 다테마에(다도 예법)와 똑같네요."라고 하시는 것을 가끔 듣습니다.

게이코 저희도 그래요. 어찌됐든 '길'을 추구하는 과정에서 그 사람의 인생과 삶의 방식까지 변할 만큼 커피에 열정을 기울일 수 있다는 것. 역시 뿌리 부분은 같지 않을까요.

한 잔의 커피에도 한 잔의 차에도, 신과 자연을 느끼는 마음으로 만드는 사람이 있고, 그것을 마시는 동안 좋은 기운을 느끼며 꽃들을 감상하는 사람이 있다는 것. 그것이 일본 문화의 고마움이라고 생각합니다.

가령 서양화가가 일본에서 유화를 그렸는데, 일본의 풍토에 맞지 않는다고 생각하는 일이 있을지도 모르겠습니다. 또는 악기의 경우도 비슷하지 않을까 합니다. '이건 일본의 커피가 아니네.' 하고 생각하신 적 없으십니까?

모리 정반대예요. 전혀 없었어요. 저는 그야말로 커피가 일반화되지 않았던 시대에 시작했습니다. 커피가 배전되어 저런 색이 된다는 걸 '모카'에 가서 처음 알았으니까요. 모두의 의식 속에 '이렇다'고 정해진 것들이 없었을 거라 생각합니다. 생두를 배전해야 비로소 커피가 되잖아요. 재미있고 신기하기만 해서 다른 생각은 해본 적이 없어요.

다이 대답이 될지 어떨지 모르겠지만 커피집을 시작하기 전에, 재료를 다른 나라에 의지할 수밖에 없는 일을 해야 하는 건지, 심각하게 고민했습니다. 저에게는 정말 심각한 문제였어요.

모리 저의 경우 하와이에 커피농원을 하는 친척이 있었기 때문에, 오히려 이 커피를 일본에서 사용하면 도움이 되겠구나 싶었어요. 그분에게 도움이 될 거라는 마음으로 시작한 부분도 있었고요. 그것이 지금까지 산지에 가는 동력이 된 것 같아요.

최근에는 커피업계에도 열심히 하는 젊은 세대들이 증가했습니다만, 두 분의 뒷모습을 바라보고 있는 부분도 크다고 생각합니다. 모리미츠 씨와 다이보 씨는, 현역 마스터로서는 최후의 장인 세대라고 생각합니다. 단지 최근 붐에 휩쓸려 커피를 시작한 이들 중에는 그런 역사를 모르는 사람도 많지 않을까 생각합니다.

다이 특히나 모리미츠 씨의 토양 이야기는, 더 많은 이들에게 전하고 싶습니다.

모리 하하하하! 지금의 커피집은 사회가 요구하는 것 중 하나라고 생각해요. 우리들이 어렸을 때는 아직 모두가 직접 만들었던 시대니까, 커피 전문이 아닌 다양한 장소들도 많았는데. 과일파르페라든가 한천디저트, 절편 같은 것들을 먹을 수 있는 곳들 말이에요.

다이 적어도 중학생 때까지는 출입이 금지되었지만요. 킷사텐에 들어가는 것은 나쁜 짓이라고 생각하는 사람도 많았어요. 저는 고등학교 시절에 빈번하게 들락거렸고, 졸업할 무렵에는 클래식을 들을 수 있는 다방 같은 곳에 이 사람(게이코 씨)을 꼬셔서 커피를 마시러 갔었습니다. 맛이 어땠는지는…, 결코 맛있었다고 기억되지는 않는군요.

금지할수록 가고 싶어지잖아요. 그때는 뭐, 부모님이나 선생님에게 반항하던 시절이니까. 금지할수록 반드시 하고 다녔네요. 고등학교 시절 친구와 저녁에 만나는 장소로 킷사텐을 전전하면서, 저보다 항상 한 발 앞서나가던 문학소년 친구의 영향을 받아 읽기 시작한 러시아문학 이야기를 하거나 했습니다. 처음 약속 장소로 정한 곳이 '아와지'라는 오뎅집이었는데, 거기서는 호두가 들어간 떡도 팔았어요.

왜 커피집을 하게 되었는지에 대해서는 전에 말씀드렸죠. 소책자 이야기입니다. 커피집을 시작하기 전에는 그런 것을 생각했거든요. 작은 무언가를 커피집이라는 장소에서 사람들에게 전하겠다는 이미지가 꽤 분명하게 있었습니다. 하지만 어떤 생각이든 보이는 형태로 제시하는 것은 누군가에게는 반대의 의미로 다가갈 수 있기 때문에, 메시지를 발신하는 것을 그만두기로 마음먹었지만요. 이와 함께 베일에 싸인 진실을 밝히고자 하는 생각을 가지고 있었지만, 그것도 변했습니다. 분명히 밝히지 않음으로써 오히려 누군가 살아갈 수도 있다는 생각을 하기에 이르렀죠.

한순간, 커피를 마실 때만큼은 순수한 자신으로 돌아와도 좋다는 생각은 변함이 없습니다. 그것은 제가 간섭하는 것도 아니고, 그저 마시는 사람의 것이니까요.

모리 그것은 저 역시 간직한 바람이에요. 우리 가게 트레이드마크

를 막 일어나려는 동자 달마로 한 것은, 마시는 순간 본연의 모습으로 돌아온다는, 그럴 수 있는 커피를 내고자 하는 제 마음을 담은 겁니다.

게이코   커피 만드는 모습을 직접 보고, 또 그 한 잔을 마시노라면 힘든 일이나 싫은 일들의 무게가 점점 녹아내려 본연의 자신으로 돌아간다는 것, 정말 기쁜 일이 아닐 수 없어요.

모리   커피를 마시러온 손님 중에 자기다운 삶의 방식이나 장소 사용법을 잘 아는 사람이 있어요. 그런 모습을 보면, '아. 이대로 괜찮구나.' 생각하게 됩니다.

다이 예술가들처럼 자기 표현을 하는 사람들이 있잖아요. 혹시 '이 커피집도 공간과 커피로 자기 표현을 완성했구나.' 생각한 적 없습니까?

모리 음…, 어느 정도 반영되었다고 생각한 적은 있지만, 음, 모르겠어요. 그 부분은.

다이 예를 들어 맘에 든 그림을 걸었는데 가끔 손님이 "좋은 그림을 걸어두셨네요."라고 말할 때가 있지요. 그런 반응을 의식하는 것은 아니지만, 싫어하는 것을 걸어두지는 않으니까.

모리 걸지 않죠, 응.

다이 자신이 좋아하는 것으로 가게 안을 꾸미는 이유는, 당연히 그것을 알아주는 고객이 가게를 찾아오기 때문이 아닐까요.

모리 음, 어려운 부분이네. 그 전에도 잠깐 이야기했지만, 커피전문점이라는 것을 주장하면 할수록 고객들은 들어오기 힘들다고 말했지요. 그것은 이전의 가게에서도 자주 들었던 이야기이고, 지금도 긴장이 되어서 선뜻 들어서기 힘들었다고 하는 고객이 많아요.

다이 저희도 자주 듣는 얘기예요. 왠지 들어서기 어려운 가게라고. 용기를 내서 처음 들어왔다고 하는 분도 꽤나 있었습니다. 뭔가 저 자신이 고집스럽고 편협한 아버지라고 불리는 듯해서 좀 싫더라고.

일동 (박장대소).

모리 응, 맞아요. 어쩔 수 없이 혼자 그렇게 생각하게 되지요.

다이 지금까지 편하게 이야기를 나눴지만, 그러면서도 의식한 것이 있다면 이런 거예요. 두 가지 의견을 병립시킨다는 것. 그리고 비슷한 이야기지만, 상대의 의견을 세워주는 것. 다른 의견도 동등한 가치가 있는 것으로, 서로에게 동등한 의견을 다 말할 수는 없어도 표현하는 것. 그로써 자신의 생각을 바꾸지는 않더라도 상대의 의견이 있다는 것을 포함해 나의 생각을 바꾸지 않아도 되는지 돌아보는 것. 나는 그 두 가지 의견을 의식적으로 병렬시키고 있는지 모릅니다. 자신이 좋다고 생각하는 것을 가게에 내어놓고 그것을 사람들이 어느 정도 받아들여줄지 생각하는 동시에 찾아와주는 사람을 내가 얼마나 받아들이는지도 생각했죠. 이쪽도 시험받고 있다고 생각했으니까. 생각하는 것이 전혀 다른, 어쩌면 가게에 어울리지 않는 사람이 올 수도 있어요. 그러나 한 번, 뭐라도 병립시켜 봅니다. 전에 왔던 사람이 한 번 더 와주면, 조금 달라집니다. 세 번째로 와주면 많이 바뀐다는 이야기를 지난번에 했습니다. 그것은 단순히 생각하는 방식이 바뀌는 것이 아니라, 자기 주변에 치고 있던 울타리를 제거해가는 것이라고 생각합니다. 그런 가능성을 저는 비교적 믿는 편인지 모릅니다.

모리 저는 여러 번 이야기했지만 하루에 한 명, 커피를 마시러 와주는 사람이 있다면 그날은 만족합니다. 그것은 바람이자 가정이기도 합니다. 그런 사람이 반드시 온다, 나는 그 사람을 기다리고 있다고 생각하면서 일하는 거죠.

다이 '커피의 신'의 발상에 가까운 이야기일지도 모르겠습니다.

모리 하하하하하, 그럴 수 있어요. 그럴지 모르겠네요. 그건 저 혼자 그렇게 생각한 것이에요. 전에도 말했는지 모르겠는데, 결정적일 때마다 신이 보낸 사람이 도와주거나 그런 역할을 하는 사람이 나타나더라고요. 다이보 씨는 그렇게 생각되는 것뿐이라고 말하셨는데요. 저는 운명적인 것을 믿어요. 그때 그 사람은 분명 '커피의 신'이 보낸 거라고. 지금도 그것의 연속이며, 계속되고 있다고 생각합니다.

다이 그래서 배전에 고민하는 커피인에게 선배로서 말을 해준다면 "후후후, 그거 나도 당신처럼 경험해왔어요."라고 말할 뿐일 겁니다. 나도 같다고.

모리 필요한 것은 그런 말일 거예요. 같은 거죠, 우리들도.

다이 그것과 수행에 대해서는 이런 생각을 합니다. 존경하는 스승을 두고 그 사람을 따르는 선택에 경의를 표합니다. 다만 정말로 수행을 시작하는 것은 혼자가 되었을 때가 아닐까 합니다. 존경하는 스승의 모습을 보고 학습하는 것도 수행이라고 할 수 있겠지만, 혼자가 되었을 때 진짜 수행이 시작된다고 저는 생각합니다.

　모리미츠 씨가 항상 이야기하시는 '반복하고 반복한다'는 말, 그것은 혼자서 하는 행동이잖아요. 자신의 행동을 반복하고 반복하는 것이 스승으로부터 떨어져 혼자가 되었을 때의 자신에게 돌아오는 길이니까요. 어떤 직업에서든 마찬가지일지 모르겠는데, 자신이 어떤 인간이 될지는 일생의 일을 보면 알 수 있다고 생각합니다.

　제가 존경하는 니시와키 준사부로(1894~1982. 시인)의 글 중에 '외로운 것은 아름답다. 아름다운 것은 외롭다'는 문장이 있습니다. 왜 좋은 것들 대부분은 고독 속에서 만들어지는가? 왜 사람은 커피라는 쓴 음료를 좋아하고 찾게 되는가? 이런 질문과도 연결되는 답이 있지 않을까요.

모리 우리들이 커피를 시작했던 쇼와 50년(1975년)대라는 시기는, 실패해도 괜찮은 시대였다고 말할 수 있을 것 같아요. 커피에 관한 정보도 거의 없었고, 스스로 시행착오를 거칠 수밖에 없었죠. 지금 시대와 비교하면 정말로 고독한 작업이었는데, 그만큼 무언가 깨닫고 이해가 깊어질수록 느끼는 기쁨도 컸죠. 이루 표현할 수 없을 정도로 멋진 시간이자 온갖 체험이 가능한 시기였다고 생각합니다.

다이 결국 자기 스스로가 느낄 수 있는 범위 내에서, 좋다고 생각하는 것을 추구해나가는 길밖에 없었죠. 누군가에게 대신 테이스팅을 부탁할 수 있는 것도 아니고요. 누구든 스스로 할 수 있는 범위 안에서 최선을 다하는 길밖에 없었죠. 설령 민감하지 못한 센스만 갖고 있어도 말이죠. 자신의 미각으로 그것을 전할 때에 많은 사람은 수치를 나열하여 승부를 하는 듯한 자세로 임하는 것 같습니다. 저의 경우 수치로는 측정할 수 없는 곳에서 맛의 표정을 찾고 있기 때문에, 비록 저의 미각이 어려운 현실에 부딪힌다고 해도 이를 기꺼이 받아들일 준비가 되어 있습니다. 슬프지만요.

이번에 모리미츠 씨와 이야기를 하면서 제가 얼마나 생각 없이 막막하게 일해왔는지를 새삼 느꼈어요. 반면 스스로가 생각해왔던 것을 이번에 정리하게 된 측면도 많았습니다. 가게를 그만두면서 비로소 말할 수 있게 된 것들도 많이 있었습니다.

커피집의 미래는, 어떻게 될까요? 킷사텐과 커피집은 존속해나갈

수 있을까요?

모리 그것은 젊은 세대가 선택하거나 결정권을 가지고 있는 문제죠. 향후 여러 가지 기구가 진화하고 생두도 점점 구하기 쉬워지면서 집에서 커피를 즐기는 사람이 늘어나겠죠. 다만 프랑스에서 마시는 커피가 왜 그렇게 심각한 커피가 되었는지 모르지만, 그렇게 되지 않기만을 바라야죠.

다이 네? 어떻게 되었는데요?

모리 심각해요. 맛이 없어요.

제가 생각하기에 커피숍이라는 것은 '장소'라고 생각합니다. 본래 자신으로 돌아갈 수 있는 장소. 그리하여 자신의 비일상, 어쩌면 그쪽이 더 사람의 본질에 가까울 수 있겠죠, 그곳으로 돌아가고 싶어하죠. 일시적으로 킷사텐이 정체될 수 있다고 하지만, 필요에 의해 조금씩 다시 생겨날 거예요. 유럽과 미국의 카페보다도 일본의 킷사텐이 앞서가고 있다고 생각합니다. 외국에서 보면 일본의 커피 문화는 좋은 표본이 되고 있지 않나요? 지금 프랑스나 이탈리아에서도, 이렇게 맛있는 커피는 못 마셔요. 음, 앞으로 서구에서도 드립커피가 재조명될 것이고요. 그나저나 가게를 그만두니 여행 의욕 같은 게 끓어오르지 않나요?

다이 아, 뭐라고 할까요. 아까 잠깐 말씀드렸는데, 아무것도 하지 않는 것이 소극적이 아니라 오히려 적극적인 선택일 거라고….

모리 구마가이 씨 같은 사람은 원래가 그런 사람이죠. 그림을 그리는 것보다도, 하얀 캔버스 상태가 아름답다고.

다이 제 기준이라는 것이 만들어져 있으니까 맛을 떨어뜨리지는 않겠지요. 이를 계속 유지할지, 또는 방향 전환이라고 해도 좋을 만한 것을 추구할지, 다 그만두고 아무것도 하지 않는 생활을 해보고 싶다는 생각도 들고요. 모리미츠 씨는 그런 생각 안 해봅니까?

모리 아니요, 난 안 그런데. 구마가이 씨도 만년에 들어서면서 그림이 바뀌어 점점 생기 넘치게 변하더군요. 그것은 구마가이 씨 자신이 변해간 것이라고 생각해요.

다이 그럼, 구마가이 씨처럼 아무것도 하지 않는 삶 속에서 어떻게 생기 넘치는 것이 만들어지는지 보거나….

모리 음. 신변잡기적 호기심이겠죠.

다이 어떤 커피 맛을 만들겠다고 마음먹으면 생기 넘치는 일이 생길지 모르지요. 하지만 아무것도 하지 않은 상황에서…?

모리 그런 상황에서야말로 무언가 생기지 않을까?

다이 응, 응. 생길지도 몰라요, 생기지 않을 수도 있지만.

모리 생기지 않을 수도 있지만, 생길지도 모르죠.

다이보 씨는 지금까지 줄곧 높은 레벨에서 일해오신만큼, 다시 한 번 올라서기에는 여러 가지 생각이 교차하지 않을까, 감히 생각해봅니다. 지금은 콩 판매만 하는 젊은 세대도 증가하는 것 같고, 커피숍을 선택하는 사람이 점점 줄어드는 것은 슬픈 일이지만, 어떻습니까?

다이 인터넷으로 광고하는 것이 일반적인 일이 되면서, 혼자 좁은 공간에서 일을 할 수 있는 가능성이 어느 정도 생겨나지 않았나 합니다. 또 콩 판매 쪽이 소자본으로 쉽게 시작할 수 있는 사정도 작용할 테고요. 아까 자기 표현이라는 묘한 단어를 사용했지만, 그게 가게이니까 재미있는 상황이 연출되는 겁니다. 지금은 저 자신이 마시는 콩도 없으니까, 참 난처합니다만. 아까 모리미츠 씨로부터 받은 콩이 정말 기쁩니다.

모리 하하하하. 지금부터는 일본의 융드립을 세계 일반 가정에 보급하는 활동에 주력하려고 합니다. 그런 의미에서 다이보 씨와 저는 '커피호'라는 같은 배에 탄 동료라고 생각합니다.

다이 그 배에서 당신의 역할은?

모리 음. 키를 잡은 사람? 하늘을 보고 날씨를 읽는 사람 정도?

다이 저는 지금까지 가게를 하면서 '이런 맛도 있어요.' 하고 알려주고자 했습니다. 각지의 커피문화학회에서 '커피를 즐기는 모임'이라는 것을 하고 있잖습니까? 저는 그런 의미에서 38년간 매일매일 그것을 해왔다고 생각해요. 우리 가게에서 마신 커피가 맛있다고 생각한 적도 있을 테고, 좋은 시간이었거나 기억에 남는 것도 있었을 테고, 그 모두가 '커피를 즐기는' 것이었으니까요.

길을 걸으면서도 이곳을 걷는 모든 사람은 언젠가 우리집의 손님이 될 가능성이 있다고 생각했습니다. 어디에 있더라도, 무엇을 하더라도, 한 번 손님으로 가게를 찾아왔던 사람도 그곳에 있을 테고요. 그래서 지금 가게가 없어졌다는 것은, 아무것도 없는 것과 같은 의미죠. 그런 곳에서 내가 생기 있게 살아갈 수 있을까? 하지만 앞으로 10년쯤 지나면 이런 생각조차 아무런 의미를 갖지 않을 거예요. 책이나 읽으며 생각하거나, 친구와 이야기하거나, 뭐 그런 것만으로도 충만한 시간이 된다면 기쁠 텐데요.

자꾸 이야기하게 되는데 모리미츠 씨와 대화하면서 가장 놀란 것은, 모든 사고가 신의 섭리와 연결되어 있다는 점이었습니다.

모리 응. 나는 옛날부터 그런 운명적인 것을 믿어왔고 지금도 그 연속이니까요. 교회음악이나 천정화도, 옛날에는 다 신에게 바치는 것들이었지요. 커피도 마찬가지고요. 원래 약이었던 시대에는 신을 향해 있던 음료죠. 그러던 것이 민주주의나 자본주의가 만들어지면서 인간에게 무게중심이 쏠리는 세계가 되어버렸죠. 그래도 기도는 여전히 신을 향해 존재하지요.

다이 모든 것이 신과 연결되어 있다는 모리미츠 씨의 생각에 매우 감명을 받았어요. 나는 그런 것까지 생각하면서 커피를 했던가? 돌이켜보면 난폭한 표현일지는 모르지만, 기본적으로 혼자서 합격점을 주고 있었는지 모르겠어요. 이번에 모리미츠 씨와 대담을 해서 좋았던 것은, 둘이 발맞추어 가면 참 좋겠다는 생각을 했다는 점이에요. 둘이 합한 것을 다시 둘로 나누면 안 되고요.

모리 좋지요. 한 사람 한 사람 모두 다르고.

제가 존경하는 작가 이나가키 다루호의 글 중에 '지상에서는 추억을 갖지 않는다'는 말이 있어요. 우주의 저편에서 보면 한 사람 한 사람의 인생이 매우 작다는 의미입니다. 어제까지의 인생도 꿈 같은 것. 결국 자신이면서, 자신이 아닌 셈이죠. 자신에 대해서는 모르지만, 타인의 것은 잘 보이고요. 그런 것은 다루호를 알면서 보이기 시작했어요.

제가 생각하는 '쇼와의 3기인'은 이나가키 다루호, 기타오지 로산진, 구마가이 모리카즈인데, 열심히 자신을 바라본 사람은 결국 기인이 되어버리나 봅니다.

'모카' 마스터도, '람부르'의 세키구치 씨도 그러하죠. 어떤 일이든 그 손 안에 있지요. 자신의 손으로 열심히 바라보면 전체가 보이게 되고, 작은 것일수록 감동에 가까워질 수 있는 것이라고 생각합니다. 감동스러운 것은 의외로 흔하게 널려 있으니까요. 관건은 내가 그런 것들을 어떤 마음으로 받아들이는가. 자신의 역량과 연결된 일이지요.

저는 한 잔의 커피에서 감명을 받았어요. '아, 인간이란 존재가 한 잔 커피로 감동을 받을 수 있구나.' 하는 체험을, 커피를 하면서 체득하게 되었다고 생각합니다.

다이 저도 커피라는 음료를 알게 되어 정말 다행이라고 생각합니다. 지금까지 고객에게 저의 커피를 많이 마시게 한만큼, 앞으로는 제가 마시는 순서가 되었다고 생각해요. 전문점이거나 아니거나, 메뉴에 커피가 있다면 그것을 마시겠지요.

모리 하하하, 나는 안 마실 건데.

다이 후후후. 마시세요, 커핀데.

모리 다시 한 번 물어도 될까? 가게 정말 안 할 거야?

다이 솔직히 말씀드리면, 저라는 인간에게 커피를 빼면 죽을까, 아니면 빼도 재미있게 살 수 있을까? 요즘 그것에 흥미를 느낍니다.

67세가 될 때까지 커피만으로 살아온 제가, 지금 어떤 인간이 되려고 하는가? 그리고 앞으로 10년 동안 어떤 인간이 될 수 있을까? 수행이겠죠. 테마가 아닐까요, 인생의.

제가 지금까지 한 사람 한 사람 고객에게 관심이 있었던 것은, 그런 부분이 아니었을까요. 누군가를 정확히 알지도 못하면서, 무엇이든 협력하고 싶다고 생각했던 적도 있습니다. 물론 말로 증명하는 것보다 혼자 상상했던 적이 더 많지만요. 그런 상상이 저는 좋고, 믿을 수 있는 것이라고 생각합니다. 저 자신을 하나의 영혼이라고 보았을 때, 화가 히라노의 말을 빌려서 표현하면, '어둠도 아니고 빛도 아니다.' 인간은 그런 거잖아요. 나쁜 시기도 있고 좋은 시기도 있겠지만, 하나의 영혼으로서 그것을 넘고, 기뻐하고 슬퍼하면서 살아가잖아요. 단순히 평범한 인간으로 일상을 살아가는 것에 불과하다는 것이지요.

저에게는 커피가 전부인 시기도 있었고, 커피로부터 벗어난 시기도 있을 것입니다. 그러나 영혼만큼은 변하지 않지요. 표면에 달라붙은 여러 가지 것들을 버리고 바라볼 때에 결국 남는 건 인간이라는 존재 자체가 아니겠어요? 그러므로 미래는 저에게 있어서 미지의 경험이 될 것이고, 전에는 느끼지 못했던 많은 걸 느낄 수 있지 않을까, 내심 기대되기도 합니다.

모리 나는 생애를 커피로 완전히 마치게 될 거예요. 하나의 배전 방법을 확립한다는 것은 그림으로 말하면, 하나의 작품을 만든 것과 같다고 생각하기 때문에. 또 다른 그림을 그릴 준비를 하듯이 커피집을 계속할 거예요. 마지막에 카운터에서 쓰러진다면 여한이 없겠지요. 배전 중에는 불을 사용해서 위험하니까, 카운터라면. 하하하하.

'모카'의 시메기 선생은 돌아가시기 얼마 전부터, 콩만을 파는 형태로 축소했어요. 매 순간 순간, 커피의 신에게 이끌려서 바뀌어갔다고 생각해요. 그것이 '커피의 길'이라고 생각해요. 결국 우리 커피집들의 인생은, 무언가 커다란 것에 이끌려온 삶이 아닐까, 하고 생각합니다.

다이 '커피의 신'이지요?

모리 하하하, 응. 나는 커피의 신하라고 생각하니까.

마지막으로

폐점 후 많은 시간이 지난 후에, 알고 지내던 손님으로부터 이런
편지를 받았습니다.

(…) 지금부터 18년 전, 스무 살에 처음 다이보 커피점에 갔습니다. 카
운터에 앉아 가장 진한 블랜드를 마신 날을 기억합니다. 정성스럽고
덤덤하게 커피를 내려주셨습니다. 그 다음, 채반에 널어놓은 커피콩을
선별하셨습니다.
모종의 신념을 느끼게 하는 그 일에는, 오직 커피만을 추구하는 가게
로서 분위기가 있을 뿐, 엄중함 같은 인상은 없었습니다. (…)

이런 일도 있었습니다.
역시 카운터에서 콩을 채반에 놓고 선별하고 있을 때였습니다.
제 맞은편에 한 사람, 카운터 안쪽에 한 사람, 입구 가까이에도 한
사람이 앉아 있었다고 생각됩니다. 따로따로 오신 분들이어서 조용

히 앉아 계셨습니다. 맞은편에 계신 분은 단골이었는데, 항상 조용히 앉아 커피를 마시고 가는 손님이었습니다. 저도 조용히 선별에만 집중하고 있었죠. 빨리 끝내야 한다는 생각 때문에 손님이 앉아 계신 것도 잊은 채 열중한 것입니다.

그때 눈앞의 손님이 침묵을 깨고 말했습니다.

"언제나 관용을 베푸는 사람이라고 생각했는데, 콩을 선택할 때는 어째서 그리도 가차 없이 버릴 수 있단 말인가."

너무 갑작스러워서 뭐라고 대답해야 좋을지 모르겠더군요.

그랬더니 저 안쪽에 앉아 계신 손님이 "아… 그렇군요. 이제 알겠네요."라고, 재미있다는 듯 끄덕이며 말을 했습니다.

점포가 조용해서 아무런 말도 하지 않는 가운데 한 명은 착착 소리를 내며 콩을 골라내 버리고 있고, 이를 줄곧 바라보던 눈앞의 사람이 뭔가 한 소리를 내니, 덩달아 뭐라고 말하고 싶었던 게지요. '좋은 타이밍이다.'라고요. 작은 목소리였지만, 아마 깜짝 놀랐을지도 모릅니다. 안쪽에 있던 사람도 '동감동감' 하는 식으로 고개를 끄덕거렸죠. 눈앞의 사람이 계속 아무 말도 하지 않았다면, 다른 사람이 무슨 말을 했을지도 모르겠습니다. 어쩌면 손님을 무시하고 선별에 열중한 것을 비꼬는 말이었을지도 모릅니다.

저는 이럴 때 즐거워집니다. 때가 된다는 것.

실은 눈앞에 있던 사람을 향한 반응도 중요했겠죠. 이 분은 20년이나 우리 가게에 와주는 단골이었던 것이고요. 아마 처음 왔을 때라면, 20년 전에도 똑같은 상황이 있었겠지만 그때는 조용히 계셨지요. 저도 조용히 선별을 했고요. 콩을 선별하는 작업은, 그 사람에게는 여전히 신기한 일이었을 것입니다. 20년 동안이나 얼굴을 보며 익숙해졌는데 눈앞에서 입 다물고 조용히 작업만 하고 있으니, 아무리 그래도 한 마디조차 안 하고 작업에만 열중하는 제가 이상하다고 여겨졌을 것입니다. 이어서 들어도 싼 소리를 듣게 되지요.

"도대체 무슨 생각을 하고 계신 겁니까?"

그 말조차 딱히 아무것도 생각하지 않은 채 듣고 있었습니다. '저 사람이 집중해서 콩을 보고 있는데, 무엇을 생각하고 있는 걸까?' 어쩌면 다들 그렇게 생각하셨을 겁니다. 그래서 본인도 모르게 질문을 던지게 되었고요. 그 말을 들어버린 나는 "네?"라고 반문하고.

들어버린 나는, 왜 이런 것을 들어버렸을까 하지만, 할 말이 아무것도 없었기 때문에 다시 입을 다물고, 질문한 쪽에서는 아마도 대답을 기다리기 때문에 아무 말을 하지 않는…, 이런 묘한 상황.

"아니…, 아무것도. 그저 멍하니…, 있는 거죠."

그 분은 저보다 스무 살 정도 나이가 많은 분입니다. 그렇다는 이야기, 이런 정도의 일들이 예전에 있었지요. 그 분이 그 옛날의 일을 기억하고 있는지는 모르지만, 저는 기억하고 있었기 때문에, 복수인가? 하고 생각했습니다. 그저 그랬다는 정도의 일인데, 저에게는 이 일이 정말로 재미있었습니다. 이 날의 실언(?)이 그 후 20년간 지속하게 된 이유가 되지 않았을까, 생각할 정도였거든요.

이 분의 이야기를 조금 더 하고 싶습니다. 이 분은 언제나 '15g 150cc' 5번 묽은 블랜드를 주문하는 분이었습니다. 20년간 다른 것은 거의 마신 적이 없었다고 기억합니다. 언제부턴가 주문도 받지 않고 만들게 되었습니다. 그러던 어느 날 "15그램도 못 마시게 되었어요. 10그램으로 만들어주실 수 있나요?" 하는 것이었습니다. "더 묽게 하면 되지요? 알겠습니다." 그것은 메뉴에도 없는 정말 묽은 커피였습니다. 그때는 그리 신경 쓰지 않고 10그램으로 커피를 만들었습니다. 왜냐하면 가끔씩 그렇게 흐리게 달라고 주문하는 사람이 있었으니까요. 우리들은, 그런 요구에 기분 좋게 대응했습니다. 엄청 흐리게 마시는 사람이나, 커피는 잘 못 마시는데 왔다는 사람도 있었으니까요.

그리고 얼마 후에 다시 "양을 조금만 주세요."라고 하시더군요. 그때는 약간 이상한 생각이 들었습니다. 어쩌면 커피를 금지하게 된 어떤 이유가 있는 게 아닐까 하고요. "네, 알겠습니다. 괜찮습니다. 만들겠습니다."라고 아무렇지 않게 대답했지만, 실은 쉬운 일이 아니거든요. 융드립으로 한 방울 한 방울 추출할 때, 커피가루의 반응을 보면서 필터를 움직이거나 포트를 이동시키며 드립을 하는데, 5그램이면 금방 반응이 없어지거든요. 그걸로 150cc를 추출하기 위해서는 그만큼 시간이 걸립니다. 그러나 이것은 반도 안 되는 양으로 융드립 다이보식 추출을 한 치의 오차도 없이 계속 하는 길밖에는 없습니다. 처음부터 15그램으로 흐리게 마시고 계셨으므로, 커피에 강한 사람은 아니었을 거라고 생각합니다. 그런데 20년간, 어쩌면 그 이상 계속 찾아와주신 손님이었습니다. 5그램이든 2그램이든, 융필터로 점드립을 완벽히 해내야 하는 게 저의 일입니다. 아마도 주스나 우유로는 채워지지 않는 무언가가 있었을 것입니다. 어떤 형태로든 커피를 마시기 위해 오셨던 거죠.

그러던 어느 날. 드디어 듣게 되었습니다.

"다이보 씨, 우리 이제 헤어져야 해요."

이 말에 말문이 막혔습니다. 아무 말도 건넬 수가 없었습니다. 외출을 할 수가 없게 되었다는 거였습니다.

"오랫동안 신세 많이 졌습니다."

"저야말로, 오랜 시간 감사했습니다."

그 분은 집으로 돌아가셨고, 저는 지금 그 분을 생각하고 있습니다.

커피점은, 찾아와주는 사람들로 인해 버틸 수가 있습니다. 저 자신도 여러 사람들이 버팀목이 되어주었다고 생각하고 있습니다. 폐점하고 나서 특히나 더 그 사람들을 생각하게 됩니다. 폐점 때에 감사의 인사도 제대로 하지 못했습니다. 지금 한 분 한 분 생각하며 감사의 인사를 전하고 싶습니다. 그 분들을 생각하는 것만으로도 저를 차분히 진정시켜줍니다.

모리미츠 씨.

지금 커피에 대해 이야기하던 모리미츠 씨를 생각하고 있습니다. 많은 사람들이 커피 이야기를 할 때, 모리미츠 씨를 생각합니다.

사람들은 커피집에서 커피를 마실 때, 잠시 쉬어갑니다. 멈추어 쉬면서, 지금까지의 것들을 생각하지요. 앞으로의 일들을 생각하게 됩니다. 커피집이 제공할 수 있는 것은, 오직 한 잔의 커피뿐입니다. 한 잔의 커피가 다소라도 사람들의 마음을 차분히 진정시켜줄 수 있다면, 커피를 하는 사람으로서 이보다 더한 기쁨은 없을 것입니다.

対談を終えて

自分であって自分でない「モノ」に導かれ
珈琲をやってきた。
一滴一滴の風味の余韻が人にやすらぎと
活力を持たせる。その不思議さが何なのか
私は珈琲のルーツ国エチオピア、イエメンまで
も訪ねて、土を食べた。

もう珈琲屋で四十余年が過ぎてしまった。
私は人間嫌いだった、平気で嘘をつく

대담을 마치고

자신이면서 자신이 아닌 '것'에 이끌려 커피를 해왔다.
한 방울 한 방울 풍미의 여운이, 사람들에게 편안함과 활력을 주는, 그런 신비함이 어디에서 오는지.
나는 커피의 뿌리 에티오피아와 예멘을 찾아가서, 흙을 먹었다.

이제 커피집을 하며 지내온 지 40여 년이 지났다.
나는 인간이 싫었다, 아무렇지 않게 거짓말을 하는.

大人は信用が出来ない。しかし、祈る人を
身近に見た時
人の真実を見た思いがした。
珈琲を識った時、心底嬉しく思った。
面白くて人毎日が楽しくて…。自分で
店を持ち算盤が不手で苦しい時期が
長かったけれど、珈琲は苦くても日々は
苦くはなかった。
そーてどんな時も珈琲で嘘をついたことはない。

私は昭和の奇人、足穂や魯山人、クマガイ
モリカズに学んだ。

어른은 신뢰할 수 없다. 그러나 기도하는 사람을 가까이서 볼 때,
진실이라는 것을 목격한 듯한 기분이 들었다.
커피를 알게 되었을 때, 가슴 깊은 곳에서부터 기쁨을 느꼈다.
재미있고, 매일매일이 즐거웠다. 나의 가게를 갖게 되었을 때는 모든 것이 마음먹은 대로 되
지 않아 어려운 시기가 길었다. 커피는 힘든 일이지만 하루하루는 괴롭지 않았다.
그리고 어떠한 순간에도 커피로 거짓말을 한 적은 없다.

나는 쇼와의 기인 다루호와 로산진, 구마가이 모리카즈에게 배웠다.

3.

店に限れば古美術鑑賞家、秦秀雄先生、書家の前崎鼎之、陶芸家の山本源太、木工の井上幹太氏などが、次々と現れて私を支えてくれた。

学んだことを例にあげれば、敬愛する画家熊谷守一の作品に「雨滴」がある。その輪郭線は生命のリズムを思わせ、くり返す形はメロディとなり情景を表現する。色彩が調和し、雨音のカノンを聴いているようだ。

芸術家は見えないモノを見える様にできる。

가게에 찾아와주신 분들만 이야기하면 고미술감상가 하타 히데오 선생, 서가의 마에사키 노리유키, 도예가 야마모토 겐타, 목공예가 이노우에 간타 씨 등이 계속해서 찾아와주며 나를 지탱해주셨다.

배운 것들을 예로 들자면, 경애하는 화가 구마가이 모리카즈 작품인 '우적'이 있다. 그 윤곽선은 생명의 리듬을 연상시키며, 반복되는 형상은 멜로디가 되어 정경을 표현한다. 색채가 조화로워 빗소리로 캐논을 듣고 있는 것 같다.
예술가는 눈에 보이지 않는 것을 보이게 할 수가 있다.

絵画の形と色は音楽にも似ているが
味覚にも通じる。
珈琲の苦味、甘味、酸味、隠れている渋味
があいまって至福の一杯を奏でる
一つ一つの珈琲のもつオリジンはそのまま
色であり音である。
イメージ＝主題を表現することは焙煎で
あり抽出法であろう。
自らの濾過層を透し、ドリップされた
珠玉の一滴はゆっくりした中で生れる。
このゆっくりこそ自分が自分に還る
唯一の法かもしれない。

회화의 형태와 색은 음악과도 닮았지만, 미각과도 통한다.

커피의 쓴맛, 단맛, 산미, 숨겨진 떫은맛이 있어서, 이들이 한데 모여 더할 나위 없는 행복한 한 잔을 연주한다. 각각의 커피가 가진 오리진은 하나하나가 색이기도 하고 소리이기도 하다. 이미지=주제를 표현하는 것은 배전이며 추출법일 것이다.

커피 스스로가 만든 여과층을 통과하여 드립된 주옥같은 한 방울은 천천히, 흐르는 속에서만 만들어진다. 이 천천히야말로 자신이 자신으로 돌아갈 수 있는 유일한 길일지도 모른다.

5.

人は表現することで　自分が生かされている　ことに気づく。

クリカエシ　クリカエス　恥人でありたい。

大坂さんとの対談で、自分を深く見つめた　ことで、私のこれからやるべきことが見えてきた。

森光宗男

사람은 표현하는 것으로, 자신으로 존재할 수 있다는 것을 믿는다.

반복하고 또 반복하는 사람이고 싶다.

다이보 씨와의 대담으로 스스로를 더 깊이 있게 바라볼 수 있게 되었고, 앞으로 내가 해야 할 것들이 명확해졌다.

- 모리미츠 무네오

옮긴이 **윤선해**

커피 세계를 기웃거린 지 30년, 일본생활 15년 동안 대학원과 국제교류연구소에서
경영학과 국제관계학을 전공하고, 에너지업계에 잠시 머물렀다.

하지만 대학 전공보다 커피교실을 열심히 찾아다니며 커피의 매력에 푹 빠져 지냈기
때문에, 일본에서 커피를 전공했다고 생각하는 지인들이 많을 정도다. 커피 한 잔이
주는 감동을 더 많은 이들과 공감하길 바라며, 언제나 더 '좋은 커피'와 '멋진 커피인'
을 만나기를 열망한다. 한 잔의 커피가 세상을 아름답게 할 수 있다고 믿기에….

옮긴 책으로, 《새로운 커피교과서》《종종 여행 떠나는 카페》《호텔 피베리》《커피
스터디》《향의 과학》《커피 세계사》《커피 과학》《카페를 100년간 이어가기 위해》
《스페셜티커피 테이스팅》이 있다.

현재 후지로얄코리아 및 Y'RO COFFEE 대표를 맡고 있다.

커피집

첫판 1쇄 펴낸날 2019년 6월 25일
첫판 3쇄 펴낸날 2024년 3월 25일

지은이 | 다이보 가쓰지, 모리미츠 무네오
옮긴이 | 윤선해
펴낸이 | 지평님
본문 조판 | 성인기획 (010)2569-9616
종이 공급 | 화인페이퍼 (02)338-2074
인쇄 | 중앙P&L (031)904-3600
제본 | 다인바인텍 (031)955-3735

펴낸곳 | 황소자리 출판사
출판등록 | 2003년 7월 4일 제2003-123호
대표전화 | (02)720-7542   팩시밀리 | (02)723-5467
E-mail | candide1968@hanmail.net

ISBN 979-11-85093-85-7   03800

* 이 도서의 국립중앙도서관 출판시도서목록(CIP)은 서지정보유통지원시스템 홈페이지
 (http://seoji.nl.go.kr)와 국가자료공동목록시스템(http://www.nl.go.kr/kolisnet)에서
 이용하실 수 있습니다.(CIP제어번호: CIP2019021935)
* 잘못된 책은 구입처에서 바꾸어드립니다.